I0656666

Wilhelm Anthony

Autokrat und Galeerensträfling

Roman

Wilhelm Anthony

Autokrat und Galeerensträfling
Roman

ISBN/EAN: 9783741125188

Hergestellt in Europa, USA, Kanada, Australien, Japan

Cover: Foto ©Andreas Hilbeck / pixelio.de

Manufactured and distributed by brebook publishing software
(www.brebook.com)

Wilhelm Anthony

Autokrat und Galeerensträfling

Romane und Novellen

von

Wilhelm Anthony.

4. Bändchen.

Plutokrat und Galeerensträfling,
Original-Roman.

Regensburg, 1869.
Bei J. G. Bössenecker.

Plutokrat

und

Galeerensträfling.

Original - Roman.

I.

Der große, gelb und schwarze Postwagen, welcher zur Zeit unserer Erzählung noch die Kommunikation zwischen den alten Universitätsstädten Gießen und dem kurhessischen Marburg bewerkstelligte, hatte gegen Mittag die Gränzstation erreicht. Die Pferde hielten instinktmäßig vor dem Schlagbaum still. Den Schirrmeister weckte das Peitschengeknall des Schwager. Er sprang vom Bock, schlug den Staubmantel zurück und tastete nach der großen Ledermappe, die an einem weiten Riemen über die hechtgraue, großherzoglich hessische Uniform herabhing, sowie nach dem Hirschfänger, welchen er vorschriftmäßig bei sich führen mußte. Der kurhessische Stellvertreter, welcher den Rest des Weges die Post begleiten sollte, wartete bereits vor dem epheuumrankten Stationshause. Lauter Willkommgruß tönte den Ankömmlingen von ihm entgegen. Auch der kurhessische Rosselenker, dessen stattliche Rosse sich an voller Krippe auf dem gepflasterten Vorhofe zur Weiterfahrt stärkten, stieß in's Horn. Aus dem Buchenwald, der die Höhenzüge gen Süden mit frischem Sommergrün umkleidete, antwortete das Echo. Die dumpf brütende Maienhitze, welche rings umher jede frische Regsamkeit gelähmt hatte, schien verschwunden. Auch die Post-

1 *

schreiber ermunterten sich und aus dem Restaurations=
zimmer schaute das Vollmondsgesicht des wohlgenähr=
ten Wirthes, welcher seine rothwollene Zipfelmütze
zum Willkommen zum Fenster hinaus schwenkte. Gir=
rende Tauben, schnatternde Enten und eine Un=
zahl gackernder Hühner strömten von allen Seiten
auf den Vorhof zusammen und schienen nun auch
ihrerseits das große Tagesereigniß, welches die ein=
same Waldstation just so oft sah, als es Tage im
Jahre giebt, in ihrer Weise zu feiern. Der großherz=
ogliche Schirrmeister trat zum Wagenschlag. In dem
lebergepolsterten Coupé, dessen verschlissene grünseidene
Vorhänge sämmtlich herabgelassen waren, saß eine
junge Dame. Als der freundliche Schirrmeister die
Thür öffnete, fuhr sie erschreckt zusammen. Sie schien
vertieft in die Lektüre eines geschriebenen Heftes, das
auf ihrem Schooße lag. Das hübsche Gesichtchen,
dessen blühendes Oval dunkelschwarze Locken umrahmten,
war tief herabgebeugt auf die Handschrift. Der Lärm
auf dem Stationshofe schien sie bei ihrer Lektüre nicht
im geringsten gestört zu haben.

   „Letzte Station, Demoiselle!" rief der Schirrmeister
und strich den gelblichen Schnurrbart, der einem Stroh=
dach gleich sehr abschüssig über die kirschrothen Lippen
herabhing, mit der Rechten in die Höhe.

   Sie steckte die Papierrolle in die Tasche des ele=
ganten, rehfarbigen Kleides, das weit und bauschig
die zierliche Gestalt umhüllte und blickte ihn mit ihren
schwarzglänzenden Augen so träumerisch an, als kehre
erst jetzt nach weitem Ausflug ihr Geist in die sie um=
gebende Welt zurück.

„Sie müssen aussteigen, der Wagen wird gewechselt. In einer halben Stunde geht es weiter, aber mit kurhessischen Pferden. Dort steht meine Ablösung. Hab' die Ehr' mich zu empfehlen und wünsch' glückliche Reise!"

Ob der Schirrmeister mit dem martialischen Schnurrbart seine Passagiere immer mit so gewählten Worten entließ? War's vielleicht Spekulation auf ein gutes Trinkgeld? Es hatte nicht den Anschein. Er hob die junge Dame mit vielem Anstand aus der Postchaise, verbeugte sich sehr freundlich, ohne dabei eine halbgeöffnete Hand zu zeigen oder eine ähnliche Trinkgelds-Pantomime zu machen. Diese seltsam funkelnden Augen mochten ihm mehr gelten als landesübliche Wechselmünze. Wer weiß? . . .

„Nur eine Person?" flüsterte ziemlich enttäuscht der dicke Wirth, der inzwischen herangekommen war, dem galanten Schirrmeister zu.

„'Ne Schauspielerin!" gab jener lächelnd zur Antwort.

Der Wirth zuckte verächtlich die Achseln. „Schmaler Verdienst!" brummte er.

Die junge Dame ging mit elastischen Schritten dem Restaurationsgebäude zu. Vor der Thür, die ein alter Lindenbaum überschattete, blieb sie eine Weile stehen. Ihr Blick schweifte in die Ferne, hinüber zu den grünen Höhenzügen gen Süden und auf die im Sonnenschein blitzenden Bäche, die sich durch das Wiesenland zogen. Man sah es dem rosigen Gesichtchen an, sie trug auch in sich ein groß Stück Frühling! Des Lebens Mai glänzte auf den Rosen ihrer zarten Wangen; in den Lachgrübchen neben dem kleinen Munde, der ein wenig offen stand und eine Reihe kleiner, elfenbeinweißer Zähne sehen ließ, schienen hundert muntere Kobolde ihr Spiel zu treiben. Nur in den Augen lag ein träumerisches Etwas, das zu all' der Jugendlust nicht recht passen wollte. Sie zog die schwarzseidene Mantille, die fast zur Erde hing, über die Schultern, schlug den grünen Schleier zurück und stand und schaute und schien ganz verloren in dem Anblick der frühlingsschönen Gotteswelt, über die der duftig blaue, wolkenlose Himmel sich wölbte. Tief, wie in einem ruhig klaren See, schien sich diese Waldeinsamkeit mit all' ihrem Frieden und ihrer sommerlichen Farbenschöne abzuspiegeln in dem großen, glänzenden Auge.

Der dicke Wirth harrte indeß hinter der Dame gar ungeduldig auf deren Eintritt.

„Die macht sich's billig," brummte er, „sie restaurirt sich an unserer frischen Luft! 'Ne Schauspielerin! Hm — das ist mir das Rechte. Und dabei thut sie so stolz wie eine Gräfin!"

Endlich trat die Dame ein.

„Sie haben eine halbe Stunde Zeit sich zu restauriren" — sagte der Dicke, welcher mit einer für seine Korpulenz wundersamen Schnelligkeit ihr nachtrippelte. „Hier ist die Speisekarte."

„Ich bitte um eine Tasse Bouillon," entgegnete die Schauspielerin mit einer glockenreinen Stimme. Ein allerliebstes, obschon ein wenig spöttisches Lächeln trat in ihr hübsches Gesicht, da sie das kupferrothe Vollmondgesicht des Restaurateurs gewahrte.

„Dacht ich's doch!" brummte der Dicke. „Bouillon?..Warte, die soll dir versalzen werden. Bouillon?

Es ist lächerlich! Ob diese Reisenden denn gar nicht bedenken, daß unser Eins auch leben will!".

Er verließ das Zimmer, die Dame setzte sich an das Fenster. Die Aussicht war beschränkt. Der Hühnerhof präsentirte sich, ein hoher Düngerhaufen und ein kleiner Stall, aus dem das Grunzen gewisser Vierfüßler ertönte, deren Pflege einst schon dem göttlichen Eumäos Sorge machte.

Die Schauspielerin zog die Rolle hervor, in der sie vordem im Postwagen gelesen, legte sie auf das Fenstergesimse und schien bald wiederum ganz vertieft in deren Studium.

Auch das Mädchen, welches die Bouillon brachte, schien sie nicht zu stören. Der Wirth schien es für überflüssig zu halten, sich ferner sehen zu lassen.

Die halbe Stunde mochte vergangen sein.

Ein überlautes Gespräch auf der Hausflur unterbrach die Leserin. Sie unterschied die hohe Diskantstimme des Wirthes, den tiefen Baß irgend eines Beamten und eine dritte Stimme, die sofort ihr besonderes Interesse erwecken mußte. Es klang in derselben jene eigenthümliche Aussprache durch, die den Franzosen immer eigen ist, selbst wenn sie unsere Muttersprache noch so geläufig reden.

„Kredit bei einem Postbillet?" rief die rauhe Baßstimme. „Ein solches Ansinnen ist noch nicht gestellt worden, so lange ich im Dienste bin. Wenn Sie die drei Gulden nicht zahlen können, müssen Sie zurückbleiben. Abgemacht! Punktum!" . . .

„Aber, mon Dieu, ich sag' daß der Herr Direkteur zu Marburg gleich bei meinem Entré Ihnen nachzahlt!

Ich muß eintreffen dort noch heut'! Haben Sie Mitleid." . . .

„Ah das sind Schauspielfaxen, das kennen wir! Drei Gulden — oder hier bleiben! Abgemacht! Punktum!"

„Ein armer College," flüsterte das junge Mädchen. Sie war, ohne selbst zu wissen wie, bis zur Stubenthür gekommen, die nur angelehnt war. Der arme Passagier stand dicht neben derselben. Eine hohe, imponirende Figur trotz der mehr als ärmlichen Kleidung. Das Gesicht bleich, fast aschfarben, das Auge groß und klar unter den wilden buschigen Augenbrauen hervorschauend, dazu eine hohe Stirn, eine gebogene Adler-Nase. Durch das kurzabgeschorene Haupthaar zogen sich zahlreiche Silberstreifen, den oberen Theil der tiefeingefallenen Wangen bedeckte ein weißer Backenbart. Die muskulösen Arme, die hochgewölbte Brust, welche von einem in der vollsten Manneskraft stehenden Organismus zeugten, stimmten wenig zu diesem Greisenantlitz. Armuth und Unglück hatten in diese tiefen Falten, so schien es, ihre dunklen Spuren geschrieben. Nur ein mitleidsvolles Christenauge ließt solche Schrift!

Schnell entschlossen trat die Schauspielerin zu den Streitenden.

„Erlauben Sie mir, Herr College," sagte sie zu dem Manne, der sich eben seufzend entfernen wollte, „Ihnen das kleine Darlehen anzubieten, welches Sie zur Fortsetzung Ihrer Reise bedürfen. Auch ich fahre nach Marburg."

„Bouillon trinken — und dann noch drei Gulden

an solchen Strolch verpumpen!" brummte der Wirth. „Da hört die Weltgeschichte auf. Es ist lächerlich!".. ·

Der Fremde blickte gerührt zu der jungen Dame auf. Es war ein langer, langer Blick, den er voll Staunen mehr als voll Dankbarkeit auf das lieblich erröthende Mädchen warf. Dann fuhr er mit der Hand über beide Augen.

„Ich danke Ihnen, Mademoiselle," sagte er und verbeugte sich dabei mit einem weltmännischen Anstand, der zu seinem Anzug seltsam contrastirte. „In Mar- burg trage ich Ihnen meine Schuld ab." — Wiederum verbeugte er sich und verließ darauf die Hausflur, um sein Gepäck dem Postknecht zu übergeben, das er bis- lang in der Hand gehalten.

„Diese Schauspieler!" rief der Wirth im Hinter- grunde. „Hat der Bettelkerl keine drei Gulden in der Tasche und einen Rock auf dem Leib, den ich nicht meinem Hausknecht anbieten möchte und thut dabei wie ein Gentleman. Es ist lächerlich!" . . .

Bald darauf fuhr der Postwagen davon.

Der Fremde mußte auf Wunsch der Schauspielerin in dem bequemeren Damencoupé Platz nehmen. Er schien sehr erschöpft, sehr abgespannt. Er dankte schweigend.

„Sie sind also in Marburg engagirt?" begann die hübsche Schauspielerin. „Ich muß gestehen, daß ich neugierig bin zu erfahren, welches Fach Sie spielen."

„Ich bin — Soufleur," sagte er nach einer Pause mit gepreßter Stimme. Er blickte hinaus in die grüne Waldeinsamkeit, welche zu beiden Seiten die einsame

Landstraße umschloß. „Das stimmt Sie herab — ich glaub' es," fuhr er langsam fort, ohne sein Angesicht wieder zu ihr zu wenden.

Die junge Dame machte eine abwehrende Pantomime, sie wollte ihm in das Wort fallen, doch er fuhr gleich darauf also fort: „Ich table diesen Kastengeist nicht ganz und gar. Wenn freilich auch nur der Sinn, mit dem wir unsere Pflichten erfüllen, uns Werth verleiht, so ist es doch ein Unterschied, ob diese Pflicht die eines unterirdischen Flüsterleis, die eines abgerichteten Choristen oder die eines selbstständig schaffenden Künstlers ist und Letzterer gehört gewiß einer höheren Kaste an! Gewiß! Ganz in der Ordnung!"

Seine Stimme war unwillkürlich scharf und bitter geworden. Noch immer hielt er das Angesicht von seiner Gefährtin abgewendet.

„Ich glaube diesen Vorwurf nicht zu verdienen," entgegnete die Schauspielerin ohne Empfindlichkeit. „Nicht Jeder — —" Sie schwieg erröthend, da ihr beifiel, daß der beabsichtigte Nachsatz ohne Frage sie jener Anklage aussetzen müsse, welche sie eben jetzt von sich abwenden wollte.

Der Fremde schien die letzten Worte nicht gehört zu haben und doch folgte seine Rede diesem selbigen abgebrochenen Ideengang seiner Nachbarin.

„Um selbstständig zu schaffen," sagte er, „muß man Begeisterung haben und Hoffnung. Beides hat man nur, so lange man jung ist. Ich kam zum Theater, da mein Haar schon grau war. Ich ward Souffleur — je nun ich mußte leben und — — fand keine andere entsprechende Arbeit! . . Ob mein Geschäft mir genügt, ob nicht — wer frägt darnach? In ein paar Jahren ist das Uhrwerk ja abgelaufen!"

Wieder klang die Stimme so hart, so bitter, daß die junge Dame nicht den Muth fand, auf diese verzweiflungsvolle Resignation des Unglücklichen etwas zu entgegnen.

Eine lange Pause entstand, der Wald trat zurück, Ackerfelder traten an seine Stelle. „Wer's so haben könnte," sagte der Souffleur halb zu sich selbst und zeigte zu den Feldarbeitern. Festgebannt an die kleine Scholle und doch so glücklich! . . . . Ach man kann ja in einer Nußschaale sich glücklicher fühlen wie ein König!" . . . .

Er zog die Gardine zurück, die der Wind weit hineinbauschte, in das Coupé. Sein Aermel streifte sich weit dabei zurück. Das junge Mädchen sah auf dem nackten Arm die eingebrannten, verhängnißvollen Buchstaben T. F. — — das Zeichen der französischen Galeerensträflinge.

Bleich und athemlos sank das Mädchen zurück in die Kissen.

Ein Verbrecher — ein Galeerensclave! Welche Schreckbilder mochten ihre lebhafte Phantasie durchkreuzen bei dieser Entdeckung!

Die kleine Dame schien gänzlich außer Fassung. Der vorgebliche Souffleur lehnte wie zuvor in seiner Ecke und schien seinen düsteren Gedanken nachzuhängen, ohne die geringste Ahnung davon zu haben, daß ein Zufall das Brandmal seiner Schande — den Pariastempel seiner mitleidigen Begleiterin entdeckt, die jetzt eben vielleicht jenes Mitleid heimlich bereuen mochte.

„Die Glücklichen! fuhr er nach einer Pause fort
und deutete wiederum hinaus auf die Ackersleute, „wie
sehr beneide ich sie!" . . .

Die Schauspielerin hatte sich inzwischen von dem
ersten Schreck erholt. Sie schien ruhig und gefaßt.
Wie trüb und sehnsuchtsvoll sprach der Arme von dem
harten Loose jener Bauerleute.

„Mehr als um alles Andere," dachte sie, „benei-
det er jene Arme um das ruhige Gewissen, das er
bei ihnen voraussetzt." — Sie wagte nach jener Entdeckung diesem Gedanken, der nur durch diese eben
hervorgerufen war, keine Worte zu geben. Ob er auch
dieses Mal ihre Ideen errieth? Es fiel dem Mädchen
auf, daß er auch jetzt ihren innersten Gedanken zu folgen
schien.

„Harte Arbeit — grobe Kleider, aber ein gut'
Gewissen und ein reines Herz," sagte er, und das
Haupt sank tief herab auf die hochaufwogende Brust.
Das Mädchen schreckte auf's Neue zusammen. Was
mochte bei solchen Reflexionen in dem Herzen des Ga-
leerensträflings vorgehen?

„Kennen Sie ein höher Gut, ein größeres Glück
als ein reines Herz und ein gut' Gewissen?" flüsterte
er nach einer Weile und wandte zum ersten Mal sein
Gesicht der Nachbarin zu. Die Wimpern hatten sich
über die großen Augen niedergesenkt, die Lippen zuckten
wie bei einem inneren Krampf.

Die Schauspielerin hatte den Muth, die seltsame
Frage laut und entschieden zu verneinen. Der Ton,
in dem sie es that, hätte dem immer argwöhnischen
Gemüthe eines Schuldbeladenen auffallen müssen. Der

Fremde blieb ruhig. Er hielt die Hände auf dem Schooß gefaltet.

„Ich bin ein kläglicher Gesellschafter," rief er plötzlich aus und ein gezwungenes Lachen begleitete diese Worte. „Hatt' ich mir vorgenommen mit den Affensprüngen meines Humors, der sonst immer Ordre parirt (wie ein bressirter Affe!) Ihnen die Zinsen für Ihr Darlehen abzutragen — und nun müssen mir solche Gedanken kommen. So geht's mir immer! Was müssen Sie nur von mir denken?"

Seine Stimme war wieder weich geworden und das große Auge schaute sie so ruhig, so klar und offen an, daß sie den Gedanken, einen Verbrecher an ihrer Seite zu haben, fast aufgeben mochte.

„Jedenfalls haben Sie" — gab sie leise zur Antwort, „Ihr wahres Gesicht gezeigt. Jener Humor wäre eine Maske gewesen. Sie glaubten vielleicht: wenn man jung ist, lacht man gern?... Lassen Sie immerhin Ihr wahres Gesicht mich schauen... Sie sind unglücklich, unzufrieden. Ihr Stolz will es verbergen! doch mir gegenüber..."

Sie stockte. War's doch wie eine Zaubergewalt, die diese dunkeln, feuchten Augen auf sie ausübten und all' ihren Abscheu in tiefsinniges Mitleid umwandelten. Sie hätte weinen mögen über den Armen. Was hatte jene Stimme in ihrem Innern wach gerufen, welche so zu seinen Gunsten sprach?...

Der Fremde verharrte in seinem Schweigen. Auf's Tiefste bewegt ergriff er die zarte Hand seiner jungen Gönnerin und führte sie an seine Lippen. Sie wagte nicht, dem Unglücklichen dieselbe zu entziehen. Eine

heiße, schwere Thräne fiel auf die Finger. Ihr war's,
als sei es eine glühende Feuerflocke. Wie Funken zuckte
es von dort aus durch ihren ganzen Körper. Mit
einem tiefen Seufzer lehnte er sich dann zurück und
barg sein Antlitz in beide Hände. Fühlte er sich dieser
unverdienten Theilnahme des Mädchens unwürdig?
Hoffte er durch Mittheilung keine Erleichterung jenes
bitteren Weh's, das allzu sichtbarlich in den düsteren
Mienen geschrieben stand? Alle diese Möglichkeiten
durchkreuzten in einer beängstigenden Hast die theilnamsvolle Seele der Schauspielerin, die sich je mehr
und mehr durch eine wundersame Sympathie an diesen Sohn des Unglücks gekettet sah. Ihre Phantasie
spürte allen Möglichkeiten nach, die den Armen als
unschuldig hinstellen konnten. Sie gedachte der Mär-
tyrer, die für irgend eine hochheilige Idee kämpften und
bennoch von der gebietenden Gewalt mit den strengsten
Strafen belegt wurden! Konnte nicht auch dieser Unglückliche zu der Zahl jener verkannten Edlen zählen?
Sie mochte nicht an das Gegentheil mehr glauben.
Die hohe, bleiche Stirn, das tiefklare, offene Auge,
die edlen Züge — konnten sie einem Verbrecher angehören? Eine tiefinnere Stimme schien sie zu
zwingen, an die Unschuld des Aermsten zu glauben.

So saßen sie Beide lang stumm neben einander. . . .

Die Sonne versank hinter den westlichen Höhenzügen und das purpurne Gewölk spiegelte sich in den
klaren Fluthen der Lahn, an deren Ufern die breite
Chaussée jetzt entlang lief. Schon sah man in der Ferne
die steile Höhe, an die sich die Straßenreihen der alten

Univerſitätsſtadt ſie anziehen. Hoch über die dunklen Häuſermaſſen erhob ſich die uralte Elſabethkirche.

„Wir nähern uns dem Ziel unſerer Fahrt,“ ſagte der Souffleur und deutete zu dem Städtchen hinüber.

Seine Nachbarin ſchien vertieft in ein Manuſcript. Mit leiſe flüſternder Stimme, die Hände flehentlich wie zum Gebet erhoben, ſprach ſie:

„Ach neige
Du Schmerzensreiche
Dein Antlitz gnädig meiner Noth!“

Ihr Angeſicht glühte wie in ſtiller Verklärung. Die Weihe des Genius ſchien ausgegoſſen über die Stirne und in den dunklen Augen ſchwamm ein feuchtes Etwas — den Thauperlen gleich, in denen ſich draußen die letzten Abendſtrahlen ſpiegelten.

Der Souffleur bekreuzte ſich — auch er faltete unwillkührlich die Hände. Es war die Zeit des Angelus. Keine Kirchenglocke verkündigte ſie hier in der einſame Stille der abendlich dämmernden Flur und im träumenden Waldgebiet — aber in dem Herzen des Unglücklichen mochte ſie mahnend erklingen. Er zog ein kleines Crucifix hervor mit zitternder Hand, das er anbachtsvoll an ſeine Lippen drückte — und ſtillflüſternd wiederholte er dann die Worte des Mädchens. . . .

Sie kamen in die Stadt. Eine luſtige Schaar ſingender Burſche zog ihnen auf der Heerſtraße entgegen. Der Poſtillon ſtieß in's Horn. Der Souffleur wiederholte, was er zuvor geſagt, und das Mädchen wandte das roſige Geſichtchen jetzt ihm ſo lieblich lächelnd zu, daß er die fromme, anbachtsvolle, ganz in sich verlorene, Zeit und Welt entrückte Beterin kaum in ihr wieder erkennen mochte.

„Sie bleiben in Marburg bei'm Direktor H..?" setzte er fragend hiezu.

„Morgen setze ich meine Reise fort. Ich will nach Caffel. Zuvor mache ich meinen Rasttag auf der nächsten Station hinter Marburg, wo ich mit einer Collegin mir ein Rendezvous gegeben, mit der ich dann gemeinsam die Reise fortsetze."

„Wer weiß, wann und wo wir uns einmal wiedersehen," begann er nach einer Weile.

„Das Schicksal spielt ja oft genug Fangball mit den Musensöhnen und treibt sie bunt durcheinander bald nach Norden, bald nach Süden! Man weiß doch gerne, wie man alte Bekannte anzureden hat, wenn sie uns nach längerer oder kürzerer Trennung wieder in den Weg kommen. Mein Name ist Salomon." ...

Sie reichte ihm lächelnd eine Karte, die sie aus einem zierlichen Portefeuille hervorzog.

„Clara Perry" — las er. — „Der Name klingt französisch" — fügte er lebhaft hinzu. —

„Ist aber doch ein deutscher. Gleichwohl stammen meine Eltern aus Frankreich — aus dem Elsaß!"

„Mon Dieu!" Also eine — Landsmännin?" Er stockte vor dem letzten Worte und seiner Begleiterin schien's, als ziehe eine flüchtige Röthe über das aschfarbige Gesicht.

Wieder tönte das Posthorn. Man hielt vor einem alterthümlichen Gebäude.

„Morgen in aller Frühe nehme ich Abschied — und bringe mein Darlehen," sagte er, griff nach seinem

Mantelsack und entfernte sich mit auffallender Eile. Als die Schauspielerin den Wagen verließ, war der seltsame Mensch bereits verschwunden. Der hastige Aufbruch, die schnelle Röthe in seinem Gesicht — befremdete das Mädchen, und wiederum stieg der vordem ganz verbannte Argwohn in ihr auf.

Ein zudringlicher Kellner, der seinen Gasthof offerirte, entriß sie bald dieser Stimmung. Sie erkundigte sich nach der Abfahrt des Wagens nach G . . . bei dem Schirrmeister und folgte dann dem Kellner, der sich bereits ihres Handgepäckes bemächtigt hatte.

Als sich Klara auf ihr Zimmer zurückgezogen, dessen Comfort die sichtlich Ermattete zur Ruhe einlud, schien statt der natürlichen Abspannung nach der langen Postfahrt eine unruhige Aufregung über sie zu kommen. Ihr Abenteuer mit dem räthselhaften Fremden mochte wohl dazu der Anlaß sein. Sie durchsuchte eine kleine Tasche, die sie auf den Tisch vor sich hingelegt, mit großer Hast. Ein altes, abgegriffenes Buch zog sie hervor. Getrocknete Blumen und mehrere Silhouetten fielen aus den Blättern, da sie es mit zitternden Händen eilig herauslangte. . . Sie blätterte hin und her und suchte unter den Silhouetten.

„Da ist's!" rief sie endlich tiefaufathmend. Es war ein männliches Portrait, welches sie mit diesen laut gesprochenen Worten aufhob. Sie stützte das Haupt in die Rechte und blickte lange nachdenklich auf das kleine Blättchen.

„Seltsame Aehnlichkeit!" flüsterte sie. — „Wie mir dieser Gedanke aber nur in den Sinn kam? . . Er ist todt! . . . Das Schicksal spielt Fangball mit

2

uns — sagte er!" . . . „Nein — nein, wohin verirrt sich meine erhitzte Phantasie? — Es ist ja undenkbar — unmöglich! . . . Die Gräber öffnen sich
nicht. . . . . Und doch, wie beängstigend ist jetzt für
mich diese Erinnerung! . . Ist die Stimme des Mit-
leids so gänzlich wieder erstorben, die in seiner Gegenwart so seltsam laut und eindringlich zu seinen Gunsten
sprach? . . . Wie bang und unheimlich sind diese Gedanken. Und bin ich nicht im Grunde ein recht thö-
richtes Kind, ihnen nachzuhängen? . . Arme Mutter!
Wär'st du jetzt noch an der Seite deiner Klara —
würdest mich nicht schelten? . . . Es ist zu kindisch!
Und doch — doch wollen sie nicht aus der Seele weichen
diese düsteren Bilder! . . . Wär's doch erst Morgen?
. . . Wie endlos wird mir die Nacht erscheinen! Und
Morgen — will er kommen — er! O, daß ich das
Angesicht nie, niemals wiedersehe, das solche Gedanken
in mir wachgerufen!" . . .

Der Morgen kam — der Bemitleidete und dann
Gefürchtete aber blieb aus.

Erst als Klara bei'm zweiten Signal des Postil-
lons in den Wagen stieg, hörte sie ihren Namen rufen.
Sie zuckte zusammen — und doch war es nicht Salomon's Stimme. Ein kleiner, rothköpfiger Kerl mit
einem verschmitzten Gesichte drängte sich an sie heran,
stellte sich mit großem Wortschwall als Theaterdiener,
Bibliothekar, Requisiteur und Decorationsmaler des
Herrn Direktor H. vor, und überreichte ihr im Namen
und Auftrage seines erkrankten „Collegen," des Souffleurs Salomon ein kleines Briefchen.

Als Klara, die dieses Mal wieder wie am Tage

zuvor ganz allein im Postwagen war, die Zuschrift öffnete, fielen drei einzelne hessische Guldenscheine aus dem Couvert. Die begleitenden Worte waren von einer zitternden Hand geschrieben; man hätte aus diesen weichen und schwankenden Zügen unmöglich auf einen männlich festen Charakter des Schreibers schließen können. Der Worte waren wenige, aber sie erhielten Werth durch den ungeschmückten Ausdruck einer aufrichtigen Dankbarkeit.

Die Stirne Klara's war nicht so heiter als am Tage zuvor; auch das rosige Gesichtchen schien ein wenig bleich. Waren es die Schlagschatten der bösen Träume, die sie in jener „endlosen Nacht" befürchtete? Der Himmel, der gestern so sonnenhell und wolkenlos blaute, paßte zu dieser trüben Stimmung der Reisenden. Er malte sich grau in grau. Die Gegend war öder und unwirthbar. Berg auf, Berg ab schlängelte sich die einförmige, mit Obstbäumen besetzte Landstraße. . . .

Gegen Mittag war G. erreicht. Klara erkundigte sich nach einem Gasthofe, dessen Namen sie in ihrem Notizbüchlein angemerkt. Er befand sich dem Posthause gerade gegenüber. Außer dem Handgepäck bestand das Passagiergut der Schauspielerin in einem mittelgroßen Koffer, mit Seehundsfell überzogen.

Ein blondgelockter Kellner empfing die Fremde auf der Flur mit affektirter Zuvorkommenheit.

Klara nannte ihren Namen und fragte, ob nicht bereits am Morgen eine andere Dame angelangt sei, die für sie ein Zimmer, wo möglich ein gemeinschaftliches, bestellt?

2*

In ihrer sichtlichen Verwunderung verneinte der Garçon.

„Wann kommt die Post von Eschwege?"

Der Blondgelockte besann sich. „Nur dreimal in der Woche. Gestern kam sie — morgen früh kommt sie wieder und dann am Sonntag" — sagte er endlich.

„Also morgen!" flüsterte Klara. Ihr Gesicht schien sich zu erheitern. Der Kellner wies ihr ein Zimmer an. Als er mit dem unvermeidlichen Fremdenbuch bald darauf wiederkam, brachte er zugleich einen Brief, der auf dem Couvert Clara's Namen führte.

„Aus Frankfurt?" fragte sie lebhaft.

Der Kellner nickte und schlug seine mit Weinflecken bedeckte Serviette kühn über den linken Arm.

„Bitte zunächst das Fremdenbuch," sagte er und schob den Folianten auf den Tisch. Klara füllte die üblichen Rubriken mit sichtlicher Eile aus. Dann langte sie hastig nach dem Briefe.

„Ah — eine Dame vom Theater!" rief der Kellner, der eben den Folianten wieder an sich nahm. „Das ist ja eine ganz besondere Ehre für unserem Hotel! . . . O mein Fräulein das ist ein beneidenswerther Stand! Erlauben Sie, daß ich Sie gestehe, auch ich schwärme für die Kunst! Ich fühle den unwiderstehlichen Drang in mich — auch unter'm Theater zu gehen! . . .

„Mein Herr ich möchte — den Brief lesen!"

„Schon recht! Verzeihen Sie meinem überströmenden Herzen diese Exclamationen."

Sprach's und empfahl sich mit einer tiefen Verbeugung.

Die Schauspielerin hatte mit zitternden Händen
den Brief geöffnet. Tiefe Blässe zog über das schöne
Gesicht. Das Zittern schien sich, je weiter sie las,
der ganzen, zarten Gestalt mitzutheilen. Erschöpft sank
sie in einen Sessel. Erst nach einer Weile war sie
im Stande weiter zu lesen. Die betreffenden Worte,
welche diese plötzliche Aufregung hervorgerufen haben
mochten, lauteten in jenem Briefe folgendermaßen: —
— — „Schließlich muß ich dir von einem räthselhaften
Besuch erzählen, den mein Mann vor einigen Tagen
hatte. Es war ein ältlicher Mann, ziemlich reducirt.
— „Ich war nicht daheim. Er fragte nach deiner
Mutter — nach dir. Auf meines Mannes Fragen,
welches Interesse er für Euch habe, antwortete er aus-
weichend. Du kennst den Onkel. Er sagte, was er
wußte, denn der Fremde ängstigte ihn und er suchte
des unheimlichen Besuchs sobald als möglich los zu
werden. Als der Fremde vernahm, daß Leonie todt,
stöhnte er tief auf. Von Dir war wenig die Rede.
Du weißt ja, wie der Onkel über deine jetzige Laufbahn
denkt und wie sehr du dich ihm dadurch entfremdet.
Bald nachdem er gegangen, kam ich nach Hause. Als
ich Licht anzündete, bemerkten wir dicht neben dem
Stuhl, auf dem er bei der Nachricht von deiner Mutter
Tod wie vernichtet zusammengesunken war, eine Karte
und auf dieser stand der Name: Felicien Marsand —
der Name des Mannes, der deinen seligen Vater einst
in's Unglück stürzte. Wir hielten vergeblich Nachforschungen nach 'dem unheimlichen Menschen . . . . Von
Fräulein Siebel erzählt man sich hierorts seltsame Sachen. Gott gebe, daß du dich nicht in dieser Freundin

täuscheſt! Jedenfalls warſt du unvorſichtig, ihr zu dem
Gaſtſpiel in Gotha den größten Theil deiner Garderobe
zu leihen! Du willſt mit ihr in G. zuſammentreffen!
Ich wünſche, daß, wenn dieſer Brief eintrifft, der
Verdacht, der mich ſo unruhig macht, ſich bereits als
völlig grundlos herausgeſtellt hat und du bereits im
Beſitze deiner Sachen biſt. Es grüßt dich deine Tante

Emma Perry."

— — — — — — -- — —

Erſt gegen das Ende des langen Briefes, den
wir oben nur im Auszug mittheilten, ſchien ſich ihre
Aufregung zu legen. Ja die Beſorgniß der Tante, in
Bezug auf die Freundin, erweckte ein Lächeln bei ihr.

„Gute Tante," flüſterte ſie „deine allzu große
Sorglichkeit führt dich zu einem Mißtrauen, welches
ungerecht iſt. Emma iſt gut und ehrlich! Ich fürchte
nicht, daß ich unvorſichtig gehandelt. Sie kommt —
ſie kommt gewiß!.. Aber jener Mann!... jener
Fremde!... Warum kann ich jenen Beſuch nicht
ſcheiden in meinen Gedanken von dem Unglücklichen,
der geſtern mein Begleiter war? Félicien Marsand?
Ach nur zu wohl, erinnere ich mich jenes entſetzlichen
Namens? — Wie oft ſprach ihn die ſelige Mutter
unter Thränen aus!... Die gute Tante fürchtet, ich
möchte mit meinen Freundinen dieſelben traurigen Erfahrungen machen wie mein armer, guter Vater!...
Es iſt dumpf und unheimlich in dieſem großen Zimmer
— kein Sonnenſtrahl bringt durch die dunklen Gardinen — — wie ſeltſam beängſtigend winkt heut' dieſe
Stille und dieſes Dunkel auf mich ein, während ich

Beides sonst so gerne suchte! ... Mir ist, als sähe ich überall jenes entsetzliche Zeichen der Schande, das ich auf dem Arm jenes Unglücklichen erblickte! Ach schon in früher Kinderzeit sah es mein Auge. — — Hier in dem kleinen Buch der Mutter steht es Blatt für Blatt und dunkle, räthselhafte Zeichen daneben!.. In welchem näheren Zusammenhang steht das schreckliche Zeichen mit unserem Hause? — Sie war zum Fenster getreten und öffnete die grünen Jalousien. Das Gewölk hatte sich zertheilt und der Himmel schien sich just in diesem Augenblick zu klären.

Das Fenster ging hinaus auf einen kleinen, etwas verwilderten Garten. Unkraut überwucherte die Blumenbeete wie die schmalen Kieswege. Dichte Jasmingebüsche und Fliederlauben mit duftigen Blumen überreich geschmückt verliehen dem Ganzen einen etwas heitern Anblick. Dicht vor dem Fenster stand eine dichtverwachsene Lindenlaube. Zwei Männer saßen dort, ihr den Rücken zukehrend, auf einer halbzerfallenen Rasenbank. Sie schienen tief in ein Gespräch verwickelt, da selbst das geräuschvoll auffliegende Fenster sie nicht aus ihrer Unterhaltung aufschreckte. Der Eine schien hoch und schlank. Er trug einen hellen Sommerstoff, der ziemlich grell abstach gegen das grüne, dichte Blätterwerk. Ein schottischer Plaid hing über die Schultern. Den schwarzen Lockenkopf deckte ein hellgrauer, runder Hut. Die Figur des Andern deckte ein dicker Stamm. Er schien dunkel gekleidet. Seine Stimme klang näselnd und er gesticulirte sehr lebhaft bei allen seinen Reden.

„Und ich behaupte, daß es ein Irrthum Ihres

Herrn Vaters sei," sagte dieser Letztere, da Klara sich eben zum Fenster hinausbeugte. „Jener Marsand existirt nicht mehr. Meine Reise nach Straßburg war umsonst! Auch in Fort Vauban war ich, und in Neu-Breisach. Alles vergeblich!"

Die Schauspielerin fuhr zusammen, da ihr auch hier derselbe Name entgegen klang, der eben jetzt ihre Seele erbeben machte und mehr als je zuvor ihre Phantasie beschäftigte! Marsand existirt nicht mehr!.. Sie wollte zurücktreten, aber die Füße versagten ihr den Dienst. So verhaßt ihr auch die Rolle einer heimlichen Lauscherin unter allen Umständen sonst sein mochte — dieses Mal verschmähte sie dieselbe nicht. Schien es nicht ein vielbedeutsamer Zufall, daß sie eben Zeugin dieser heimlichen Unterredung wurde? Wie durch eine magnetische Kraft gefesselt, blieb sie horchend neben dem Fenster stehen. . . .

„Ich stehe dieser ganzen Sache fern," hub der Andere mit einer wohlklingenden Stimme an, „sehr fern! Was cher papa vor hat, weiß ich überhaupt gar nicht. Ich theile seine Rachepläne nicht!" . . .

Der Andere warf ein französisches Proverb ein, welches Klara nicht deutlich hörte.

„So ist also der Zweck Ihrer Reise nicht erreicht?" fragte der Jüngere der Beiden nach einer Weile.

„Leider nicht! Andere Entdeckungen aber, die ich gemacht, werden Ihrem Herrn Vater sehr willkommen sein. Sie betreffen Jules Cambord selbst." —

„Den sauberen Spießgesellen des Marsand?"

„Ja, den Liebling des Herrn Papa!" Er begleitete diese Worte mit einem widrigen und gellenden Lachen.

Jules Cambord? — auch dieser Name war Klara
nicht unbekannt.

„Wenn soll denn der große Streich geführt werden?" fragte der Mann in dem hellen Sommerrock.

„Weiß ich's? Ihr Herr Vater will und muß
sicher gehen. Es ist eine delikate Sache. Nur wundert's
mich, daß Sie so ganz und gar nicht eingeweiht sein
sollten!"

„Auf Ehre nicht! Papa hat wohl gemerkt, daß
ich nicht zu solchen Sachen tauge!" . . .

„Wirklich?"

„Ganz gewiß. Was ich überhaupt von diesen
feindlichen Gesinnungen des Papa's gegen jenen Krösus
weiß, danke ich Ihnen, mein Werthester, da Sie gewiß
für derlei Sachen ein besserer Helfershelfer sein mögen
als ich. Cher papa hat mir bis jetzt nicht die Gnade
erzeigt, mich in Kenntniß zu setzen von diesem mysteriösen Treiben und seinen Zwecken! Ich bin darüber
keineswegs untröstlich."

Der Redner erhob sich, zog den Plaid um die
Schultern und machte Anstalt, sich zu entfernen. Klara
trat in das Innere des Zimmers zurück. Sie hörte,
wie sich die Beiden entfernten. Noch aus der Ferne
klang das widrige Lachen des Einen in ihr Ohr. Ihr
graute vor diesem Manne, ohne daß sie ihn gesehen.
Sie wußte nicht warum — und doch konnte sie dieses
Gefühl nicht verbannen. Eine Ahnung schien ihr zu
sagen, daß irgend ein auch sie betreffendes Unheil von
diesem Unbekannten sich vorbereitet! . . . . Seltsame
Fügung des Schicksals, welche urplötzlich all' die heitere
Ruhe aus ihrer Seele vertrieben durch jene Namen,

die sie längst in ihren Erinnerungen begraben glaubte und die nun, drohenden Gespenstern gleich, unheimlich und wild aufstiegen aus ihren Gräbern! . . . Marsand! . . . . Cambord! . . . . Knüpfte nicht an diese Namen sich das ganze traurige Schicksal ihrer Familie? Der Fluch der bösen That, die fortzeugend Böses muß gebähren — hatte er sich nicht an ihr selbst wie an ihre Lieben so schrecklich erfüllt? Das Strafgericht bis in das dritte und vierte Glied, war es nicht wahr geworden in ihrem Hause? . . .

Sie nahm ein Buch, um ihren Gedanken, die so beängstigend in ihrem Hirn sich kreuzten, zu entgehen. Vergebens! Sie trat an das Fenster und verfolgte den eilenden Flug der Wolken und das Spiel der Turteltäubchen, die über den duftigen Jasminbüschen hin und her flatterten. Umsonst! Ihre Augen füllten sich mit Thränen, und in diese strömte endlich das übervolle Herz all' sein ahnungsvolles Weh, all' seine Unruhe und Bekümmerniß aus.

* * *

II.

„Welch' seltsames Zusammentreffen! — Ferrand, sind Sie's wirklich? Also doch eine fühlende Brust — ein civilisirtes Wesen in diesem Thale? Was führt denn Sie in dieses Nest? Es wäre eine Beleidigung gegen die Firma ihres Hauses, wollte ich annehmen, daß Geschäfte Sie hierher geführt!"

„Ein Rendezvous, bester Direktor, das ich nach Papa's Wunsch hier mit unserem ersten Buchhalter mir geben mußte. Er kommt aus dem Elsaß und wir sollen uns hier vereinbaren über die fernere Tour. Aber Sie?" . . .

„Komme von M. wollte mir dort einen Tenor engagiren, Impossible! Der Mensch, den alle Theaterblätter als ein Phänomen ausschreien, ist gänzlich unbrauchbar für mein Theater. Eine Zwirnfadenstimme mit entsetzlichen Gaumentönen, dazu wenig Schule und ein Spiel — — horrible! Dazu muß mir mein Wagen zusammenbrechen, dicht vor diesem Nest! Vor morgen kann ich an eine Weiterreise nicht denken." . .

„Und wie sind Sie zufrieden bis jetzt?"

„Ein guter Geschäftsmann — entre nous — soll nie klagen, aber auch nie zu sehr sein Glück rühmen. Indeß — ich wäre undankbar gegen mein Schicksal, wollte ich ihm nicht einige Elogen sagen. Ein Abonnement habe ich wie nie zuvor! Die Oper hat durchgeschlagen — famos! Nur ein lyrischer Tenor fehlt. Ich gebe eine große Opera —mit Ausstattung. Mein Vorgänger in D. poussirte stets die klassischen Dramen."

„Ja" — warf der Andere ein — „es war sehr langweilig. Papa hat sogar damals seine Loge aufgegeben." . . .

„Ausstattungsopern! Das ist das Wahre! Dazu am Sonntag große Possen — mit Ausstattung! Und außerdem habe ich ein Ballet! Ah, Bester, Sie haben viel versäumt! Wie oft bedauerte ich, daß Ihr Platz in Papa's Loge frei blieb! Acht Balletmädel — eine hübscher als die andere! So etwas ist in D. noch nicht dagewesen. Ihre Freunde sind sämmtlich inflammirt. Ah ich könnte Ihnen allerliebste Sachen erzählen, wäre ich nicht diskret."

„Ballet?" — —

Der junge Mann, dessen blasirtes Gesicht mit dem Augenkneifer, den welken Zügen, den großen Backencotelleten sich weit zurückgelehnt hatte in den altmodischen Lehnstuhl, sprang halb auf, als habe ein elektrischer Funke ihn durchschüttelt.

„Ein Ballet in D.?" rief er, „und ich bin nicht dort? Papa mag Reisende engagiren. Es ist abge= macht — ich kehre nach D. zurück! Ganz selbstver= ständlich."

Der schlaue Direktor zupfte an seinen Handman= schetten und betrachtete mit einem Faunlächeln den jungen Balletfreund. Es war ein Herr von ziemlicher Corpulenz. Das fleischige, volle Gesicht, frisch und rosig, verunstaltete nur die weitherabhängende Unterlippe. Das derb Materielle seiner Züge erhielt durch die pfiffig blitzenden Mausaugen und die hochgewölbte porzellanglatte und etwas fettglänzende Stirn, ein merk= würdig contrastirendes Element, das sich schwer defini= ren ließ. Es lag etwas darin von jener Intelligenz, die man selbst dem aufgeschwemmten Gesichte Nero's nicht absprechen kann und eine gewisse grausame Härte eines zerstörungslustigen Willens, der sich mühsam zu verbergen sucht. Zumal in den kleinen Augen funkelte es hin und wieder wie Mordlust, die Unterlippe zog sich dabei hoch herauf und kleine, wachsgelbe Zähne drückten sich aus dem Oberkiefer in den Fleischwulst. Der Mann hatte in solchen Augenblicken das Ansehen einer Karrikatur, die nach einer Thierphysiognomie ent=

worfen. Die breite Nase mit den großen Nasenlöchern erinnerte ohnehin an die Geruchsorgane eines großen Jagdhundes oder Wolfes.

Die Unterredung, die wir mittheilten, fand in dem sogenannten Entré der „grünen Traube" Statt, demselben Gasthof, in welchem Klara auf die Freundin wartete, welche die Post aus Eschwege bringen sollte. Der blondge- lockte Kellner servirte den beiden Gästen ein kaltes Frühstück, bei welchem er mit großer Aufmerksamkeit, ja mit einer Art heiliger Scheu dem dicken Theater- direktor stets zuerst vorlegte.

„Das ist auch," sprach dieser mit vollen Backen kauend und dem Kellner auf die Schultern klopfend, „ein seltener Vogel! Denken Sie sich, bester Herr Ferrand, . der junge Mann will „unterm Theater" gehen und hat sich deßhalb an mich gewendet. Nicht wahr, Louis?"

„Allerdings — es wäre mich die größte Ehre!" stotterte der Blondgelockte. Der junge Kaufmann brach in ein schallendes Gelächter aus.

Der schöne Louis erröthete bis zu den Haarwur- zeln seiner obersten Locke.

„Noch eine Flasche Wein!" befahl der Direktor, der mit seinem neuen Mitgliede doch ein wenig Mitleid fühlen mochte.

„Um Gotteswillen" rief Ferrand noch immer la- chend — „Sie haben doch den stupiden Kerl nicht wirklich — —?"

„Warum nicht? Weil er mit Dativ und Akkusativ nicht gerade auf sehr freundschaftlichen Fuße steht? . . Das macht sich. Er hat Contrakt auf drei Jahre. Das erste Jahr singt er Chor. Der Kerl hat einen

hübschen Bariton. Hübsch gewachsen ist er auch, die
Brust ist kräftig; kurzum ich habe die besten Hoffnungen. Was braucht denn so ein Liebhaber heut' zu Tag?
Feste Waden, kräftige Lungen! Was soll all' die
wissenschaftliche Bildung? Ein Amant, der reflektirt,
taugt selten viel. Ich weiß das aus meiner Praxis!
Die besten Liebhaber, die ich hatte, waren beschränkte
Subjekte. Je mehr kritischen Geist, je mehr Spekuliren
und Tifteln — desto weniger Gefühl, desto weniger
Schwung und Begeisterung. Die Weibsleute muß er für
sich haben. Und wornach schauen die? . . Nur immer
praktisch, cher ami! All' die ästhetischen Scribler
mit ihrer grauen Theorie mögen zum Teufel fahren.“

Ob der junge Mann an die grüne Praxis glaubte,
die der Theaterdirektor jener Theorie entgegensetzte?
Er lehnte sich wiederum in seinen Sessel zurück und
stocherte in den Zähnen. Das Frühstück der grünen
Traube schien ihm nicht im geringsten zu schmecken.
Er sah höchst unzufrieden und gelangweilt aus, indeß
sein Nachbar mit einem wahren Löwenappetit in einer
Kalbskeule die schrecklichste Verwüstung anrichtete und
fortwährend essend und sich vorlegend seine herrlichen
Kunstprincipien weiter erörterte. Die Rückhaltslosigkeit,
mit der er dieselben vortrug, ließ voraussetzen, daß er
der Zustimmung des blasirten, jungen Mannes an
seiner Seite ganz gewiß sei. Sein Lieblingsthema
schienen Ballets und Ausstattungsopern. — Wir haben
vergessen zu bemerken, daß ein Ordensband im Knopf-
loch des eleganten, kaffeebraunen Paletots schimmerte.
Die fleischigen Finger zierte eine Unzahl von Ringen
und auf dem saubergefalteten, blendendweißen Hemb

strahlte eine Diamantnadel in allen Regenbogenfarben.
Der funkelnde Blick des Direktors ruhte oft mit sichtlichem Wohlbehagen auf diesen „Souvenirs hoher Herren," die er empfangen für seine Verdienste, um das
deutsche Theater!" . . .

Der Blondgelockte hatte hinter dem Sessel des
künftigen „Prinzipals" Posto gefaßt, füllte sein Glas so
oft es Jener leerte und horchte mit halboffenem Munde
auf seine Reden, die ihm wie Orakelsprüche erscheinen
mochten. Sein ganzes Wesen war rein verklärt. Er hatte
sein Ziel erreicht. Morgen schon sollte er den Herrn
Direktor nach D. begleiten. Was galt ihm noch die
Kellnerserviette, die er vordem mit ebensoviel Stolz als
Grazie über den linken Arm warf? Was galt ihm die
grüne Traube, deren harthöriger oft bettlägeriger Eigen-
thümer unter Thränen den treuen Louis scheiden sah, der
ihn nachweißlich nur um halb so viel betrogen wie sein
Vorgänger!

Der Leser dürfte mit Recht die Frage aufwerfen,
wie unser schwärmerischer Oberkellner hier in dem abgelegenen Kirchdorf, in einem meist von Fuhrleuten
und Bauern besuchten Gasthof, jene unbezwingliche
Neigung für die Bühne faßte. War er doch bis jetzt
niemals herausgekommen aus dem Weichbild seines
Dorfes, dessen alter Schulmeister ihm sicherlich nie
etwas von den weltbedeutenden Brettern vorgeschwärmt
hatte. Ach, die Muse hatte selbst das verzehrende
Feuer in dieses Jünglings Seele gegossen! Sie selbst
war eingezogen in dieses einsame Dörflein! Im großen
Schaafstall des Schulzen hatte sie alljährlich ihren
Tempel aufgeschlagen und die Leistungen dieser wan-

dernden Musenjünger entzündeten in ihm „die unbezwingliche Begierde." Jahr um Jahr hielt die Truppe
des ehrenwerthen Direktors Dominicus Fleischhammer
ihren feierlichen Einzug in G. und erfreute dessen Be-
wohner und die der reichen Umgegend etliche Wochen
hindurch mit theatralischen Vorstellungen, für die Louis
seine jährlichen Ersparnisse freudig opferte. Auch jetzt-
eben waren „Fleischhammer's" da. Louis, der sonst so
treue Kunstfreund, hatte bei keiner Vorstellung gefehlt.
Auch der Schauspielerin von Nro. 7, hatte er davon
erzählt, die Tags zuvor in der „grünen Traube" ein-
gekehrt war. Mit welchem Stolz hatte er ihr heute
mitgetheilt, daß er in Bälde ihr — College sein werde,
als Mitglied des Stadttheaters in D. mit dreijährigem
Contrakt und achtzehn Thalern Monatsgage. Gage!
Er sprach dies Wort mit unbeschreiblichem Selbstbe-
wußtsein aus! Die fremde Dame hatte ihm keine
Antwort gegeben. Sie sah sehr blaß aus und ihre
Augenlider waren geröthet. Louis glaubte anfänglich,
es sei Neid. Allmählich aber ward er inne, daß die
junge Dame höchst wahrscheinlich darum so betrübt sei,
weil die erwartete Freundin nicht mit der Post aus
Eschwege angelangt war, welche sie so sichtlich erwartet
hatte. Auch einen Brief hatte er für sie zu besorgen
gehabt an ein Fräulein Emma Siebel. Die Aufschrift
war so sehr unleserlich gewesen, als seien Thränen auf
das Couvert gefallen. Den ganzen Vormittag war die
Dame höchst unruhig im Zimmer auf und ab gegangen, hatte laut mit sich gesprochen und einmal sogar
laut aufgeweint. Das Alles hatte Louis wohl gemerkt.
Er verbrachte alle Zeit, die ihm sein hochverehrter

Direktor in der unteren Gaststube übrig ließ, auf dem
dunklen Corridor vor der Thüre der Schauspielerin.
Sein Herz hatte Mitleid mit der „Collegin." Er hatte
ein so gutes Herz, unser Louis. Wie gern würde er
ihr seine silberne Uhr und seinen Siegelring geopfert
haben, wenn dadurch ihr Kummer zu heilen gewesen.
Als sie das Portogeld für jenen Brief hervorholte,
merkte Louis, daß ihr Geldbeutel in sehr trauriger
Verfassung sei. Er hätte die „Collegin" gar gerne
seinem Direktor empfohlen, doch fehlte ihm dazu der
Muth. . . .

Daß der Wirth der „grünen Traube" just an
diesem Tag vom Podagra gequält sein mußte. Die
ganze Last der Wirthschaft lag auf unserem Louis,
dessen Seele ganz andere Gedanken erfüllten als die,
welche sein Amt als Kellner von ihm forderte. Die
noblen Herren hatten von einem „Diner" gesprochen.
Louis hatte durch einen Roman, den er einmal von
einem Akteur Fleischhammer's sich geborgt, eine däm-
mernde Vorstellung von dem, was mit diesem erhabenen
Wort gemeint sei. Die Köchin stemmte die Elbogen
in die Seite und starrte ihn mit ihren tellergroßen
Augen drei volle Minuten wie versteinert an, da er
die verhängnißvollen Worte aussprach: um 2 Uhr
wollen die Herren das Diner! .. Die gastronomischen
Kenntnisse der Guten gingen nicht über die Zubereitung
eines Ochsenbraten hinaus. Dazu sollten heute noch
gedörrte Pflaumen kommen und dann ein paar Tauben
mit einer Petersiliensauce. Ist das wohl ein Diner?
frug sie, nachdem dieser ihr Küchenzettel beendigt war.
Louis zuckte verächtlich die Achseln. Ein Diner für

3

seinem Direktor — und nichts als Tauben und Ochsenbraten! Das schien ihm wie eine Beleidigung. Er hatte in jenem Roman von Pubbings und Majonnaisen gelesen. Zu einem Eierkloß wollte sich endlich die Vorsteherin der Küche verstehen — das aber sei das Ende ihrer culinarischen Fähigkeiten. Während man sich über dieses kritische Thema in den Souterrains der „grünen Traube" unterhielt, saßen die beiden Gäste, die all' diese Angst und Verwirrung durch jenes eine Wort angerichtet hatten, in dem Entrézimmer und rauchten ihre Havannahs. Louis hatte die zweite Flasche Wein entkorken müssen. Darauf war ihm ein Wink gegeben, zu entschwinden. Er hatte somit wieder Muße für die Collegin. Er ging zu Nro. 7, klopfte zierlich und schüchtern und trat dann, als ein leises, halb erstauntes „Herein!" aus dem Innern scholl, in das Gemach. Ein colossaler Gedanke war aufgedämmert in seinem Gehirn. Er wollte der Collegin „imponiren" — und dazu sollte das: „Diner" ihm behülflich sein.

Ein halblautes Ach! tönte ihm bei'm Eintritt entgegen. Klara griff hastig nach ihrem Tuch und fuhr mit demselben über ihre gerötheten Augen.

Louis machte die unvermeidliche Verbeugung, stellte sich in die dritte Position und strich die blonden Locken, die ihm immer bis tief in die Stirne herabfielen, mit einer kühnen Handbewegung zurück. Sein Instinkt wußte etwas von der Wirkung der „großen Kunstpause." (Wer wollte läugnen, daß er ein berufener Musenjünger sei?) Die Schauspielerin blickte mit ziemlich sichtlicher Indignation zu dem Zudringlichen hinüber. Sie wußte ja nicht, welch' ein mitleidsvolles, weiches

Herz unter dieser geschmacklosen, schottischcarrirten Shawlweste schlug! Auch für sie schlug! Armer, verkannter Louis! . . .

„Wann befehlen Mademoiselle das Diner?"

Wieder eine große Pause. Das große Wort war gesprochen. Louis wartete auf die Wirkung. Er hatte Silbe für Silbe langsam betonend hervorgeholt. Sie schwieg. Sie senkte das Haupt. Er hatte ihr imponirt! Wie schön sie war in dieser nachdenklichen Stellung.

Eine Glocke erscholl im Entrézimmer. Sein Direktor verlangte nach ihm. Armer Louis! Der schöne Moment war zerstört. Er stürzte davon. Tückisches Schicksal! Welch' herrliche Phrasen hatte er sich aus gesonnen! Alles vergebens. Sie sollte Respekt bekommen vor seiner Bildung und dann, ja dann wollte sein gutes Herz hinterdrein sich der „Collegin" gänzlich öffnen, die ihn so ganz wunderbar an sich zog! Er fürchtete nicht mehr jenes ironische, leise Lächeln, das in ihre Züge trat, so oft er zu ihr gesprochen. Ein Mann, der mit so erhabenen Fremdworten um sich werfen konnte, hatte jenes ironische Lächeln nicht mehr zu scheuen! Er wollte ihr seine geistige Ebenbürtigkeit beweisen. Warum gerade ihr? Armer Louis! . . . .

Das große Diner war vorüber. Auf Louis Stirne perlten dicke Schweißtropfen. . . Mit welcher Indignation hatte sein Direktor die Serviette zurück geworfen. Der Ochsenbraten war verbrannt, die Petersiliensauce versalzen, der Eierkloß steinhart. Warum just heut'! Die Kathrin' war doch sonst eine so perfekte Köchin! . . . Die Herren nahmen denn Kaffee jeder auf ihrem

3*

Zimmer. Beide sprachen von einem Nachmittagsschläf-
chen. Beide sahen sehr abgespannt und gelangweilt
aus. Das that Louis in innerster Seele weh. Er
stieg nachdenklich die drei Treppen zu seiner luftigen
Mansarde hinan, um einzupacken. Das war bald gethan.
Ein kleiner Nachtsack faßte bequem die Habseligkeiten
des blondgelockten Kellners. Er deklamirte dazu den
bekannten Monolog aus Schillers Jungfrau. Auch
ihm bekannt? Gewiß! Hatte er doch Agathe Fleischhammer im vorigen Herbst zweimal in dieser Rolle gesehen. Die Variationen, die Louis anbrachte, verdienten
der Nachwelt überliefert zu werden; sie glichen den
Extempores, die Lord Pudding in der Benefizvorstellung
bei seiner Deklamation zu machen pflegt. Da Louis
Stein und Bein darauf schwur, daß er so und zwar
Wort für Wort den Monolog von Fräulein Agathe
vernommen, so könnte man fast vermuthen, daß diese
Aktrice — doch nein; das hieße Fleischhammers Ehre
antasten, der zwei vollständige Ausgaben von Schiller
besaß! . . .

„Der Louis geht und nimmer kehrt er wieder!"
Der Würfel war ja gefallen! Träumerisch blickte
er von seiner Bodenkammer hinab in das stille Thal.
Das Dörflein lag vor ihm, in dem er geboren und
erzogen. Jeder Busch, jedes Haus, jeder Steg war
ihm bekannt bis hinüber zu dem großen Buchenwald,
der ringsum die Höhenzüge schmückte mit seinem ersten,
hellen Sommergrün. Dort hinten aber, wo sich der
blaue Himmel auf die nebligen Höhenzüge niederzusenken
schien, dort begann die große, unbekannte Welt — das
ewige Ziel seiner Sehnsucht von Kinderbeinen an.

Jener Nebelvorhang sollte jetzt aufgezogen werden!
Was mochte er nicht Alles bergen! Wie ein Chaos
fluthete es durch Louis träumerische Seele. . . .

Die Siesta des Kellners „zur grünen Traube“
war nur von kurzer Dauer. Die alte Dorfkirchenuhr
brummte die vierte Nachmittagsstunde. . . Auch Louis
hatte seinen categorischen Imperativ! Die Pflicht rief
und er war gewissenhaft genug, sich ihrem Rufe nicht
zu entziehen. — Bald, ach bald ward Pflicht und
Neigung in seinem Leben identisch; noch trug er die
Kellnerjacke! Aber nur noch bis morgen Abend! Jedes Joch trägt sich leichter, sieht man das Ziel.

Auf der Flur begegnete ihm der Postbote. Er
brachte einen Brief für die Dame auf Nro. 7. Wiederum aus Frankfurt. Die Herren, welche das Dîner
Katherinens noch nicht verdaut haben mochten, schienen
noch zu schlafen. Louis ging nach Nro. 7. Dort war
es gar düster und still. Alle Jalousien herabgezogen.
Die Dame saß im Sopha. Er übergab ihr den Brief.
Sie winkte ihm zu gehen. Ach, er hätte ihr noch so
viel zu sagen gehabt.

„Mademoiselle, Sie sind eben so stolz als schön
— bedenken Sie doch, daß ich jetzt bereits weniger
Kellner als vielmehr Ihr College bin!“

Hatte er wirklich diese Worte gesprochen? Er
wußte es nicht. Aber gedacht hatte er sie. Sein
Herz war voll zum überfließen. Er machte sich Luft,
indem er alle möglichen Titeln aus Lustspielen, Dramen und Tragödien, die Fleischhammers Repertoire
umfaßten, mit halblauter Stimme von sich gab. Dabei
patrouillirte er in dem engen Corridor von Nro. 7 auf

und nieder. Es war noch immer todtenstill in der Stube. Trotzdem die helle Maisonne durch die bunte Glasthüre schien und auf die ockergelben Wände des Corridors buntfarbige, tanzende Lichtreflexe warf, ward's dem Louis recht unheimlich. Immer wieder und wieder zog es ihn zur Nebenthüre der Collegin. Nichts mehr von dem jugendfrischen Lachen, das am ersten Tage ein oder zwei Mal dort erscholl — nichts mehr von leisen, knisternden Schritten, welche in gleichmäßigem Tempo den Raum durchmaaßen — nichts von dem Weinen. Alles still — todtenstill. Dem Jünglinge war's, als hielte er Wacht' vor einer Leichenkammer. Ein Gefühl tiefster Traurigkeit kam über ihn. Ein dunkler Instinkt schien ihm zu sagen, daß in der stillen, dunklen Stube irgend ein großes Leid über ein armes Menschenherz gekommen sei.

Endlich öffnete sich die Thüre. Er sprang hinaus auf die Hausflur, erröthend wie ein ertappter Dieb.

Die Dame folgte mit langsamen Schritten.

Welch' eine Veränderung! Das sonst so glänzende, feurige Auge starrte herzlos in's Leere, der sonst so elastische Gang war schwerfällig, als hemmten Bleigewichte jeden Schritt, das rosige Angesicht mit den Lachgrübchen, in dem Glück und Frohsinn thronten, schien wie versteinert und dazu blaß, gar so blaß.

Sie winkte den Kellner zu sich heran.

„Sie erzählten gestern," begann sie nach kurzer Pause, „von einem Theaterdirektor, der hier Vorstellungen gibt. Wo wohnt derselbe?" . . .

Wie weich, wie melodisch klang diese Stimme ihm gestern noch in's Ohr. Es war für ihn himmlische Musik gewesen. Und nun — wie matt, wie unsicher, wie gedrückt war jeder Ton.

Louis beschrieb ihr den Weg. Seine Stimme zitterte. Er hätte weinen können vor Mitgefühl. Sie möchte in seinen erstaunten Zügen lesen, wie sehr ihr verändertes Wesen ihm auffiel. Sie richtete sich stolz auf, dankte für die Auskunft, ließ den grünen Schleier fallen und ging, ging so ruhig und fest, daß Louis auf's Neue staunen mußte. Kopfschüttelnd sah er ihr nach. Da plötzlich packt seine Schulter ein lilafarbiger Glacéhandschuh und eine Moschusatmosphäre duftet um sein blondgelocktes Haupt. Der Herr im hellen Sommeranzug steht hinter ihm und gestikulirt mit dem Spazierstöckchen auf die Landstraße hinaus, wo die Dame im rehfarbigen Kleide eben hinter einem hohen Ziehbrunnen verschwindet. . . .

„Louis — Kellner — Künstler — Mensch, wer ist diese Dame?" fragte der Athemlose.

Louis gab Auskunft, so weit es seine „instinktive Delikatesse und sein Mitleid" erlaubten. Der junge Kaufmann hörte mit großer Spannung den langathmigen Perioden zu. Eine eigenthümliche Elastizität schien über den sonst so blasirten Mann gekommen zu sein. Sein gläsernes, mattes Auge funkelte und der Stock schrieb über Louis Haupt gar sonderliche Circumflexe in die Luft, während das goldene Monocle hin und her flog.

„Schauspielerin — in Verlegenheit — Engagementlos — Göttin — ohne Duenna —" stieß er in abgebrochenen Sätzen hervor, indeß seine sonst so kalten

Züge sich immer mehr belebten und erhellten — „Wohin geht sie denn jetzt?"

Der Kellner gab auch darüber eine recht geläufige Auskunft.

„Was — hier doch nicht spielen wollen? Tonnerre, das wäre abominable! Darf nicht sein! Wahrhaftig — junonische Gestalt! . . . Hm — darf nicht sein!"

Wir wissen, daß Louis es stellenweise nicht unterlassen konnte, laut zu denken. Das passirte ihm auch jetzt. Sein allzu warmes Mitgefühl für die Collegin ließ es ihm nicht allzu taktlos erscheinen, wenn er dem reichen, jungen Manne eine leise Andeutung von den bedrängten Verhältnissen der Schauspielerin mache. Und so dachte er ziemlich laut die inhaltsschweren Worte: — „denn Mademoiselle haben bis jetzt noch kein Diner eingenommen!" . . . In welchem logischen Zusammenhang dies Faktum mit dem von ihm präsumirten Entschluß der Dame „bei Fleischhammers aufzutreten" stehe — das zu errathen überließ er getrost dem Scharfsinne des jungen Elegants, welcher mit sichtlichem Interesse über die Schauspielerin bei ihm Erkundigungen einzog.

Der junge Kaufmann wiederholte noch einige Male: „darf nicht sein" — und bekräftigte das durch mehrere Worte aus fremden Sprachen, die unseren Louis gewaltig in Respekt setzten. Dann eilte er in's Haus zurück und stürmte die Treppe hinan, die zur Stube des Direktors führte.

„Darf nicht sein?" wiederholte Louis und stellte sich in die dritte Position. „Hm — eigentlich wär's auch eine Schmach, wenn sie bei Fleischhammers. . . ." Er mochte den Gedanken nicht zu Ende denken. Seine

Collegin — in einem Schafstall agiren! Ihn schauerte
es durch Mark und Bein. Und doch — hatte er nicht
vor zwei Jahren selbst..? Das war ein finsteres
Etwas in seinem Leben, das er nicht gern lüftete!
Wenn sein Direktor das wüßte!...

— — — — — — — —

Es war ein kleines Hinterhaus, welches von
einer Dame im rehfarbigen Kleide als Wohnung des
Theaterdirektors Dominicus Fleischhammer bezeichnet
wurde. Man gelangte zu demselben über einen wüsten
Hofraum voll Schutt und Steinhaufen, der den Eindruck einer alten Brandstätte machte. An der grünbe-
malten Thüre des Hinterhauses las man schon aus
weiter Ferne den von einem Theaterzettel ausge-
schnittenen Namen des Thespiskarrenlenkers. Das
Häuschen war halbversteckt durch eine kleine Kirsch-
baumallee, die erst jetzt in voller Blüthe stand. Ein
schmutziger Betteljunge zeigte der Dame den Weg.

Als Klara die Glocke zog, bemerkte sie grad über
sich in einer Bodenluke ein weibliches Wesen mit ver-
bundenem Kopfe in höchst derangirter Toilette, welche
ohne zu grüßen, mit starrem Staunen auf die elegante
Fremde herabglozte, und eben damit beschäftigt schien,
einige frischausgewaschene Unterkleider an einer kolossa-
len Bohnenstange aus der Luke hinauszuhängen. Die
epheuumrankten Fenster — hin und wieder mit Papier
umklebt — waren so undurchsichtig, daß ein Einblick
in die Parterrestuben von außen unmöglich schien.
Unter den Kirschbäumen spielte ein kleines Mädchen
mit brandrothen Haaren mit einer Puppe, deren Ein-
geweide höchst ungenirt aus den Fetzen der Bekleidung

hervorschauten und von anatomischen Studien zeugten, die der Zerstörungssinn dieses finsterblickenden, wachsgelben Kindes angestellt haben mochte.

Es dauerte gar lang, bis es im Innern des Hauses lebendig ward. Klara hatte bereits zwei Mal nach langem Zwischenraume geschellt. Die Gestalt in der Bodenlucke war endlich verschwunden. Heiseres Pudelgebell erscholl dicht hinter der Thür, die sich endlich sehr langsam öffnete. Eine alte Frau ward sichtbar. Sie war einfach aber sehr sauber gekleidet und sah sehr gutmüthig und wohlgenährt aus.

Klara fragte nach dem Direktor Fleischhammer.

„Ah — mein Sohn!" rief die Alte. „Kommen Sie doch näher, liebes Fräulein."

Sie öffnete eine sehr niedrige Thüre, die aus der engen mit Ziegelsteinen bedeckten Flur in ein geräumiges Gemach führte. Es war recht dunkel und unbehaglich in dem Zimmer. Eine hohe Figur, in einem sauberen Kattunschlafrock gehüllt, saß an einem Schreibtische und schien überaus eifrig bei einer Scriptur beschäftigt. Der Mann schob die silberne Brille über die buschigen Augenbrauen hinauf und erhob sich langsam und pedantisch.

Er begrüßte die Fremde sehr förmlich, fast feierlich. Es lag etwas Vertrauenerregendes, Ehrenfestes in der ganzen Erscheinung. Den grauen Scheitel deckte ein Sammtkäppchen, ein weißes Tuch umhüllte fest und straff wie eine Militärbinde den etwas langen Hals. Das Profil war edel und ebenmäßig. Er glich eher einem Landgeistlichen als einem Thespiskarrenlenker. Während er die Gänsefeder, mit der er geschrieben,

verlegen zwischen die Finger drehte, begann er mit einer
überaus weichen und salbungsvollen Stimme nach dem
Begehr seines Besuches zu fragen, dessen elegante Toilette ihm sichtbarlich imponirte.

„Du wirst doch diesen Besuch nicht so — nicht
hier entgegen nehmen" sagte die Alte, und warf einen
verweisenden Blick auf seine Toilette und auf das wüste
Zimmer. Hohe Bücherrepositorien standen an den
Wänden. Auf Tisch und Stuhl lagen große, staubbe-
deckte Hefte. Die Atmosphäre war drückend, als sei
es Mumienstaub, der in den wenigen Sonnenstrahlen
wirbelte, welche durch einige hellere Glasscheiben in
das hohe Gemach fielen.

Der Direktor neigte mit feierlicher Demuth das
Haupt vor der Mutter, welche die Fremde alsdann
aufforderte, ihr zu folgen. Durch ein Garderobenzimmer,
in dem die größte Ordnung und Sauberkeit herrschte
— trotz der bunten Lappen und Flitter — kamen sie
in ein helles Wohnzimmer, dessen Fenster auf ein allerliebstes Waldpanorama die weiteste Aussicht gestatte-
ten. Grüne Tapeten deckten die Wände. Es fehlte
nicht an kleinen Bildern und Spiegeln, und gepolsterten
Sesseln. Saubere Tüllgardinen deckten die Fenster
auf deren Gesimse in einfachen Scherben blühende Gewächse standen. Nirgend herrschte ein Luxus. Alles
war einfach, aber der heitere Geist der Zufriedenheit
wehte Einem aus dem grünen, sonnenhellen Zimmer
entgegen. Eine junge Frau saß nähend am Fenster.
Sie erhob sich grüßend und warf ungewisse Blicke auf
die Alte.

„Meine Schwiegertochter!" sagte Jene vorstellend.

Klara mußte Platz nehmen. Dann fuhr die gut-
müthige Alte fort:

„Der Dominikus wird gleich erscheinen. Sie
müssen ihn entschuldigen. Er ist ein Sonderling. In
seine Studirstube darf Niemand von uns kommen,
wenn auch der Staub fingerdick auf seinen Büchern
liegt. Er ist nun einmal so. Glauben Sie, daß er's
leidet, daß wir die Fenster waschen? Behüte! Man
muß sich vor fremden Leuten ordentlich schämen.

Die junge Frau am Fenster erröthete sichtlich.
Sie mochte nicht mehr ganz jung sein. Ihr Gesicht
sah recht leidend aus, aber gut, sanft und fromm.
Klara erinnerte sich eines Bildes der büßenden Mag-
dalena, welches eine frappante Aehnlichkeit mit dieser
Frau hatte.

„Wo ist Angelika?" fragte sie nach einer Weile
mit ihrer leisen, kaum hörbaren Stimme.

Die Alte zeigte nach Vorn. Klara dachte der
wachsgelben Kleinen mit den brandrothen Haaren. In
diesem Augenblicke öffnete sich die Thüre und das Mädchen erschien an der Hand jener Person mit dem ver-
bundenen Kopfe, die Klara in der Bodenlucke gesehen,
das Kind weinte und schleifte die Puppe am Boden
nach. —

„Es ist kein Auskommens mehr mit ihr," sagte
mürrisch die stämmige Dirn.

Das Mädchen sprach einige unverständliche Worte
und begann dann noch heftiger zu weinen. Die Mutter
hob sie auf ihren Arm, nachdem sie kopfschüttelnd ihre
Arbeit zusammengelegt hatte. Auch jetzt gab sich die
Kleine noch nicht zur Ruhe.

Die Alte flüsterte mit der Dirn über Haushalts-
angelegenheiten. Das dummtrotzige Wesen dieses Land-
mädchens contrastirte seltsam zu dem stillen freundlichen
Wesen ihrer Herrschaft.

Die Frau Direktorin entfernte sich mit dem Kinde.
Auch das Dienstmädchen ging.

„Das arme Kind," flüsterte die Alte und schlich
zur Stubenthüre, wo sie eine Weile horchte. Sie zeigte
auf den Kopf, um der Fremden anzudeuten, welch' trau-
riges Schicksal das unschuldige Geschöpf dulden mußte.

„Wahnsinnig geboren!" dachte Klara. Sie schauderte unwillkürlich zusammen. „Also giebt's doch ein
Unglück, das größer ist als deines!" dachte sie weiter.
— „Diese armen Leute — und wie gefaßt tragen sie
dieses Schicksal und den Fluch der Armuth, und das
elende Wanderleben!" . . .

Das ist eine harte, eine bittere Stunde für ein
armes Mutterherz, wenn es der ersten, schweren Enttäuschung sich bewußt werden muß! Wenn zum ersten
Mal der riesenstarke Glaube an die Menschheit erschüttert wird, wenn das kindliche Vertrauen, welches das
ganze All' mit gleicher Liebe und Offenherzigkeit um-
fangen möchte, den ersten Beweis empfängt, wie man
es gemißbraucht! Wie schwinden da mit Eins die
goldenen Wolken hin, welche vordem das kindliche Auge
in süßer Trunkenheit durch die weiten Perspektiven seines Lebensmorgens schimmern sah — und düstere Trau-
erflore senken den schwarzen Schleier herab auf die
Welt, die urplötzlich all' ihre Freuden verloren zu haben scheint! Vergangen der gränzenlose Lenz, der das
All' zu umgeben schien — und rings dafür herbstliche

Oede, jene Oede, die auf die luftige Erntezeit folgt!..
Und doch, sagt nicht der Dichter von solchen Prüfungs-
stunden, von jenen ersten Unglückstagen, sie seien bei
edlen Seelen den Maifrösten gleich, die der wärmeren
Jahreszeit vorangehen?.... Klara mochte in diesem
Augenblicke schwerlich diesem Gedanken beipflichten. Für
sie war's öde und leer — herbstlich öde, und nur Win-
tersturm und Tod schien dieser Oede folgen zu können!
... Getäuscht von einer Freundin, der sie mit fast
kindlicher Arglosigkeit vertraut, betrogen um alle Ersparnisse einer entbehrungsvollen Jugend, allein, ohne
Rath und Hülfe, ohne Geld, in einer abgelegenen
Landstadt, beraubt der bunten Hülle, die ihr Stand
nicht entbehren kann — wohin soll sie sich wenden?..
In's Haus des Onkels? — Der Gedanke war ihr
unerträglich. Wie mühsam hatte sie ihm die Erlaubniß
abgerungen, sich der über alles geliebten Kunst widmen
zu dürfen — und jetzt so — so heimkehren vom ersten
Ausflug?..Aber die Tante!..Ach sie war mittellos
und unerfahren. In stillbeschränkter Häuslichkeit erzogen, wußte sie gar wenig, wie's aussähe auf dem bunten Markte der Welt, im Gewühle des offenen Lebens!
Und war sie nicht gerade von ihr gewarnt?...
Darauf berief sie sich in jenem zweiten Briefe, der den
Argwohn gegen Klara's falsche Freundin durch unwi-
derlegliche Thatsachen zur schrecklichen Gewißheit machte.
.... Sie hatte mit jener Freundin nach Berlin reisen
wollen, um dort von ihr mit Direktoren und Theater-
agenten persönlich bekannt zu werden. Das sei der
einfachste, sicherste Weg, um schnell eine glänzende
Carrière zu machen!... Arglos folgte Klara. Die

Freundin schützt inzwischen ein Gastspiel vor, zu dem sie Klara's Garderobe fast sämmtlich entlehnt. Hier in G. wollten sie sich treffen. Während Klara noch vertrauensvoll und zuversichtlich auf ihr Eintreffen hofft, ist jene bereits weit im Süden. Die entlehnte Garderobe ist bei einem Spediteur verpfändet. Ein früherer College Klara's hat ihrer Tante Anzeige davon gemacht. Erst da die Diebin über alle Berge war, hatte er diese Entdeckung durch Zufall gemacht. . . . Mußte da nicht jener frohe, kindlich schöne Glaube an die Menschheit erschüttert werden in seinen tiefsten Tiefen. — Würden heut' noch jene mitleidsvollen Stimmen zu Gunsten jenes Fremden reden, der das Kainszeichen eines Geächteten trug? . . . Auch diese unheimliche Gestalt tauchte wieder auf in ihren Erinnerungen, da jener Schlag sie darniederwarf. Sie erschien ihr wie ein Vorbote des nahenden Unheils, das so überraschend schnell über sie hereingebrochen!

Und dennoch war, wie wir sehen, dieses in seinen edelsten Gefühlen betrogene und getäuschte Herz nicht still in sich verblutet, dennoch hatte es sich aufgerafft aus dem trüben, apathischen Brüten, dennoch wagte es den Kampf gegen das Unglück und bebte vor keiner Demüthigung zurück! Demüthigung? War es denn etwas Anderes für dieses bis dahin auf sein Jugendglück stolze Kind, das die ganze Welt für sich erschaffen glaubte und nur von Lorbeerkränzen träumte, daß es hier anklopfen mußte — um seinen Lebensunterhalt zu verdienen! Freilich, wie ganz anders hatte sie sich die Verhältnisse dieses Mannes gedacht, über dessen Künstlergesellschaft sie noch gestern übermüthig und ironisch

gelächelt, da der zudringliche Kellner ihr von derselben
vorschwatzte.

Sie hatte nur Elend, Verworfenheit, Zügellosigkeit
hier zu finden gedacht. Und darum wagte sie trotz der
zwingenden Noth nur widerstrebend den bitteren Gang!
Wie ganz anders stellte sich Alles in Wirklichkeit ihr
dar! Die freundliche Alte, diese saubere Stube, die
stille Frau mit dem armen blödsinnigen Geschöpfe, der
pedantische Direktor mit dem salbungsvollen Tone und
der sanften Duldermiene in dem geistvollen Gesichte.
Sie fühlte sich dadurch sichtlich erleichtert und als endlich Herr Dominicus in einem sauberen Oberrock, weißer
Weste, ohne Feder und Sammtkäppchen und Brille zu
ihr trat, ward es ihr leicht, sich dem Manne offen zu
entdecken.

Er wiegte lange und nachdenklich das bleiche Gesicht hin und her.

„Engagement?" — sagte er. — Wieder eine lange
Pause. . . . . „Was mich anlangt, so wäre ich gern
erbötig — aber Sie, Sie werden nicht wollen."

„Ich sagte Ihnen, daß ich gänzlich mittellos bin."
Er nickte feierlich mit dem Kopfe.

„Sie sind es anders gewöhnt," meinte er. „Sie
waren in Frankfurt! Du lieber Gott!" . .

Er strich mit der flachen Hand über die getötheten
Augen. Klara glaubte einen stillen Seufzer zu hören,
der sich ihm wider Willen entrang. Sein Blick ruhte
wieder forschend auf ihrem Gesichte. Es war gar still
ringsumher — still wie in einer Kirche. Der Mann
in dem schwarzen Kleide, der so steif und förmlich vor
ihr saß und sie mit seinen großen Augen bis in's In-

nerfte zu prüfen schien, kam ihr immer mehr und mehr
wie ein Geistlicher vor — sie glaubte sich in der Beichte.
Er hatte, wohl nicht ohne Absicht, das Hauptthema
verlassen und sprach über Klara's falsche Freundin,
Enttäuschungen des Bühnenlebens im Allgemeinen und
endlich auch über sein still bescheidenes Loos. Ein Leben voll Kampf, Entbehrung und Enttäuschung schien
hinter ihm zu liegen. Seine Stimme klang wie die
eines Vaters zu dem Kinde, das er in die Welt entlassen muß und gern seine Erfahrungen mit auf den
Weg geben möchte. Klara hörte ihm aufmerksam ja
andachtsvoll zu, obschon er ihr Gesuch gar nicht mehr
berücksichtigte.

„Halten Sie" — so schloß er endlich — „diese
erste bittere Enttäuschung für einen Wink des Schicksals und sagen Sie der Kunst Balet! Der Weg zu
ihrem Heiligthume gleicht von Fern einer goldenen Brücke
— leicht besticht er darum das geblendete Auge des
Laien. Aber der Weg ist schlüpfrig, dornenvoll und
rechts und links gähnen Abgründe, in die bei'm leisesten
Straucheln unrettbar der Verblendete niederstürzt! dort
drunten liegen die Besten — die Edelsten — die
Größten! Die Meisten, die glücklich hinüberkamen,
leitete ein unverdientes Glück — nicht dem eigenen
Verdienste dankten sie den Sieg! Wie manchen beru-
fenen Musensohn sah ich mühselig und beladen, unbe-
achtet und elend die staubige Heerstraße ziehen — dem
Ahasverus gleich und gleich dem Paria — Niemand
sah den Stempel des Genius auf seiner Stirne, Niemand ahnte den schönen Gott in seiner Brust — aber
dem schellenlauten Thor, der selbst sein Lob verkündigte

4

mit lauten Zubaſtößen, dem brängte ſich der große
Haufe zu, ihm reichten ſie den unverdienten Lorbeer!
. . . Noch iſt es Zeit zur Umkehr für Sie, liebes
Kind! Glauben Sie mir, da ich hundert Unwürdige
ſteigen, hundert Würdige fallen ſah!" . . .

Er ſchwieg vor innerer Erregung.

Klara, obſchon auf ſolchen Ausgang dieſer Unterredung nicht im Mindeſten vorbereitet, zögerte nicht im
Geringſten mit ihrer Antwort.

„Kein großer Preis," begann ſie mit tiefbewegter
Stimme, „wird leicht und ohne Kampf gewonnen.
Wer die Höhe der Kunſt erreichen will, muß ſich auf
Enttäuſchungen und Entbehrungen gefaßt machen; doch
ſollte nicht die heitere Kunſt alle Wunden heilen können, die uns das Leben ſchlägt? Ich ſtehe Ihrer düſteren Lebensphiloſophie fern! Sie ſagen, das Glück
gäbe zumeiſt den Ausſchlag in der Kunſt? Der blinden, wetterwendiſchen Fortuna ſei alſo der Richterſpruch
zugetheilt auf der großen Arena, wo die Prieſter des
Wahren und Schönen, des Ewigen und des Erhabenen
in edlem Wettſtreite auftreten? Nimmermehr! — Jenes Scheinglück werde ich nie beneiden, das manchem
Unwürdigen vielleicht zumal in unſerer Kunſt dadurch
zu Theil ward, daß ihm glückliche Umſtände eine le-
benslängliche Sinecüre verſchafften. Der Mann pflegt
ſolche Stellung meiſt mit ſeiner Würde — das Weib
mit ihrer Ehre zu erkaufen! Dieſe Erfahrungen habe
auch ich bereits gemacht; doch dieſe trübten meinen
hoffnungsfrohen Sinn niemals! — der Lorbeer, den
die urtheilsloſe Menge, die leichtbewegt und umgeſtimmt
heute ihr „Hoſannah," morgen ihr „Kreuziget" ſchreit —

austheilt, ist mir kein wünschenswerther Preis! Jene Grünblinge des Parterre, die jeden haarbuschigen Gesellen feiern, der ihnen in die Ohren donnert und den Tyrannen übertyrannet, erkenne ich niemals als Richter an!" —

„Und doch sind sie's — sind es, weil sie ihre paar Kreuzer zahlen und dem knieenden Gladiator gleich müssen Sie auf den Spruch dieser Richter schweigend warten! O ich kenne jene stolze Zurückweisung des Haufens als unberechtigt zur Stimmabgabe! Gleich dem Lacher von Tibur rufen auch Sie: odi profanum vulgus! — Ihr Protest ist umsonst!.. Sie werden mir sagen: ich strebe nur nach dem Urtheile der Besten! Wer ihnen genügt, der hat gelebt für alle Zeit! ... Sehr wahr! Wenn diese Besten — nur immer die Besten wären! O freilich es giebt derer, aber deren Urtheil hören Sie niemals, da Sie schwerlich in die exclusive Atmosphäre kommen, in der Jene athmen. Jene lieben wohl die Kunst — nicht den Künstler! ... Die Salons, die sich öffnen, sind es nicht, in denen wahrhaft die Besten leben. Der stolze Adel, die hochfahrende Plutokratie, die blasirte Noblesse — sind das die wahrhaft Besten? ... Diese wollen Ihren Witz, Ihren Geist, Ihre Schönheit, Ihre Gesangsvorträge, zur Illustration ihrer sterilen Theegesellschaften. Diesen gilt der Besuch des Theaters als Verdauungs-Siesta! Diese schwärmen für ein hohes C, für einen brillanten Triller, eine elegante Pirouette, eine Zaubermaschinerie! O die Besten!" ...

„Aber zwischen dieser blasirten Salonwelt," begann Klara auf's Neue, „und jener verworrenen Masse des

Plebs ist ein sociales Zwischenglied. Es ist der große Bürger- und Mittelstand, in dessen empfänglichem Gemüthe des Dichters Phantasiebild leicht reflektiren kann, dessen reiner Sinn sich durch Furcht und Schrecken läutern läßt, die bei unseren erheuchelten Schmerzen aufrichtige Thränen weinen und die durch die Kunst des Trugs und des Scheins untrügliche und nachhaltige Wirkungen an ihrem besseren Selbst verspüren, die unserer Kunst eine Mitwirkung danken bei'm Ausbau ihres inneren Menschen, die theilnahmsvoll und empfänglich jeden Conflikt mit durchkämpfen, den der Dichter vorführt. — Es ist wahr, wir bedürfen eines Richters auch außer uns, der während wir vor Erregung uns selbst verloren haben, sein Urtheil fällt, dessen Beifall uns anfeuert und begeistert. Der Künstler kann nicht leben ohne dieses Manna. Sollten wir darauf verzichten, wenn die blasirte Noblesse gähnt, wenn die Gründlinge des Parterre aus Unwissenheit oder Geschmacklosigkeit sich langweilen, indeß wir das Beste geben, was wir vermochten?" . . .

„Hoffen Sie nicht zu viel von dieser Macht, die zwischen jenen Klassen mitten inne steht. Sie ist kleiner als Sie denken. Auch in ihr nimmt die Blasirtheit einerseits, die Geschmacklosigkeit andererseits immer mehr zu! Und wie viel Raffinement ist thätig, um jenem wirklich gesunden Urtheile entgegen zu wirken! Man erkauft sich organisirte Claquen — sei es durch Geld, sei es durch Clownspäße im Wirthshaus! Man sucht Familienconnexionen auszubeuten, ja selbst auf die Beihülfe der Confession setzt man seine Hoffnung. Der regsame, raffinirte Jude, der als Künstler niemals ganz den Industrieritter verleugnet, ist es zumal, welcher der kräftigsten Unterstützung der Glaubensbrüder sich versichert. Direktoren, Schauspieler und Kritiker — sie alle speculiren heut' zu Tage gleich den Söhnen Merkurs und darin begründet sich zumeist der beklagenswerthe Verfall unserer schönen Kunst, daß man sie als einträgliche Commandite des weltbeherrschenden Soll und Haben betrachtet!.... Die hübschen Augen Ihrer koketten Nebenbuhlerin, die in ihrem gemeinsamen Fach nicht die Hälfte leistet, füllt Logen und Ränge mit blinden Anbetern — Sie verschmähen dieses niedrige Mittel! Aber der Erfolg?...

„Aber mir selbst — mir werde ich Genüge thun bei meinem ernsten Streben, das sich seiner Reinheit mit Stolz bewußt ist! Die innere Stimme wird mich lohnen — und in ihr spricht ja mein Genius. Ein leiser Beifall von diesem wird stets den donnernden Applaus einer bestochenen Zuschauermenge tausendfach aufwiegen!"...

„Wohl kenne ich auch diesen Trost einer erhabenen Resignation! Es ist das süße Schlummerlied, das schon oft den Genius eines Meisters, den die Menge nicht verstanden und verkannte, in den ewigen Schlaf gesungen. Sobald er einzig und allein dieser — doch immer noch trügerischen — Stimme allein ein Urtheil zutraut, sobald er dem Urtheile der Welt keine Berechtigung mehr zuerkennt — erfüllt er seinen hohen Beruf nicht ganz! Zumal der bramatische Künstler darf kein Anachoret werden! Sein Erdenwallen ist eine Missionsreise! Er ist ein Apostel, der öffentlich zeugen soll von der Offenbarung seines Genius, und der sein

lichthelles Evangelium nicht egoistisch für sich allein
ausbeuten darf! Ja eine Missionsreise — und die zu
bekehrenden Heiden sind eben jene Blasirten, jene Geschmacklosen, denen er die Oriflamme der Wahrheit
und des Schönen vortragen soll, auf daß sie theilhaft
werden der Segnungen seiner Offenbarung! Er empfing nicht sein Pfund, daß er es vergrabe — er soll
sein Licht leuchten lassen! Sein Beruf stellt ihn hinaus
in die Welt! Nicht zum alleinigen Genuß des gott-
begnadeten Empfängers senkte die Gottheit dem aus-
erwählten Künstler den Prometheusfunken in die Brust.
Allmächtig schlagen die Flammen empor und zerstören
das Gefäß, das sie ersticken wollte!" . . .

„Glüht wirklich in meiner Brust jene göttliche
Flamme — so werde ich ihr nicht wehren. Ich folge
jedem Rufe des Genius! Ich folge, weil ich muß!
Und führte er mich zu all' jenen Enttäuschungen, welche
Sie so beredt machen, meine Hoffnungen im Keime zu
ersticken — ich folge dennoch! Ich gestehe es, ich
fühle mich zu schwach, Alles zu widerlegen, was Sie
aus dem reichen Schatze Ihrer Erfahrungen anführen!
Aber Sie wissen ja, Erfahrungen sind ein Kapital, das
mit dem zu Grunde geht, der es sich erworben! Der,
dem jener Kapitalist so gern die Zinsen desselben übertragen möchte, verschmäht es; — es ist das allgemeine
Loos des Sterblichen, sein Schicksal nur durch sich selbst
und eigene Mittel zu beherrschen! Was Sie mir
eingewendet — schreckt mich nicht! Ich muß!" . . .

Sie hatte sich erhoben. Ihre Stimme war laut
geworden. Glühende Begeisterung lag auf dem Gesichte,

deſſen Bläſſe urplötzlich ein roſiger Verklärungsſchein
verſcheuchte.

Auch der alte Mann hatte ſich erhoben. In ſei-
nen grauen Wimpern zuckte eine volle Thräne, die erſt
jetzt, da er aufſtand, langſam über die tiefgefurchten
Wangen herniederrollte. Er legte ſeine Rechte, wie ein
Vater, der ſein Kind ſegnen will, auf die Schulter der
Fremden und flüſterte: „Ja, ich glaub's — du mußt!"

III.

Es war am Abende des anderen Tages. Der
große Schaafſtall des Ortſchulzen, in welchem Fleiſch-
hammers Geſellſchaft ihre theatraliſchen Vorſtellungen
zu geben pflegte, war bereits von Zuſchauern angefüllt.
Die lautloſe, andachtsvolle Menge, die da auf unbe-
hauenen Bretterbänken ſitzend dem Aufrollen der Gardinen ſchon ſeit einer halben Stunde entgegenſah, be-
ſtand zum größten Theil aus Bauern, Ackerknechten,
Gärtnern. Weiber und Dirnen fehlten nicht, doch auch
dieſe beobachteten ein faſt feierliches Schweigen —
Kinder wurden nicht zugelaſſen, außer wenn Poſſen
geſpielt wurden. Nur ein leiſes Flüſtern flog hin und
wieder durch die Sitzreihen. Kein wildes Getöſe, keine
groben Späße. Man ſah es dieſen erwartungsvollen Ge-
ſichtern an, die ſämmtlich ihre Feiertagsmienen wie zum
Kirchgange aufgeſetzt hatten, welche aufrichtige Empfäng-
lichkeit ſie mitgebracht in dieſen einfachen Muſentempel.
Der naive Sinn dieſer einfachen Landleute offenbarte
ſo eine achtungsvolle Scheu in dieſen Räumen, die

man in den glänzenden Kunstinstituten der Hauptstädte
oft vergebens suchte, wo der Eintritt jeder eleganten
Lorette ein lautes, bald ironisches, bald huldigendes
Ah der jüngeren Männerwelt begrüßt, wo lorgnettirende
Lions ganz ungenirt sich von Loge zu Loge unterhalten,
wo das Parterre einem rauschenden Meere gleicht und
von der obersten Gallerie oftmals die roheſten Natur-
laute ertönen. Was wiſſen auch die Blaſirten und
Ercluſiven in den ſtrahlenden Logen von jener inneren
Sammlung, ohne die ein Kunſtwerk niemals nachhaltig
wirken kann auf ein Gemüth? Was wiſſen jene rohen
Elemente unten und oben von der Achtung, die man
der Kunſt ſchuldet in ihrem Heiligthume! Zur Zeit,
da der Schauspieler noch unehrlich war gleich dem Henker,
ſprach ein alter Hanswurſt das in dieſer Generation
längſt vergeſſene Wort: „Das Theater iſt ſo heilig
wie ein Altar — und das Proſcenium wie die Sa-
kriſtei!“ . . .

„Wir fürchten nicht der Uebertreibung bezüchtigt
zu werden, wenn wir ſagen, daß hier in dem kleinen
Landſtädtchen in dem naiven Sinne der einfachen Leute
ein Geiſt lebte, der jener Forderung nachkam! Achtung
und Sammlung las man auf jenem gebräunten Geſichte
dort unten in dem von einem Dutzend ſparſam bren-
nenden Oellampen erhellten Auditorium, das außer
einigen Fahnen und gemalten Wappenſchildern jeglichen
Schmucks entbehrte.

Ein einfacher Vorhang mit kunſtloſer Malerei
deckte die Scene. Vier hohe doriſche Säulen, ebenfalls
keine Kunſtwerke eines Grogius, ſchmückten das ſchmale
Proſcenium. Alles einfach, primitiv — aber nirgend

Fetzen, nirgend Schmutz. Sechs Notenhalter mit Talg-
lichtern besteckt standen für die Orchestermitglieder dicht
vor der Bühne. Die erste Sitzreihe bestand aus ver-
schiedenen Polsterstühlen, welche die begüterten Dorf-
einwohner für den „ersten Platz" willig herborgten.
Dort nahmen die Honoratioren des Dorfes Platz: der
Schulze, der Amtsschreiber, der Postmeister und sein
Sekretär, der Förster und einige Gutsbesitzer nebst ihren
Familien aus der Umgegend.

.Der (geschriebene) Theaterzettel versprach: Deborah.
Die Hauptrolle spielte eine Gastin, Fräulein Klara Perry.
... Die Dame im rehfarbigen Kleide war den ganzen
Tag ein Gegenstand allgemeiner Bewunderung gewesen.
Sie wohnte in der „grünen Traube." Dort hatte nie ein
Mitglied Fleischhammers gewohnt. Die Spannung des
Zuschauerraumes war in Folge dessen noch nie so groß
gewesen als an diesem Abende. Die Honoratioren wa-
ren noch nie so vollzählig erschienen. Es fehlte an
Stühlen, als dicht vor der Ouvertüre noch zwei Herren
auf dem „ersten Platz" erschienen, deren Toilette man an-
sah, daß sie „nicht in dem Dorfe geboren." ...

Wir errathen leicht, daß Louis seinen Direktor
und dessen Freund auf das Gastspiel „seiner Collegin"
aufmerksam gemacht. Der junge Ferrand hatte im
Laufe des Tages zwei Mal vergebens um eine Visite
bei der jungen Schauspielerin gebeten. Er fand das
sehr „pikant." Deborah war freilich kein Stück nach
dem Geschmacke des Direktors mit dem Ordensband.
Dennoch gab er Ferrands Bitten nach. Ihr Erscheinen machte Sensation, doch vermochte selbst dieser überaus elegante und auffallend helle Sommeranzug, dessen

Gleichen nie zuvor in G. gesehen war, jene andachtsvolle Stille nicht zu verscheuchen. Selbst die neugierigsten
Blicke schienen bald befriedigt.

Ferrand suchte sich einen exklusiven Platz am
Proscenium und war eifrig beschäftigt, das goldene
Lorgnet mit dem seidenen Taschentuch zu putzen, dessen
Parfüm sich über die nächsten Sitzreihen verbreitete.
Eine alte Frau erschien indeß bald darauf mit zwei
Strohsesseln für die beiden Fremden und flüsterte ihnen
zu: sie möchten in der gewöhnlichen Sitzreihe Platz
nehmen; im Orchester zu stehen, sei nicht erlaubt . . .

Lachend fügten sich die beiden Elegants dieser
diktatorischen Ordonanz. Ein verweisendes! Pst! Pst!
tönte von den Honoratioren ihnen zu.

„Ich sagte es ja,“ brummte der Direktor, „wir
würden sehr genirt sein.“ Sein eleganter Nachbar
studierte den geschriebenen Theaterzettel; doch die Be-
leuchtung schien dazu nicht ausreichend.

„Deborah?“ fragte er endlich, „was ist das für
eine Person?“

„Ah — Tendenzstück macht Propaganda für die
Juden!“ entgegnete der Direktor. Paraderolle für erste
Liebhaberin. Ich hab’ das Ding früher in M. oft
gegeben, den reichen Juden zu Liebe. Ganz hübsche
Sprache“ — fügte er gähnend hinzu.

„Und der Dichter?“

Der Gefragte zuckte die Achseln. „Weiß ihn nicht
mal à l’instant. Halte mir immer für das Schau-
spiel einen Oberregisseur. Man kommt im Laufe der
Zeit ganz heraus. Oper und Ballet nehmen meine
Thätigkeit ganz in Anspruch.“

„Bin neugierig auf die Leistungen dieser Schauſ
ſakakteurs!"

„Ich nicht," gab der Andere phlegmatiſch zur Ant
wort, und ließ ſeine Demantringe in den matten Talg
lichtſtrahlen funkeln, die vom Pulte des Flötiſten auf
ſeinem Schooß fielen.

Die Ouvertüre war zu Ende. Die guten Dorf
muſikanten hatten ihr Möglichſtes gethan, um mit
ihren verſtimmten Inſtrumenten harmoniſch zuſammen
zuſtimmen. Ferrand hielt ſich die Ohren zu; der Di
rektor lächelte verächtlich.

Das Stück begann. Der Kirchgang und die
Volksſcenen waren mit Geſchmack inſcenirt. Das Spiel
der Einzelnen ließ Manches zu wünſchen übrig, doch
das Zuſammenſpiel war auffallend exakt und griff prä
ciſe in einander. Der Souffleur war gar nicht zu
hören. Dominicus Fleiſchhammer gab den Ortsrichter
Lorenz in einer trefflichen Maske. Sein Spiel war
überaus natürlich. Ein warmes Gemüth ſprach aus
dieſen einfachen Gefühlslauten, in die der bekümmerte
Vater ſeinem Herzen Luft machte... Endlich erſcheint
die Jüdin. Bauerburſchen ſchleppen ſie an ihrem lang
nachſchleifendem Gewande und an den dunkelſchwarzen
Haaren heran. In der Mitte der Bühne reißt ſie ſich
los, hochaufgerichtet wie eine Rachegöttin ſteht ſie da,
das rollende Auge ſcheint die verblendete Rotte der
vom Schulmeiſter aufgeſtachelten Dorfbewohner zu durch
bohren. Ein dunkler Teint verleiht dem edlen Profil
das orientaliſche Colorit; Haß und Verachtung ſpie
gelt ſich in ihren Zügen und in der Leidenſchaftlichkeit
dieſes Affekts entfaltet ſich das volltönende, mächtige

Organ mit hinreißender Schöne. . . . . Dem stillen Staunen, ja dem Schrecken des Auditoriums folgt erst beim Abgang der Jüdin ein lautdonnernder Applaus, und ruft die Künstlerin auf's Neue in die Scene, den Dank der enthusiasmirten Zuschauer zu empfangen.

Mit einem langgedehnten „Nun?" wendet sich der junge Kaufmann an seinen Nachbar.

„Hübsche Zähne, schöne Büste — volles Organ — kleine aristokratische Hand — reizender Fuß" — murmelt dieser, die Eigenschaften der Künstlerin an den Fingern herzählend, als handle es sich um die Zusammenstellung der Vorzüge einer beliebigen Waare, um deren Kaufpreis geschäftsmäßig zu firiren. „Die könnte selbst meinen Balletmädels Concurrenz machen. Schade, daß es keine Soubrette ist! Jammerschade!" . . .

„Ich dächte aber doch, daß" —

„Ja Sie, mon cher! Warum Sie die Kleine engagirt sehen möchten, das wissen wir recht gut! Mein Etat ist ohnehin in dieser Saison überschritten; indeß wenn sie nicht zu hohe Forderungen machte." —

Er erhob sich.

„Sie wollen schon aufbrechen?"

„Mich ennuyirt die Geschichte. Es ist Zeit zum Souper. Morgen vor der Abreise werde ich einmal mit dem Fräulein Dingsda sprechen. Wohnt ja bei uns! Eigentlich thu' ich's nur Ihnen zu Liebe — vergessen Sie das nicht, mon cher! Adieu! Sie bleiben natürlich?" . . .

Er ging. Das Stück nahm seinen Fortgang. Ferrand verfolgte jede Bewegung der Gastin. Vergebens suchte er durch alle Künste der Koketterie deren

Aufmerksamkeit auf sich zu lenken. Sie schien absichtlich mit ihrem Blicke die Seite zu meiden, auf der er saß. Im Zwischenakt requirirte er den blondgelockten Kellner, der ebenfalls im Zuschauerraum anwesend war (armer Direktor, was wird aus deinem Souper!) und gab ihm den Auftrag ein Blumenbouquet à tout prix zu besorgen, welches er dann mit seiner (Ferrands) Karte dem Fräulein Perry auf die Bühne bringen sollte. Zu seinem Verdruß vernahm er jedoch von diesem dienstbaren Geist, daß derlei Huldigungen dem Kunstfreunde bei Fleischhammers nicht geduldet würden. Er selbst habe früher — — er vollendete den Satz nicht. Ferrand kehrte auf's höchste indignirt zu seinem Parquetplatz — dem Strohsessel — zurück. Sein sonstiges blasirtes und phlegmatisches Wesen war einer Regsamkeit und Elastizität gewichen, die ihn seit langer Zeit wieder einmal daran erinnerte, daß er im Grunde genommen noch recht jung sei. . . .

Wieder senkte sich der Vorhang, wieder rief ein jubelnder Applaus die Darstellerin hervor. Der Direktor führte sie. Sie schien auffallend erschöpft.

Ferrand bemerkte in den folgenden Scenen, wie sie mit einem ängstlichen, forschenden Blicke zu irgend Jemand hinüberstarre, der hinter ihm Platz genommen haben mußte. Ihre Aufmerksamkeit schien so in Anspruch genommen, daß sie augenscheinlich mehrere Male ganz aus der Rolle fiel. Umsonst suchte er das Ziel jener angstvollen Blicke zu erspähen.

Die Hüttenscene bei dem blinden Abraham kam. Deborah soll auftreten. Ein Monolog beginnt für sie gleich darnach. Die Künstlerin starrt wieder hinüber in den halbdunklen Raum — sie erbleicht unter der Schminke — ihre Kniee wanken — sie versucht zu reden — die Stimme erstirbt im dumpfen Murmeln. Allgemeine Spannung und Erregung im Zuschauerraum. Hochauf richtet sich endlich die merklich zitternde Gestalt und mit dem Schrei: „Felicien Marsand“ sinkt sie ohnmächtig zusammen. . . . Den verhängnißvollen Namen scheint Niemand verstanden zu haben. Der Vorhang fällt. . . . Das Flüstern im Auditorium wird immer lauter und ängstlicher. Die Thüre fliegt krachend auf, die in die letzten Sitzreihen führt — eine hohe Gestalt wird in der Oeffnung sichtbar, die mit aufgeworfenen Armen die Flucht zu ergreifen scheint. Eine andere Gestalt folgt ihr. Hinter dieser fällt die Thüre krachend zu.

„Wenzel — unser Buchhalter!“ ruft der junge Kaufmann erbleichend. Mit schnellen Schritten verläßt er das Auditorium. Die Aufregung wächst. Endlich erscheint der Direktor. Er spricht von einem Schrecken, einer Ohnmacht, bittet um eine Pause, verspricht die Fortsetzung des Stückes. . . .

Nach einer Viertelstunde findet dieselbe statt. Die Schauspielerin scheint völlig hergestellt. Ihr Spiel ist wahr, warm, leidenschaftlich wie zuvor. Das peinliche Intermezzo ist bald vergessen, ja man sucht durch noch lauteren Beifall die Künstlerin zu entschädigen für den Schrecken, den sie gehabt haben sollte. Niemand errieth dessen Ursache. Man glaubte, die hastig Davoneilenden gehörten zum Personal und eilten zu einem Arzte. . .

Das Stück ist zu Ende. Die Zuschauer entfernen sich. Die Lampen erlöschen. Klara sitzt in der kleinen

Garberobe, die man für sie hergerichtet. Sie ist zu
aufgeregt, um sich allein entkleiden zu können. Die
Direktorsfrau, die die Hanna spielte, ruft ihr hinter
der spanischen Wand der Hauptgarberobe zu: sie selbst
wolle ihr behülflich sein, sie möge ein wenig erst zur
Ruhe kommen. Alle Mitglieder scheinen theilnamsvolle
Rücksicht zu nehmen.... Je energischer die Anspann-
ung aller Seelenkräfte gewesen, die Klara gemacht,
um nach jener Ohnmacht ihre Rolle würdig zu Ende
zu führen, desto größer war die Erschlaffung, welche
nun folgte. Durch die öden Räume hinter der Bühne
tönt das krampfhafte Weinen der Armen. Tiefe Stille
herrscht in beiden Garberoben. Das Mitleid, welches
bei den Herren wie den Damen, die sich in den engen
aus Lattenwänden hergestellten Verschlägen auskleiden,
in halblauten Aeußerungen hörbar wird, scheint auf-
richtig. Nirgend Schadenfreude, Herzlosigkeit, rohe
Späße. Der Direktor vor Allen ist sichtlich ergriffen.
Schneller als gewöhnlich hat der pedantische Mann
sein Costüm gewechselt. Als er zur Garberobe der
Gastin kommt, hört er die Stimme seiner Frau, welche
der Unglücklichen Trost zuspricht. ... Das krampfhafte Weinen hat aufgehört. Er hört durch die Lein-
wandthüre nur noch ein leises Wimmern, dazwischen
abgebrochene Worte, die er nicht versteht. Die übrigen
Schauspieler gehen auf seinen Wink lautlos davon.
Im Vorderraume sind längst die Lichter erloschen. Nur
auf der Bühne qualmt noch eine trübe Oellampe.
Durch die aufgezogenen Wandlucken scheint der Vollmond auf die ölfarbigen Leinwandstreifen und Pappen-
deckel.

Der Direktor hat sich gegen einen Coulissenbaum gelehnt. Mit verschränkten Armen blickte er hinauf in das silberweiße Mondlicht. Den Hut hält er in der Hand — auch jetzt bewahrt er die alte Gewohnheit bei, nie auf der Bühne das Haupt zu bedecken. Man sieht es dem tiefgefurchten Gesichte kaum an, daß er kurzzuvor noch jene herzlichen, zufriedenen Worte des glücklichen Ortsrichters gesprochen, der sich im Glücke der Kinder am Abende seines Lebens so behaglich sonnt. —

„Sie hatte recht," flüsterte er mit tiefbewegter Stimme, „als sie sagte: ich muß. . . . Aber ach die Flamme ist zu groß, sie wird diese Gazehülle verbrennen! — Sie giebt mehr als sie darf — — ihr Herzblut rinnt in den Schweißperlen von dieser schönen Stirne! . . . Und doch sie muß ihrem Genius folgen! . . . Ich bin die Freudenthränen nicht gewöhnt — sie hat sie mir entlockt! . . . Ich ward noch einmal jung — es flog zu mir herüber aus ihrem Auge wie brennend Feuer! Ich träumte mich zurück in alte Zeiten, wo auch ich hoffte — wie sie, litt, wie sie! — Wer sieht's dem alten Wandercomödianten an?" . . .

Die Garderobenthüre öffnete sich. Die junge Frau erschien.

„Dominicus!" rief sie mit ihrer sanften Stimme, und winkte ihm herein.

Da saß die Arme, das Haupt auf beide Arme gelegt, die sich auf den braunen Nußbaumtisch stützten. Unbeweglich, regungslos wie ein Steinbild saß sie da.

„Ich weiß keine Hülfe mehr!" flüsterte die junge Frau.

Der Direktor trat mit leisen Schritten an sie heran. Er legte die Hand sanft auf die blendendweiße Schulter der tief in sich Versunkenen. Ein leises Zusammenzucken des Körpers bewies, daß der leise Druck sie erschreckte. Kopfschüttelnd beugte er sich nieder zu der Armen und flüsterte mit seiner feierlich ernsten Stimme dasselbe Wort, das eine, inhaltschwere, welches sie Tags zuvor all' seinen Mahnungen entgegen gesetzt hatte: „Ich muß!" . . .

Da hob sich urplötzlich das schöne Haupt empor — die dunklen Locken wallten zurück — und die tiefschwarzen Feuersterne strahlten ihm begeisterungsvoll entgegen. Schnell richtete sie sich auf, und seine beiden Hände ergreifend, wiederholte sie das Wort, das ihr ganzes Leben entschied! . . .

„Aber fort — fort von hier! Fort aus diesem kleinen, aber doch so glücklichstillen Asyl — fort von Euch, Ihr Guten, Edlen! . . . Mein Schicksal treibt mich in die Ferne. Eine unnennbare Angst, ein düsteres Grauen umfängt meine Seele. Ein düsteres Schicksal verfolgt mich — Schatten vergangener Zeiten den Erynnien gleich, folgen mir! . . . Wer weiß, wo ich vor ihnen Ruhe finde!" . . .

„Erkläre uns — sieh' uns zu Allem bereit, mein gutes Kind! Wie ein Vater will ich wachen über Dich!" . . .

„Ich darf jene Räthsel nicht lösen. Ein feindliches Geschick verfolgt die Schuldlose!" . . .

„Gib Dich zu Ruh! . . . Komm mit uns!"

„Ja, ja mit Euch," rief sie in fieberischer Erregung. „Mir graut davor, allein zu sein — allein in dieser Nacht! Ja, heim mit Euch!" ...

IV.

„Aber, me hercle, wer ist denn eigentlich diese rara avis, diese vielgefeierte Demoiselle Perry?"

„Sehr gut, bei meiner Ehre, so kann kein Anderer fragen wie ein Mann, der lebt in so exclusiver Atmosphäre als Mosjö Doktor Schwönkenhagen! Klara Perry — das ist unsere neue Prima-Donna der Tragödie, eine Celebrität, eine Rarität, eine Abnormität an colossalem Genie, ein Lieblingskind, will sagen enfant cheri aller Musen zumal der Melpomene! Mensch, Doktor, Raritätencustos haben Sie nicht gehört von dem Jubel, den sie hat erweckt als Maria Stuart und Medea?"

„Ich gehe schon seit zwanzig Jahren nicht in's Theater, Herr Gumpel-Fürst."

Der kleine Kunstmäcen (Gumpel-Fürst und Söhne, Banquiergeschäft) schlug erstaunt die Hände zusammen, so daß die Näthe seiner hellgelben Glacés mit hörbarem Geräusch auseinanderplatzten.

„Nicht in's Theater!" rief der excentrische Banquier mit großer Emphase. „Aber Sie lesen doch Zeitungen, Mosjö Doktor Schwönkenhagen?"

Der alte, spindeldürre Mann, der sich wie ein Leichenbitter ausnahm in seinem altmodischen Gallakleid zwischen den eleganten Modekupfercopien, die an diesem Abend die hellstrahlenden Säle des Kaufmanns Ferrand

(Eb. Ferrand, Holz- und Kornhandel en gros) füllten, schüttelte sehr phlegmatisch den harmlosen, spiegelglatten Schädel und nahm mit großer Feierlichkeit aus seiner Rokkoko-Emailledose eine kolossale Prise, deren Haupt- theile in die Falten seines weißen Halstuchs nieder- rieselten.

Ein junger Maler übernahm die Antwort für den Alten:

„Ach, wenn man so in sein Museum ist ge- bannt!" —

„Und sieht die Welt kaum einen Feiertag" — rief er mit einem ironisch-malitiösen Blick auf den ver- knöcherten Pedanten an seiner Seite — „so hat man alle Händel dieser Erde bis fast auf die Erinnerung verlernt.- Sie wissen, unser Doktor arbeitet seit 15 Jahren an einem philosophischen Werk über eine grie- chische Partikel und bereitet seit fünf Jahren eine neue Auflage seiner Broschüre vor, in der er uns nachweist, daß Rembrandts: Simson vor dem verschlossenen Hause seines Weibes zu Thimnath — nichts Anderes sei als der tyrannische Adolf von Geldern, der drohende Flüche gegen seinen im Kerker schmachtenden Vater Arnold ausstößt. Die wenigen Mußestunden, die dann noch übrig bleiben, gehören den Broncen, den Mosaiken, Kameen und Intaglios unseres kunstsinnigen Wirthes, deren wohlbestellter Custos unser guter Doktor ist.

„Oh Sie — Sie Mephistopheles!" drohte gut- müthig der Alte. „Ich könnte mich schrecklich rächen, junger Raphael — denken Sie nur an unseren Car- vacaggio im grünen Salon, den Sie durchaus für einen Audrea del Sarto halten wollten!"

Der Maler ward just so roth wie sein malcontant verschnittenes, rothbraunes Haupthaar, und selbst bei dieser empfindlichen Niederlage, seiner Citatenwuth getreu, schied er aus der Gruppe mit dem halblautgemurmelten: „Allwissend bin ich nicht" — doch den Nachsatz behielt der sonst nicht eben bescheidene Künstler für sich.

„Ich muß gestehen," begann ein ältlicher, sehr würdiger und ein wenig spießbürgerlicher Herr, „daß auch ich jene vielgefeierte Acquisition unseres guten Direktors noch nicht kenne, und freue mich, daß Freund Ferrand diese Aktrice eingeladen."

„Auch Sie nicht?" schnarrte ein junger, flaumbärtiger Premierlieutenant. „Es ist wahrhaftig ein Verbrechen, daß Ihre Loge in der letzten Woche leer war!"

Der alte Herr (Gotthold Mangold, Gähde's Erben, Farbehölzer und Droguen) zuckte schweigend die Achseln.

„Aber wissen die Herren auch," begann ein nichtssagender Blondin, der ziemlich auffallend stotterte und dabei die abscheulichsten Gesichter schnitt, (Emil Amman und Comp., Spedition und Commission) wo und wie unser Di — direktor diese Da — dame requirirte?"

„Es ist sehr romantisch, bei meiner Ehre!" rief der excentrische Gumpel-Fürst, der eben die ziemlich plumpen Hände in die Reserveglacés zwängte. „Sehr romantisch. Der Sohn unseres Ferrand war dabei! In einem elenden Dorfe, wo eine herumziehende Truppe in einem Schaafestalle spielte, fanden sie diese Celebrität! Denken Sie, meine Herren, unsere Perry bei einer — oh es ist abominable!

„Parbleu, also Carrière mit Hindernissen — so eine Rennbahn mit obstacles auch im Künstlerleben?" schnarrte der Premierlieutenant. „So eine Künstlerin soll doch im gesprengten Galopp zum Gipfel kommen! — Schaafsstall — lasterhaft, auf Taille! Aber Etwas hat sie doch noch aus dieser patriarchalischen, naiven Epoche an sich! Sie ist sehr — empfindlich vor dem Odeur der höheren Kreise. Nimmt fast nie Visiten an — geht ungern in große Gesellschaften — ein Wunder, daß heute hier bei Ferrands!"

„Empfindlich? Ja, bei meiner Ehre, will sagen: sehr sensitiv," meinte der kleine Banquier.

„Arme noli me tangere Blume," seufzte halblaut der gute Schwönkenhagen, „wie willst du hier zwischen diesen Giftschwämmen und diesem Bilsenkraut auskommen? Dir wäre vielleicht besser gewesen — wenn du" . . .

„Die Cerini ist eben angekommen," meldete ein rothblühender Jüngling, der zur Gruppe trat. (Adalbert Giffhorn — Eisenhandel en gros und Hüttenwerk).

„Gott! wie heißt Cerini? schrie Gumpel-Fürst. Perry heißt jetzt die Parole!" . . .

In den vorderen Sälen ward es lebhaft. Die Gruppe löste sich auf.

Die Perry! — die Perry! — ging es flüsternd von Mund zu Mund.

„Ich muß der Erste sein, der ihr seine Huldigung zu Füßen legt," rief der Banquier und flog eiligst davon.

„Dabei darf ich nicht fehlen," schnarrte der Lieutenant. „Schade daß so — wie sagte noch der kleine
Moses — sensitiv! Ah, sehr gutes Wort — auf
Taille!" Und mit einem zufriedenen Blicke auf die neue
pariser Schnürbrust tänzelte auch der Sohn des Mars
davon. Ihm folgten die Repräsentanten des Merkur.
Nur der alte Raritätencustos Schwönkenhagen blieb
zurück.

„Da bin ich überflüssig," meinte das alte Männ-
chen. „Gehen wir zu unseren Kamern und Mosaiken." . . .

Im grünen Salon, der die Reihe dieser mit
fürstlicher Pracht ausgestatteten Apartements des Plutokraten eröffnete, fand eine allgemeine Vorstellung
statt. Eben war der Herr des Hauses mit einer
jungen Dame eingetreten, die in ihrem einfachen, weiß-
seidenen Kleide, nur eine dunkelrothe Moosrose in dem
schwarzen Lockenhaar, die Centralsonne der glänzenden
Gesellschaft zu sein schien.

War sie es wirklich? Erkennen wir sie wieder?
. . . So glänzend strahlten die dunklen Augensterne
nimmer zuvor. Die Rosen ihrer Wangen glühten auf's
Neue! Glück und Frohsinn thronten auf der hohen
Stirn — und in die Lachgrübchen schien das Heer
übermüthiger Amoretten wie durch Zauber zurückgekehrt!

Ganz so, wie am Tage, da zuerst dieses blühende
Mädchenangesicht mit all' seiner Unschuld, seinem
Frieden und seinen Hoffnungen vor uns hintrat, finden
wir heute es wieder in jenen Salons, wo die „Besten"
in sonst so exclusiver Atmosphäre athmen. Die Besten!
dachte sie wohl eben jetzt, da sie eintrat in diese glän-

zenden Säle, da ein bunter Schwarm reicher und
schöner Anbeter sie umringte, jener Worte des alten,
pedantischen Dominikus? Dachte sie jenes Abends,
da sie kraftlos zusammensank in dem kleinen Bretter-
verschlag hinter den kleinen, kaum manneshohen Cou-
lissen? Und jener Nacht, die diesem Abend folgte?..
Jener entsetzlich langen Nacht, die sie in dem kleinen
Häuschen mit den Epheuranken schlaflos und fiebernd
durchwachte? Im Nebenzimmer wiegte die blasse Frau
das wahnsinnige Kind mit leisen Liedern in den Schlaf,
der vielleicht durch lichte Träume die dunkle Nacht auf
kurze Zeit der Aermsten erhellte! Nebenan kritzelte
laut und vernehmlich bis zu später Stunde der uner-
müdliche Gänsekiel des alten Herrn Dominikus! Der
Wind schlug die blühenden Kirschenbäume an die Fenster
des kleinen Schlafzimmers, das man so gastfrei der
Fremden eingeräumt, als sei es die nach langer, langer
Abwesenheit heimgekehrte Tochter. Bei jedem Geräusch
schrak sie zusammen. Sie konnte den Blick nicht zu
den Fenstern wenden, in die zwischen die rothblühenden
Zweige der volle Mondschein fiel — glaubte sie doch
stets jenen schrecklich funkelnden Augen zu begegnen,
die sie schon vordem im Schauspiele so gewaltig ergriffen und bis in's tiefste Herz hinein erbeben machten!
Schon einmal sah sie diese Augen — im Postwagen
bei Marburg — und auch jenes verhängnißvolle Zeichen auf dem Arm des Geächteten. Kein Zweifel mehr,
daß es Felicien Marsand gewesen. Derselbe Marsand,
der auch daheim war und ihr nachgeforscht hatte und
dem Schicksal der Mutter! Alte Jugenderinnerungen
wurden da wach in ihrem furchterschütterten Herzen.

Wie konnten gar zu Gunsten jenes Entsetzlichen, jenes
Verderbten Stimmen sich erheben in ihr — in dem
Kinde des Weibes, das jener Elende Jahre lang verfolgt, der er den Tod geschworen, da sie sich weigerte,
sein Weib zu werden, deren Mann er verführte durch
teuflische List, um seiner Rache genug zu thun! . . .
Wolken flogen an dem kleinen Fenster vorüber — vorüber an der klaren Mondscheibe, die ihr feierlichstilles
Licht herniederwarf auf die träumende Welt. . . . Gen
Süden zogen die Wolken! Gen Süden — vielleicht
zur alten Heimath, an die nach immer dunkle Erinnerungen die Seele so magisch fesselten. . . . Des alten
Forts mitten im Rheine mußte sie gedenken. . . . Im
schwankenden Kahne fuhr sie oft mit der Mutter dort-
hinüber. . . . Warum — sie wußte es nicht! . . .
Und die kleine Hütte am Abhange der stolzen Vogesen
— wo sie Jahre lang gewohnt in stiller Zurückgezogenheit. . . . Da war's, wo sie den Vater gesehen. Kein
Zug seines Gesichtes hatte sich der Phantasie des Kindes eingeprägt — sie war dazumal noch gar so klein
— und wußte von nichts als von dem weißen, seiden-
haarigen Pudel, der neben ihrer Wiege gespielt hatte.
. . . Aber Männer hatte sie gesehen, deren geschwärzte
Gesichter sie geängstiget und bei deren Erscheinen
die Mutter stets geweint. Mit ihnen zog der Vater
fort, oft auf viele, viele Tage. Auch Marsand, der
Entsetzliche, war bei ihnen. . . . Dann erinnerte sie
dunkel sich einer Gewitternacht, da ein Brief kam vom
Vater. Marsand brachte ihn — als die Mutter ihn
gelesen und zu Boden fiel, bleich wie die Kalkwand
des niederen Stübchens, hörte sie sein entsetzliches Lachen

vor den Fenstern der kleinen Hütte. . . . Auch jetzt, in
dieser Nacht, bei dem alten Dominikus glaubte die erregte Phantasie es zu hören unter den blühenden
Fruchtbäumen. . . . Ach, wie viele thränendurchwachte
Nächte, wie viel Tage des Elendes folgten jener Gewitternacht! Die Mutter zog fort mit ihr, fort aus
dem schönen Vogesenland — stromabwärts ging's —
vorüber an zerfallenen Ruinen — stolzen Schlössern —
domüberragten Städten — bis zur alten Kaiserstadt
am Main, wo der Armen endlich ein bleibend Asyl
winkte bei der guten Tante. . . . Die Mutter siechte
hin an ihrem inneren Leide. . . . Selten sprach sie von
alten Tagen, von der Heimath, von dem Vater. Er
war gestorben, verdorben. Das war die einzige Nachricht, die nach Jahren aus der Heimath kam von dem
alten Beichtvater der Mutter. . . . . . . Nichts von
Alledem las man jetzt auf dem heiterlächelnden Gesichte,
in dem sich ein zufriedenes, ein glückliches Herz spiegelte! . . .

Vor dem Souper fand ein Concert statt. Man
begab sich in einen großen Tanzsalon, um dasselbe an-
zuhören. Das Orchester war mit erotischen Gewächsen
ganz verdeckt und die Musik scholl aus dieser duftigen
Blumenrotunde zauberisch hervor wie aus einer anderen
Welt. Nur sanfte Adagios waren gewählt. Zwei
große Springbrunnen verbreiteten eine angenehme
Kühlung. In allen Nischen waren kleine, künstliche
Grotten angebracht, in die sich einzelne Gruppen zu-
rückziehen konnten. Ein blendendes Lichtmeer ergoß
sich feenhaft über die bunte Gesellschaft von der Kup-
peldecke herab aus drei großen Kronleuchtern. Hohe

Plantanen und Orangen und Blumenetagéren hatten ringsumher den marmorartigen Salon in einen duftigen Garten verwandelt, zwischen dem saftigen Grün schimmerten kostbare Marmorstatuen, Musterwerke moderner und antiker Plastik hervor. Als das Orchester eine Pause machte, sammelte sich eine Gruppe um einen Flügel, der in einer Ecke des Salons unter einer künstlichen Laube stand.

„Die Cerini will eine Bravour-Arie singen!" flüsterte man.

Und in der That, die Künstlerin, welche in einer überaus auffallenden Toilette erschien, hatte vor dem kostbaren Instrumente Platz genommen und ließ mit sichtlicher Affektation die weißen Händchen über die Tasten gleiten. Die Gruppe mehrte sich. Die Sängerin hatte die Gnadenarie gewählt. Sie sang den Text italienisch. Sie sang meisterhaft, obschon die Technik nur mühsam den Mangel der Stimme deckte.

Klara saß in einer der Garten-Nischen. Neben ihr der Hausherr, dessen Sohn (wir erkennen in ihm den blasirten Herrn in dem hellfarbigen Sommerstoff wieder, welcher in G. schon ein so lebhaftes Interesse für die Künstlerin zeigte), der kleine jüdische Banquier und der Premierlieutenant, welcher Letztere sich eben jetzt besonders angelegentlich mit der Schauspielerin unterhielt. Mit wüthender Eifersucht blickte der jüngere Ferrand zu Beiden hinüber. Als die Sängerin endlich die Arie beendet, stand er auf und trat dicht zu dem Premierlieutenant.

„Was gibts?" fragte er sichtlich pikirt über die unwillkürliche Störung.

„Das Fräulein wird mich entschuldigen," sagte er
mit zitternder Stimme, „daß ich sie auf zwei Minuten
Deiner Conversation beraube — es ist ein Diener da,
der Dich sprechen muß — der Diener Deines Hauptmannes. Schon vorhin sagte man mir davon. Verzeihe. Ich will Dich zu ihm führen, es scheint von
Wichtigkeit.

„Ein Diener des Hauptmannes?" fragte ungläubig der Marssohn, der sichtlich höchst ungern diese
pikante Unterhaltung mit der gefeierten Künstlerin
aufgab.

„Gewiß! Komm nur!" Und mit diesen Worten
ergriff er fast stürmisch den Arm des Lieutenants und
zog ihn mit sich fort.

Klara hatte bereits ein Gespräch mit dem excen-
trischen Banquier begonnen, der über jenes seltsame
Lächeln, welches den blondgelockten Louis einst zur
Verzweiflung brachte, in großer Entzückung war. Sie
achtete somit kaum auf die beiden jungen Männer,
die sich so stürmisch entfernten, während der kleine
Gumpel-Fürst über diesen Rückzug der Nebenbuhler
triumphirte. Er versicherte ihr „auf Ehre," daß er
einen tragischen Monolog einer italienischen Bravour-
Arie vorzöge.

Jetzt (vielleicht zum ersten Male) gedachte Klara
des alten Dominikus und seiner Schilderung, „der
Besten"... Enthielt nicht die Rede des kleinen Ban-
quiers eine sehr direkte Aufforderung, dem Beispiele der
Koloratursängerin zu folgen? .. Doch Niemand war
ringsumher so taktlos, diese Bitte nochmals vorzubrin-
gen, da Klara derselben nicht selbst zu entsprechen ge-

neigt schien. Hatte Dominikus sich doch also in seiner
Schilderung getäuscht? „Sie verlangen — sagte er —
unseren Geist, unseren Witz, unsere Schönheit, unsere
Vorträge zur Illustration ihrer sterilen Theegesellschaften; das ist das Honorar für das Couvert, welches sie uns höchst gnädig mit auflegen lassen." . . .
Nichts von Alledem schien hier beansprucht. Ward sie
nicht als ebenbürtig betrachtet, ihr sogar gehuldigt von
diesen Exclusiven? . . . Sie Alle, die sie ringsumher
versammelt sah, hatten sie nicht gestern auch aus ihren
Logen mit Fächern und Tuch ihr zugewinkt, da das
enthusiasmirte Publikum die Medea hervorrief? . . .
Wie konnte sie diese Huldigungen, diese taktvolle Aufmerksamkeit, diese zarte Rücksicht in Allem und von Allen
für Heuchelei halten? . . . Und doch, hatte Dominikus
sie nicht bei'm Abschiede noch, der mit Thränen sie wie
ein Vater umarmte, gerade vor dieser Sprache der
Salons gewarnt. „Nichts klingt in ihr wie Alles und
Alles ist in ihr so viel wie Nichts" hatte er dabei mit
den Worten der Claudia mahnungsvoll und warnend
ausgerufen. — Und nun? . . . Ach zumal in der
Jugend macht ja das Glück so gar sorglos, denn wir
glauben in dieser glaubensseligen und glaubensstarken
Zeit noch an das Glück. Auch Klara machte, ohne es
selbst zu wissen, diese Erfahrung an sich. Ihr schien
auf's Neue jetzt die Welt wie ein schönes Eden, das
nur für sie geschaffen! . . . Vergessen der Treubruch
der bieblischen Freundin — vergessen die Schreckensnacht
bei'm alten Dominikus — vergessen alles Leid aus
alten, alle Zweifel aus jungen Tagen! . . .

„Du willst mich mystificiren, Georg," rief der

Premierlieutenant, da er mit dem stürmisch davoneilen-
ben Freunde das vorderste der Zimmer erreicht.

„Ich mußte Dich sprechen. Die Sache wird
ernsthaft."

„Alle Wetter — ein Duell?" . . .

„Das können wir uns zum Glück sparen!"

„Wir? . . . Auf Taille — Du bist mir unver-
ständlich!"

„Nur zwei Worte und wir verstehen uns recht
gut! . . . Ich besitze von Dir Wechsel über beiläufig
zwölfhundert Thaler, die sämmtlich fällig sind!"

„Allerdings!"

„Du weißt, was Dich bedroht bei Deinem cher
papa wie — bei'm Auditeur, wenn ich Dir jetzt —
jetzt — präsentiren lasse."

„Du wirst doch nicht? —

„Nur unter einer Bedingung, nicht." . . .

„Und diese ist?"

„Wenn Du von heut' an sofort und auf immer
alle etwaigen Hoffnungen aufgibst, welche Du auf
die kleine Perry Dir zu machen scheinst!" . . .

„Alle Teufel — Du bist — sehr komisch. Ich
Hoffnungen? . . . Sie ist ja viel zu — ja viel zu
sensitiv — als daß ich." . . .

„Keine Seitensprünge, Feodor! Willst Du —
ober willst Du nicht?"

„Verdammtes Dilemma. Ich muß — also will
ich!" —

„Ehrenwort?"

„Meinetwegen! Aber es ist höchst unnobel von
Dir, auf diese Art" —.

„Ich will Dich jetzt der Gesellschaft nicht länger
entziehen," sagte der junge Mann kalt und spöttisch.

„Aber der kleine Banquier — der Gumpel-Fürst,
cher ami!?"

„Die Porzellanpuppe fürchte ich nicht!"

Das Compliment, welches Georg damit gewiß sehr
ohne Wollen und Wissen dem Lieutenant gemacht,
schien in dieser Situation dem Gecken doppelt wohlzuthun.

„Mon Dieu — so gehe ich wieder zur Terine
über!" schnarrte er und eilte zurück in den Tanzsalon,
wo eben die letzte Pièce des Concertes begann.

„Ein Wort, Herr Georg," flüsterte eine dünne
Diskantstimme hinter dem Sohne des Hauses, da dieser
mit triumphirenden Blicken ebenfalls den abgelegenen
Salon verlassen wollte.

„Was gibt's?" rief dieser unwillig sich umwen-
dend. „Was Sie, Wenzel? . . . Sie wagen es, sich
hier im Salon sehen zu lassen? Wissen Sie nicht,
daß Papa das nicht duldet."

„Weiß, weiß, junger Herr," flüsterte der Andere
sehr devot. „Aber es ist zu wichtig. Ich komme eben
von der Reise. Sie wissen, daß ich mich in G. von
Ihnen trennte. Abends in dem Comödienhause sahen
wir uns zuletzt, wo plötzlich der Auflauf entstand, weil
die eine Schauspielerin in Ohnmacht fiel. In demselben Augenblicke stürmte ein Mann davon, der mir
schon vorher verdächtig vorkam. Er glich in Manchem
einem gewissen Porträt, das ich für meine Entdeckungsreise
von Ihrem Herrn Vater erhielt. Ich folgte ihm über Stock
und Stein. Es war eine verzweifelte Parforcejagd!" . .

„Hörten Sie den Ausruf jener Schauspielerin?"

„Nein!"

„Verdammt! Ich wollte wetten, daß sie den Namen jenes Flüchtlings genannt, denn seit geraumer Zeit hatte sie denselben sehr ängstlich firirt."

„Das wäre?" . . .

Der junge Mann warf einen langen, prüfenden Blick auf den geheimen Agenten seines Vaters.

„Vielleicht begünstigt es meine Pläne auf die hübsche Perry," flüsterte er, „wenn ich mich von nun an mehr mit jenen geheimnißvollen Plänen des Papas vertraut mache. Sollte sie wirklich mit jenen confusen Geschichten in irgend einem Zusammenhange stehen? Vielleicht gewönne ich da Mittel — sie auf alle Fälle in meine — — Wünschen Sie sogleich den Vater zu sprechen? wandte er sich, seine halblauten Gedanken abbrechend an den Agenten.

Jener nickte.

„Ich will ihn rufen! Das Concert scheint zu Ende — er kann sich gerade jetzt ohne Aufsehen einige Zeit entfernen, denn das Souper beginnt erst um neun Uhr."

Er ging mit eiligen Schritten dem Concertsaale zu.

Die letzte Pièce des Orchesters war eben zu Ende. Er fand seinen Vater bei der Schauspielerin, die alle seine Gedanken beherrschte. Ein zufriedenes Lächeln zog über die bleichen Züge, als er den Lieutenant im eifrigsten Gespräch bei der Coloratursängerin sah, die jede Gelegenheit aufgriff, der gefürchteten Rivalin einen Anbeter zu entziehen. Als er zu seinem Vater trat, war dieser eben im Begriffe einen seiner eben erst an-

gelangten Freunde, dem Chef eines der erſten Hand-
lungshäuſer in D., der jungen Künſtlerin vorzuſtellen.
Der alte Ferrand nannte eben den Namen:

„Generalconſul von Reinert, einer meiner beſten
Freunde!“

Ein ironiſches Zucken flog über Georg's Geſicht.
Der Generalconſul war eine hohe und imponirende
Erſcheinung. Haupthaar und Bart ſilberweiß. Der
Kopf erinnerte an antike Römerprofile. Edel, maje-
ſtätiſch und doch zugleich ſo mild und weich mußte der
alte Herr zumal auf ein ſo ſchüchternes, in höheren
Sphären unbekanntes Mädchen einen tiefen Eindruck
machen. Ihr war's, als könne man einer ſo edlen
Geſtalt nur in dem Ahnenſaale eines alten Schloſſes
begegnen. Wir wiſſen, es regten ſich in ihrer Seele
gar leicht ſympathiſche Stimmen. Sie fühlte auch jetzt,
wie ihr ganzes Herz dem mildlächelnden und doch ſo
majeſtätiſchen Greiſe zuflog, während der zuvorkommende
Hausherr, mit den verſchloſſenen Zügen, den düſteren
Augen faſt Antipathien bei ihr weckte. Dies unſtäte,
irrblickende Auge, dieſe ehernen Geſichtsmuskeln,
die ſich nie belebten, die hohe, kalte Stirn mit dem
rabenſchwarzen Haare waren ihr unheimlich und oft
zuckte ſie unwillkürlich zuſammen, wenn dieſe irren,
funkelnden Blicke ſie ſtreiften. Hätte das neue Glück
ſie nicht wieder zu dem argloſen Kinde gemacht, ſie
würde dieſen Antipathien näher nachgeforſcht und eine
frappirende Aehnlichkeit mit dem unheimlichen Manne
im Poſtwagen zu Marburg entdeckt haben. . . .

„Wie ſehr bedauere ich, daß mein Guſtav verhin-
dert iſt, Ihrer Einladung Folge zu leiſten,“ ſagte der

Generalconsul unmittelbar nach jener Vorstellung. „Er sah Ihre Medea, Ihre Maria Stuart," fuhr er sich zu Klara wendend fort, „und ich bedauere lebhaft, daß mir die blühende und glühende Sprache des jungen Kunstfreundes nicht zu Gebote steht, um den Eindruck würdig zu schildern, den auch auf mich Ihre Leistungen hervorgebracht."

„Ich freute mich, Herrn Gustav von jenen Abenden endlich einmal wieder im Foyer begrüßen zu können," sagte Georg, der sich vor dem Gaste grüßend verbeugte.

„Ein guter Geschäftsmann hat wenig Muße" — gab der Generalconsul zur Antwort. Ein unbeschreibliches, vielsagendes Lächeln begleitete diese Worte. Spott — Zurechtweisung — Bedauern, alles das mochte der junge Tabler daraus entnehmen.

Der alte Ferrand wollte dem Sohne zu Hülfe kommen, dessen obschon ziemlich verhüllter Tadel über die scheinbar strenge Erziehungsmethode dieses ehrwürdigen Mannes Klara erröthen machte, als habe sie selbst diese Taktlosigkeit begangen; doch die ihm von Georg hastig zugeflüsterten Worte schloßen ihm den Mund. Bald darauf entfernte er sich. Nur Klara mochte beobachtet haben, wie sein Blick doppelt unsicher und unstät geworden, da er ging. Auch den Blick sah sie wohl, den der Generalconsul ihm nachsandte. So mag ein Löwe blicken, dachte sie, wenn irgend eine kleine, mordlustige Hyäne sich im Gefühl ihrer Ohnmacht vor ihm zurückzieht... Seltsames Bild. Wie kam es ihr nur in den Sinn?...

„Die Gesellschaft wogte in halblauter Unterhaltung auf und ab durch die strahlenden Säle.

Der Generalconsul bemerkte, daß die große Hitze ihn echauffire.

Gehen wir in die petits chambres, wie der alte Raritätencustos seine Galerien nennt," schlug der Sohn des Hauses vor.

„Kennen Sie bereits die kostbaren Kunstsammlungen Ferrands?" fragte der alte Herr.

Klara verneinte.

„Sie stehen Ihnen jeder Zeit offen," bemerkte zuvorkommend Georg. „Für heute muß es schon bei einem flüchtigen Ueberblick bleiben. Dort unten ist's jedenfalls kühler wie hier. Hoffentlich ist Schwönkenhagen nicht anwesend, sonst müssen wir seinen Katalog in den Kauf nehmen, der sehr langweilig ist."

„Aber gründlich und gelehrt," fügte der Generalconsul hinzu. Wieder das Lächeln von vorhin. Einer so wenig redenden aber Alles beobachtenden Zuschauerin wie Klara mußte das auffallen.

Man erhob sich. Ein Wettstreit begann, wer die Künstlerin führen sollte. Klara entschied ihn auf das taktvollste. Sie nahm den Arm des ehrwürdigen Generalconsuls, dem sie heimlich recht gut war, weil er den zudringlichen und vorlauten Sohn des Hauses so köstlich zurechtwies.

Die Kunstsammlungen Ferrands, von denen in diesem Kapitel schon oft die Rede gewesen, befanden sich im Parterre des Hinterflügels. Die kleine Gesellschaft war bald dort angelangt. In den beiden Gemäldesälen bewunderte man treffliche Meisterwerke der

älteren italienischen und spanischen Schule. Die Deut-
schen und die Niederländer waren auffallend spärlich
vertreten. Schwönkenhagen wußte von jedem Gemälde
so zu sagen ein curriculum vitae, seit es die Maler-
staffelei verlassen. In drei kleineren Zimmern, deren
letztes eine Art von Gartenpavillon, befanden sich die
anderweitigen Sammlungen. Alte Bronce-Arbeiten,
Gemmen, Kameen und seltene Münzen, wohlgeordnet
lagen dort unter großen Glaskasten; kostbare Mosaiken
und Statuetten, altes Porzellan und Schaalen von
Bergkrystall, Jaspis und Lapislazuli standen auf hohen
Repositorien. Auf großen Tischen lagen chinesische
Lackarbeiten, Schmelzsachen von den besten Meistern
zu Limoges und dicht daneben vielleicht die seltensten
Terrakotten und Intaglios aus Herkulanum. In dem
Gartenpavillon befand sich eine Sammlung kostbarer
Meubles: antike Schreibtische, prachtvolle Palisanderar-
beiten aus Bengalen, vergoldete Rokokosachen, geschnitzte
gothische Lehnsessel, und Elfenbeinhausrath aller Art.
Als die Gesellschaft dort eintrat, verschwand unter der
Glasthüre, die heftig zugeschlagen wurde, eine dunkle
Männergestalt. Georg Ferrand trat rasch an das
nächste Fenster und blickte in den Garten. Als er sich
wieder umwandte, war sein Gesicht auffallend verstört.
Die Gäste achteten nicht darauf. Der Generalconsul
stand mit Klara vor einem kostbaren Rokoko-Schreib-
tische. Als Georg herzutrat, hörte er, wie die Schauspielerin ganz entzückt sich über diesen Tisch aussprach.
Sie war doppelt schön, wenn sie lebhaft ward. Er
hätte viel darum gegeben, wenn er ihr in diesem Augenblicke den Tisch hätte zum Geschenk machen dürfen.

6*-

Schwönkenhagen behauptet, dieser Tisch habe einst dem Minister Choiseul gehört" — rief lachend der ironische Maler, der sich hier plötzlich zur Gruppe gesellte.

„Da ist auch ein Meisterwerk!" flüsterte Klara und wandte den Blick von der ebenso originellen als kostbaren Schnitzerei zu einer großen ballonartigen Vase von chinesischer Arbeit, welche auf dem obersten Bort des Rokkokotisches stand und fast noch mehr als dieser ihre Aufmerksamkeit in Anspruch zu nehmen schien. —

„Was läge mir an Tisch und Vase" — dachte Georg. — „Könnte ich mir durch dieselben nur einen jener reizenden Blicke erkaufen, die sie auf diese rundbäuchigen Chinesen und deren lackirte Sonnenschirme wirft." —

Der Generalconsul streckte den Arm aus, die Vase herabzuholen, deren Miniaturschildereien vielleicht ein ganzes Menschenleben gekostet hatten. In demselben Augenblicke erschien der Hüter dieser Kostbarkeiten: Mosjö Doktor Schwönkenhagen, wie der jüdische Banquier ihn titulirte, klopfte respektvoll auf die hohe Schulter des Generalconsuls und zog den ausgestreckten Arm desselben möglichst sanft zurück. Der reichgestickte Uniformärmel, unter dem eine saubergefaltete Manschette sichtbar ward, schob sich weit zurück und hastig zog der alte Herr den Arm zurück. Blutrothe Flecken traten in die bleichen Wangen und auf die hohe, marmorweiße Stirn und mit einer zitternden Stimme, die sich vergeblich zu einer gewissen stolzen Rauhheit zwang, rief er dem Custos zu: „Was soll's, mein Herr?" . . .

„Noli me ~~tangere~~!" flüsterte der alte Custos.
„Verzeihen der Herr Generalconsul, das ist aber das
Motto, das am Eingang sichtbarlich zu lesen. Herr
Ferrand ist darin gar eigen. Was übrigens diese Vase
anlangt, so wurde dieselbe vor etwa 50 Jahren in der
Nähe von Makao von einem Mandschu-Tartaren, Na-
mens Dschiggetai (id est: equus hemionus, ein gar
absurder Name für einen Künstler) verfertigt. Ja bei
Makao — vielleicht in derselben Grotte, wo Camoëns
einen Theil seiner Lusias gedichtet haben soll, ut fertur!
Doch das ist noch etwas dubiös. Der große, dicke
Herr auf dem mittleren Felde unter diesem goldenen
Pallew (id est arcus triumphalis) soll der damals
herrschende Kaiser Kienlong sein, der berühmteste Fürst
der Dynastie Tsing, welche schon 1644 auf den chine-
sischen Thron kam."

„Hat sich jener edle Dädalus Dschiggetai nicht
selbst auf seinem Werk verewigt?" fragte der ironische
Maler.

„Nescio — nescio!" entgegnete Schwönkenhagen.
„Auf der Rückseite der Vase sehen Sie," fuhr der
Cicerone fort, „die Festung Makao. Abgesehen von
dem Mangel aller Perspektive ist das Werk vorzüglich.
Die Details treten nur bei Tagesbeleuchtung genugsam
hervor. Die Gestalten, die im Aether schweben und
just so groß sind wie die Glockenthürme, stellen Schutz-
gottheiten des Ortes vor." . . .

Das Zeichen zum Souper schnitt den Redestrom
des Alten gar unbarmherzig ab. Die Gesellschaft folgte
dem Rufe, in die oberen Salons zurückzukehren, den
ein dreimaliger Orchestertusch gegeben. Als Klara die

Augen von der kunstvollen Vase abwendete, und sich
abermals nach ihrem Retter umsah, da von allen Seiten die jungen Elegants ihren Arm der Künstlerin
boten, war der Generalconsul verschwunden und so trug
Georg Ferrand dieses Mal den Sieg davon. Triumphirend führte er die schöne Klara zur Tafel.

Nur Schwönkenhagen blieb noch eine Weile zurück. Ein prüfender Blick flog über die ihm anvertrauten
Schätze, ein mißtrauisch prüfender Blick, als sei eben
zuvor von einer Schaar der gewitzigsten Escamoteurs
seinem Museum ein Besuch abgestattet. Als auch er
sich endlich entfernen wollte, öffnete sich hastig die Glasthüre des Pavillons. Erschreckt fuhr der Alte zusammen. Besaß er doch den Schlüssel zu dieser Gartenthüre.
Nur ein einziger Nachschlüssel existirte. Er war im
Besitze des Hausherrn. Er gerieth in die höchste Aufregung, als er diesen plötzlich neben sich sah.

„Sie — Sie?" frug er erstaunt.

Der Hausherr war äußerst erregt. Wilder und
unstäter wie je funkelten seine Augen, alle Lebensfarbe
war aus dem aschfarbigen Gesichte gewichen.

„Was gab's denn hier? Wer war da?" fragte
er mit auffallender Hast.

Der alte Mann konnte sich vor lauter Aufregung
kaum fassen. Endlich nannte er die Namen.

„Auch er — auch der Generalconsul?"

„Gewiß! Ich erklärte ihm so eben" —

„Sie werden nichts mehr erklären, nichts mehr!
Diese Säle werden fortan geschlossen, bis auf die Ge-
mäldecabinets. Die mögen nach wie vor meinen Gästen
offen stehen.

„Ich begreife nicht" —

„Desto besser! Wo ist der Schlüssel, den Sie zu jener Thüre haben?"

„Hier ist er."

„Her damit! Die Glasthüre wird morgen von innen vernagelt. Diese Säle bleiben wie gesagt verschlossen. Sie mögen sagen, daß neue, zeitraubende Arrangements von dem Krimskrams in Angriff genommen werden sollen, oder sonst einen plausiblen Grund. Niemand hat Zutritt, auch mein Sohn nicht! Verstanden?"

„Zu Befehl, Herr Ferrand."

„Jetzt folgen Sie mir zum Souper — und kein Wort über diese Unterredung."

„Sie sind seltsam aufgeregt, so sah ich Sie nie, Herr Ferrand. Was werden Ihre Gäste denken, wenn Sie so erscheinen. Ich selbst war bis zum Tode erschrocken, als ich Sie eben aus dem Garten hereinbrechen sah — verzeihen Sie den Ausdruck!" . .

Der Kaufherr schritt einige Male unruhig auf und ab in dem Gemache, indem er unverständliche Worte flüsterte, dann trat er an die hohen Fenster, die in den dunklen Garten hinausführten und legte die Stirne an die kalten Glasscheiben.

„Sind Läden da für diese Fenster?" flüsterte er nach einer Weile.

„Zu Befehl!"

„Morgen sollen sie vorgesetzt werden."

Noch einige Minuten verharrte er in der früheren Stellung. Dann raffte er sich mit sichtlicher Anstrengung zusammen, strich das dunkle Haar zurück, das tief bis in die Stirn herabgefallen war und bedeutete dem alten Doktor schweigend, ihm zu folgen. Jedes einzelne Zimmer, das sie durchwanderten, wurde sorgfältig verschlossen.

Bald nachdem die Beiden den Hinterflügel verlassen, schlich sich an den hohen Fenstern eine kleine Gestalt vorüber, welche über die Hausflur so eilig wie möglich zur Straße hinausschlich. Es war Wenzel, der geheime Agent Ferrand's.

V.

Spätsommerabend. Durch die Straßen pfeift ein kalter Wind. Regenwolken bedecken ringsumher den Himmel, und ein kaltes Naß spinnt sich aus ihnen herab auf die Stadt. Des Tages buntes Gewühl, der laute Verkehr im Handel und Wandel längst vorüber. Die trübflackernden Laternen verbreiten nur ein ungewisses Zwielicht über die großen Plätze. In den kleineren Gassen ist's fast ganz dunkel. Nur der gleichförmige Taktschritt der Polizeirunde stört hin und wieder diese Grabesstille. Wie ausgestorben scheint die sonst so lebhafte Stadt in so früher Stunde. Die schnelleinbrechende Dunkelheit und der Regen haben die Feierabendstunde verfrüht. Die Dome und Kapellen, deren Umrisse sich nirgend scharf abgrenzen, scheinen doppelt gigantisch und riesengroß.

Durch eine der Hauptstraßen, welche die sogenannte elegante Welt vorherrschend bewohnt, schreitet ein einsamer Wanderer. Gleich feinen Nadelstichen fallen die

vom Winde gepeitschten Regentropfen in das bleiche
Gesicht. Die hohe Gestalt bedeckt ein alter, abgetra-
gener Mantel. Sein Schritt ist sicher und stolz. Einem
kleineren Hause gegenüber macht er Halt. Der zierliche
gothische Bau sticht seltsam ab gegen die großen aber
styllosen Gebäude in dieser großen, eleganten Häuser-
fronte. Ein Akazienbaum gibt ihm Schutz vor dem
Regen. Er lehnt sich an den weißgrauen Stamm,
zieht fester den Mantel um sich zusammen und starrt
hinüber zu einem hellerleuchteten Erker in dem gothischen Hause. Sein scharfes Auge, das voll und groß
unter den bunklen Brauen hervorleuchtet, erkennt hinter
den zarten Tüllgardinen, welche das Erkerfenster wenig
verhüllen, die Gestalt eines jungen Mädchens, das
spielend an einem Piano sitzt. Wenn der Wind um-
schlägt, tönen wohl auch einzelne leise Accorde zu ihm herüber. Von Zeit zu Zeit fährt er mit der Hand über
Stirn und Augen. Sind es Regentropfen, die er da
wegwischen will? ... Bald raffte er sich zusammen,
schlägt den Mantelkragen in die Höhe, verläßt den
schützenden Baum und schreitet quer über die Straße
dem gothischen Häuschen zu. Dann hält er plötzlich
wieder inne. Er steht, lauscht den verklingenden Ac-
corden des Pianos, kehrt um und nimmt die frühere
Stellung wieder ein. Man sieht es dem zuckenden
Gesichte, der gefalteten Stirn und den düster blickenden
Adleraugen an, daß er tief innen Gedanken auf und
ab wälzt und nach einem Entschlusse ringt, zu dem ihm
die ganze Seele zu drängen scheint.

„Und wenn ich's nicht thue" — flüsterte er —
eine längere Gedankenreihe unbewußt laut fortsetzend —

„und der Zufall führt mich mit ihr zusammen — wird
sie mich nicht undankbar schelten? Wer weiß, ob der
Bursch, der Belzendorf, jene Commission wirklich aus-
richtete und ihr das Darlehen überbrachte, während ich
darniederlag? Wer sagt mir, ob er's nicht unter-
schlug? ... Wie stände ich dann vor ihr? .. Nachdem der Paul — — Salomon die eine Unrechtmäßig-
keit, die er beging, so bitter (aber so gerecht!) gebüßt,
will er keine andere auf sich laden! ... Wären jene
Buben jetzt hier und sähen mich da in Wind und
Wetter stehen und überlegen, ob ich wegen drei ge-
borgten Gulden — — Alle Teufel was erinnre ich
mich jetzt an diese Schurken? ... Jetzt! Aber gut,
gut daß ich mich erinnere! Dem gutherzigen Mädel
da drüben soll mein Dank noch abgestattet werden —
gewiß! Jetzt aber, heute? — Nein! — — Fort
Paul, dich ruft nun ein anderes Werk! Was steh'
ich da und schmachte dort hinüber einem verliebten
Burschen gleich! ... Und doch — wie seltsam zieht's
mich zu ihr, zu diesem lieben Gesichtchen, dessen Augen
so warm, so warm in mein eiskaltes Herz geblickt haben. Wie ich neben ihr saß in dem Wagen — wie
ich ihre Stimme hörte, so süß, so weich — da war es
mir, als flögen alle Rachegedanken fort aus meiner
Seele, als sei ich so rein, so leicht, so fromm wie in
alten, längstvergessenen Tagen. Ich zog das Kreuz
hervor und betete! Hahaha betete! Teufel und Don-
ner was soll ich beten — für wen? Betet man zu
Dem da droben auch um das Gelingen eines blutigen
Rachewerks? Mit Mordgedanken im Herzen kann
man nicht beten — und doch damals — damals betete

ich! . . . Ich will nicht zurück in ihre Nähe! Mag
sie mich für undankbar halten, mag sie mich verachten,
mag sie meinen Anblick meiden wie den eines Pest-
kranken — hat er sie doch damals zu Boden geworfen
vor Abscheu in der Scheune — da ich kam, um ihr
zu danken. Und jetzt sollte ich's — jetzt? Sie ist im
Glücke — sie wird mir die Thüre weisen. Was fragt
die stolze Dame nach dem Danke eines elenden Bettlers!
Sie ist hochmüthig geworden, welchen Empfang hätte
der bettelhafte Vorstadtsoufleur bei ihr zu erwarten? . .
Stolz — hochmüthig? Und du glaubst das wirklich,
Paul? Glaubst es von ihr? Diese Engelsaugen,
die selbst deines starren Herzens Eisrinde aufthauen
konnten auf kurze Zeit, können nicht lügen. . . Aber
jener Schreck — jenes Entsetzen — jenes Starren voll
Furcht und Abscheu? . . . Hab' ich doch oft darüber
gegrübelt. . . Pah — was kümmert's mich! 'S wär
ja auch zu seltsam, wenn ich, Sohn des Unglücks, das
abnorme Glück einmal haben sollt', denen zu gefallen,
die ich Elender achten und lieben könnte, deren Zuneigung mir wohl thun würde bis tief in's Herz hinein!
Es ist recht, ganz recht, wenn Alle, Alle dich hassen!
Du hast's verdient — du trägst es ihnen heim! . . . .
Fort von hier! Mir ist's, als würden all' meine
Entschlüsse wankend, wenn ich noch länger hinaufstarre
zu dem hübschen, sanften Engelsköpfchen. 'S ist eine
feindselige Macht, die sich wie Bleigewichte an meine
Füße hängt, daß ich den Muth, Willen und Eifer ver-
liere, der mich bis jetzt beseelte. . . . Welch' andere
Aufgabe hätte der arme, verrathene, verfehmte Bettler
noch in der Welt! . . Mächtig zieht's mich hinüber —

unb boch hält's mich jurück. Mir ift, als müßt' ich
ba brüben Alles aufgeben unb fahren laffen, was jeßt
mit blutigen Gebanken mir Hirn unb Herz erfüllt —
als wär' bort ein Gegengewicht gegen bie Hölle, bie
in meiner Seele wüthet unb mich anspornt zur Rache!
. . . Horch bie Töne schwellen an mit Macht. . . .
Ihre Stimme vereint sich mit ben lieblichen Accorben,
es klingt so lieb, so fromm — — mir ist's als höre
ich bie Kirchenlieber, bie ich als Knabe fang. — —
Fort von hier — fort — fort!" . . .

Unb eilenb unter bem strömenben Regen stürmte
ber Arme bavon, als jagten ihn bie Furien ber Hölle
von ber Stätte, wo sein besseres Ich sich emporringen
wollte über all' bie feinbseligen, wilben Gebanken, welche
bieses verbüsterte Herz, voll Ingrimm unb Rachelust,
erfüllten. . . . . Eine nahenbe Patrouille mochte ihn
enblich mahnen, in biesem verbächtigen Laufe einzuhalten.
Schweißbebeckt unb boch zusammenschauernb stanb er
vor einem hohen Palais. Immer näher kam bie
Runbe. Warum nahm bas Frösteln überhanb, warum
spähte er emsig nach einem Versteck? Das Palais
lag ein wenig zurück. Ein Vorhof trennte es von ber
Straße. Die gußeiserne Thüre war offen. Er trat
hinein. „Wie aber, wenn man bich hier fänbe?" bachte
bas böse Gewissen. „Gerabe jeßt bist bu verbächtig!
Wirb man bich nicht für einen Einschleicher halten?"
. . Der Rückzug war nicht mehr möglich! . . „Wäreft
bu ruhig auf ber Straße geblieben. Ist benn jeber
späte Wanberer so verbächtig? . . . . Zurück! Auf
bie Straße. Gehe ihnen muthig unb unbefangen entgegen." . . .

Aber er stand wie festgewurzelt. Die Akazien, welche auch hier den kleinen Vorhof schmückten, waren zu zierlich und klein, um die hohe Figur zu verbergen. Endlich erspähte er eine kleine Laube. Dorthinein eilte er mit schnellen, leisen Schritten. . . . Eben jetzt marschirte die Runde vor dem Palais vorüber. Er zog eine kurze Pfeife heraus und Feuerzeug. In dem trockenen Raume war es möglich, den Taback anzuzünden. Damit mochte sich leicht sein Einschleichen in diesen Vorhof erklären und entschuldigen lassen, falls man ihn entdeckte. . . . Die Schritte der Runde entfernten sich. Er athmete freier auf. Die Pfeife brannte. Er wollte sein Versteck verlassen. Da öffnete sich mit lautem Glockengeklingel die hohe Thüre des Palais. Eine große, imponirende Gestalt ward sichtbar. Ein Diener leuchtete bis zur Schwelle mit einem silbernen Armleuchter.

Dicht vor ihm vorüber ging die imponirende Erscheinung dem Thore des Vorhofes zu. Ein langer Ueberrock, ein elegantes seidenes Schwaltuch, schwarze Beinkleider und ein grauer Sommerhut bildeten das Costüm. Als der Fremde am äußeren Thor dicht neben der Laterne den Kopf ein wenig zurückbog, um den grünseidenen Regenschirm aufzuspannen, fiel das rothe Licht voll und . klar auf sein Gesicht. Salomon hatte sich dicht an die durchsichtige Lautwand geschmiegt. Sein Adlerauge erkannte deutlich genug die Züge des Fremden, der bald hernach mit schnellen Schritten die Straße entlang ging. Der Soufleur war, als er das Gesicht des Fremden erblickte, zurückgetaumelt. Die Pfeife fiel zur Erde, der Mantel zurück und todtenbleich, als habe er eine tiefe Wunde, einen lebensgefährlichen

Stich in das Herz empfangen, preßte er beide Hände
darüber zusammen. Starr wie ein Steinbild erschien
das Gesicht — auf seinen Lippen schien ein lauter, wilder Schrei zu schweben, doch die Stimme schien ihm
versagt. So stand er — mit vorgebeugtem Körper,
der sich gegen das rauschende Laub drückte und mit
weitvorgequollenen Augen da, regungslos, ohne Athem.
... Erst nach einer langen Zeit wich diese Erstarrung.
Schnell raffte er den Mantel auf und in wilden
Sprüngen, wie der Tiger eine entflohene Beute verfolgt, eilte er dem Entschwundenen nach... In weiter
Ferne floh ein matter Schatten der Häuserreihe längs
dahin. Er folgte ihm. Immer näher kam er und
näher. Der Regen nahm zu. Der Wind verlöschte
die Laterne. Die Dunkelheit begünstigte diese seltsame
Verfolgung. Straßen und Plätze wurden von Beiden
rasch durchschritten. Einem abgelegenen Stadttheile zu
schien der Vordere seinen Weg zu nehmen. Einem
riesigen Steinhaufen gleich lag im Prospekt ein alter-
thümlicher Klosterbau. Die Gegend ringsumher war
öde und unheimlich. Uralte Lindenbäume umstanden
die Hallen und Kapellen. Nur an der einen Seite
des großen, wüsten Platzes befanden sich Häuser. Dort,
vor dem letzten aber wohlerhaltensten der einstöckigen
Gebäude hielt der Erste still. Sein Pochen mußte bald
gehört sein. Schnell öffnete sich die niedrige Thüre
und gebückten Hauptes trat der späte Besuch ein. ....
Salomon schlich sich aus dem Schatten der Lindenbäume gleich darauf ebenfalls an das einsame Häuschen heran. Zwei Fenster gingen im Erdgeschoß auf
die Gasse. Dicke Holzläden verschlossen sie. So spio-

nirte er an den Verschlägen. Drinnen hörte er Stimmen. Kein Zweifel, daß der Verfolgte in jener Stube sei. Das Glück schien ihn zu begünstigen, er fand einen kleinen Spalt in dem Holzgefüge, durch den sein scharfer Blick einen Theil des niedrigen, aber sehr comfortable eingerichteten Zimmers überschauen konnte. Der Verfolgte hatte dicht neben dem Fenster Platz genommen, doch drehte er dem Späher den Rücken zu. Ein anderer, kleiner Mann im grünen Schlafrock mit rothen Schnüren stand vor ihm. Das Gesicht desselben war nicht besonders interessant. Ein Zug von Schlauheit und Heimtücke, der sich um die schmalen, festzusammengekniffenen Lippen legte, frappirte.

„Der Herr Generalconsul nehmen die Sache noch immer zu leicht," sagte der Mann im Schlafrock. „Wäre es nicht in Ihrem Interesse, ich hätte den Dienst bei diesem schurkischen Ferrand längst quittirt. So aber denke ich, ein gutes Werk zu thun, indem ich einen wahrhaft eblen Mann in Kenntniß setze von den gemeinen Intriguen eines neidischen Schuftes, der vor der Welt die aufrichtigste Freundschaft mit Ihnen heuchelt und in's Geheim Alles thut, um Sie zu Grunde zu richten."

„Ich mag noch immer nicht so klein von Ferrand denken, als Sie, Wenzel, ihn mir schildern, obschon die Klugheit gebietet, auf der Hut zu sein. Selbst dem Unschuldigsten, Ehrenfestesten kann oftmals durch Neid und Bosheit eine Grube gegraben werden. Es ist wahr, ich habe Ferrand durch mehrere glückliche Speculationen, in denen er mein Concurrent war, überholt. Es ist wahr, daß die schöne Gräfin Grenitzkow, um die wir Beide uns bewarben, mir den Vorzug gab. Es ist wahr, daß ich auch bei der Bewerbung um das Generalconsulat reussirte und er zurückstehen mußte — aber dennoch wäre es zu kleinlich" . . .

„Verzeihung, Herr Generalconsul! Sie lassen sich immer noch zu viel durch die Maske des Elenden täuschen. Er ist ein Schauspieler comme il faut. Er geht langsam mit seinen heimlichen Rachewerken vorwärts — aber er hat sich's geschworen, Sie zu stürzen. Ein Charakter wie der Ferrands ist zäh und eisern in der Verfolgung jedes Planes. Kein Hinderniß schreckt ihn. Kein Mittel wird er verabscheuen, das zum Ziele führt. Er ist schlau genug, mich nicht ganz in sein heimlich Spiel hineinblicken zu lassen. Sein Specialagent aber, denke ich, wird mit der Zeit zu gewinnen sein, der Alles in den Händen hat und der auch um jene Papiere weiß." —

„Jene Papiere? Diese sybillinischen Bücher, guter Wenzel, mit denen Sie mir immer kommen, existiren schließlich nur in Ihrer Einbildung. Was könnten sie auch gegen mich enthalten? Bin oder war ich je compromittirt? Warum bringt Ferrand sie nicht hervor? . . . Sie haben mir treue Berichte geliefert über all' ihre heimlichen Reisen. Sie zeigten mir Porträts und Namensverzeichnisse, die mir ganz fremd sind. Ich sehe hier Mysterien, die mir wie Kinderspielereien vorkommen. Mein Leben ist rein, ist makellos. Ich habe Niemanden zu scheuen. Wer wollt' auftreten und mich irgend eines Verbrechens zeihen?"

„Es gibt auch erlogene, erdichtete Verbrechen! Sie verließen Ihre Heimath jenseits des Rheins zu

einer wilden Zeit, in der Alles drüber und drunter
ging. Jener Specialagent ist ein Meister in falschen
Handschriften. Das weiß ich genau. Er ist fast immer draußen. Könnt' ich mich nur an ihn machen,
wir würden das Lügengewebe und den satanischen
Racheplan bald durchschauen. Ich bin meiner Sache
zu sicher. Sie sind zu sorglos, Herr Generalconsul;
gewiß, solchen Elenden ist Alles möglich. Als ich mich
Ihnen antrug, sagten Sie selbst, daß Sie früher zu
sorglos gewesen in Bewahrung gewisser Papiere und
Legitimationen. Wie, wenn Ferrand davon erfahren?"

Eine Pause trat ein. Der Mann, der als Generalconsul angeredet worden, blieb in derselben Stellung
auf seinem Stuhl, während der Andere auf einen Augenblick verschwand. Als er wieder in jenen erhellten
Raum trat, den der Lauscher übersah, hielt er ein Con-
volut Schriften in der Hand.

„Das sind meine Commissionen gewesen, die ich
für die letzte Reise hatte," sagte der Mann im Schlafrock. „Hier die Copie des Berichtes, den Herr Ferrand hat."

„Ein aufrichtiger Bericht über alle Resultate?"

Der Andere lachte. „Auch wider Ihren Willen,
dessen Großmuth gegen diesen Ferrand zu weit geht,
kann ich's nicht lassen, meinen Prinzipal stets absichtlich
noch mehr in's Dunkel zu führen. Meine richtigen Angaben sind hier!... Sie wissen, Herr Generalconsul,
wie sehr ich von Ferrand gekränkt bin! Er hat meinen
Vater an den Bettelstab gebracht, so daß der Arme
Hand an sich selbst legte... Sie kennen diese dunkle
Geschichte.... Sie merken mir zugestehen: es wäre

7

übermenschlich edel, wollte ich die Gelegenheit versäumen mich zu rächen."

„Wie aber traut' er dem Sohn, deſſen Vater er" — —

„Ich nahm mir ein Vorbild an dem edlen Prinzipal! Ich warb ein ebenſo guter Comödiant wie er. Er ahnt nicht den Wolf im Schaafspelz!"

„Und doch muß er nicht völliges Vertrauen zu Ihnen haben, da er Ihnen das Wichtigſte bei dieſer Intrigue gegen mich (die mir wenig mehr als ein verächtliches, mitleidsvolles Lächeln entlocken kann) unterſchlägt."

Der Andere zuckte die Achſeln.

„Er muß doch nothwendig im Beſitze dieſer — hahaha — dieſer gefährlichen Dokumente ſein; denn Ihnen gegenüber hat er damit, wie Sie ſagen, oft geprahlt. Um mich von deren Exiſtenz zu überzeugen, bedürften Sie" — —

„Ich verſtehe!"

„Nein Wenzel, mit dieſen Blicken verſtehen Sie mich nicht! Mir liegt nicht daran, durch Diebſtahl in den Beſitz der Dokumente zu gelangen. Ich will nicht die Schuld auf mein Gewiſſen laden, Sie zu einem ſolchen Verbrechen angeeifert zu haben."

„Kommt Zeit, kommt Rath! Vor der Hand weiß ich leider nicht, wo dieſe Dokumente ſind, noch was für Falſa ſie enthalten können."

Der Lauſcher bemerkte im Geſichte des Redenden einen eigenthümlichen Zug, der ihm den Verdacht eingab, jener ſpräche die Unwahrheit. Es war nur ein vorübergehendes, ſchnelles Zucken der Mundwinkel und ein falsches Aufblicken in den kleinen Augen gewesen — doch dem Adlerblicke Salomons war's nicht entgangen.

„Der Schuft weiß doch drum," dachte er bei sich. „Der Herr Generalconsul muß in der That sehr sorglos sein! ... Freilich — wenn — doch still, da reden sie wieder — ich will kein Wort verlieren. Könnte ich nur das Gesicht des Andern einmal sehen. Es scheint, ich habe mich doch getäuscht und die ganze dunkle Geschichte kann mich nicht im geringsten interessiren. Der regsame, argwöhnische Paul — doch horchen wir vor der Hand weiter!" ...

Der Souffleur mußte bei diesem Selbstgespräch Mehreres von der Unterredung überhört haben. Er konnte keinen Sinn in die Fortsetzung bringen, die er jetzt wieder Wort um Wort belauschte.

— „Der macht mir die geringste Sorge" — sagte nämlich der Mann im Schlafrock. Er mußte nothwendig damit eine Frage des Andern beantworten. „Der hilft sich selber hin, früher oder später. Was liegt an dem?" ...

„Er ist wilder, rachsüchtiger, rückhaltsloser."

„Feig, liederlich und blasirt ist er. Den fürchte ich nicht. Er steht der Sache ganz fern. Eher noch der alte Raritätencustos, der gelehrte Schleicher."

„Wie, der alte, ehrliche Schwönkenhagen?"

Salomon zog eine Brieftasche hervor und notirte die Namen, welche er seither in der Unterredung belauscht.

„Er ist um so gefährlicher, je simpler er thut," sagte der Mann im Schlafrock mit großer Bestimmtheit. --

7*

„Ich glaub's nicht. Er lebt nur für seine Bilder und Antiquitäten."

„Trau, schau wem?" meinte grinsend der Andere. „Jedenfalls will ich Euch ihn auf's Korn nehmen. Alles im Interesse von Ew. Hochwohlgeboren."

„Ihr erweiset Eure Dienste keinem Undankbaren, Wenzel!"

„Ich habe Proben und diese belehren mich, daß Sie die Sache doch nicht so ganz leicht nehmen, als Sie es mich glauben machen möchten. Gleichviel — ich diene mir selbst, indem ich Ihnen in dieser Angelegenheit diene."

„Alle Teufel!" dachte der Lauscher. „Je mehr ich dieses verschmitzte Gesicht anschaue, desto bekannter ist es mir. Doch der schwarze Bart? . . . Hm — der kann leicht abgeschnitten sein — oder er war überhaupt nicht ächt. Derlei Mummerei kenne ich doch wohl durch mein jetziges Geschäft zur Genüge. Kein Zweifel, es ist derselbe Bursche, der mich in jener Scheune sah und mir folgte, bis ich ihm im Dorfe entging."

„Die wichtigste Commission meiner letzten Reise," hob Wenzel wieder an, „betraf einen gewissen Marsand."

„Alle Teufel! Marsand?" flüsterte mit gesteigerter Aufmerksamkeit der Souffleur.

„Ein mir gänzlich unbekannter Name," sagte der Generalconsul.

„Gänzlich?" fragte der Andere ungläubig.

„In der That!"

„Dann verstehe ich meinen Auftrag nicht. Ferrand legte, wie es schien, ein ganz besonderes Gewicht darauf, über die Schicksale dieses Felicien Marsand, gebürtig bei Fort Vauban im Elsaß, Näheres zu erfahren!"

„Fort Vauban?" wiederholte der Lauscher in großer Erregung.

„Der ganze Coup, den Ferrand ausführen will, muß auf einer Verwechslung beruhen" meinte der Generalconsul sehr ruhig. „Mich kümmert dieser Mensch nicht im geringsten. Ich habe nie einen Herrn Felicien Marsand gekannt."

„Hier ist, was ich von ihm in Erfahrung brachte."

„Eine Copie des Berichtes, den Sie Ferrand gaben?"

„Keineswegs. Er erfährt stets das Gegentheil, von dem, was ich erkundet."

Wenzel überreichte dem Gegenüber ein ziemlich umfangreiches Aktenstück. Der Generalconsul erhob sich. Der Andere war ihm behülflich, den Herbstrock auszuziehen, den Jener ablegte.

„Nur eine Minute sein Gesicht!" flüsterte in höchster Spannung der Lauscher. Er drückte den Kopf, aller Vorsicht vergessend, fest an die Holzläden, die knarrend an die vorstehenden Fensterrahmen flogen. Die Beiden schracken lebhaft zusammen. Der Souffleur sank leise bis zum Mauerwerk zusammen. Drinnen blieb es still.

„Es war der Wind," hörte er den Einen sagen.

Gleichwohl schien sich der Lauscher nicht sicher zu fühlen. Auf Händen und Füßen kroch er langsam und vorsichtig um das Häuschen. Eine niedrige Planke stieß, an die Rückwand desselben, die ohne Fenster war. Ein großer Garten stieß an das Gebäude.

Salomon hörte ganz deutlich den schweren Tritt des Generalconsuls im Zimmer, das einfache Fachwerk der Mauer hätte einen Lauscher auch von dieser Seite des Gemaches begünstigt. . . .

„Wohin nun?" fragte sich Salomon. „Er darf mir nicht entkommen."

„Sehen muß ich ihn auf alle Fälle, aber so, daß er mich nicht sieht. Hier kommt er nicht vorbei — zudem ist's hier dunkel. . . . Aber drüben — bei dem Kloster unter den Linden. Dort schimmert eine Laterne dicht neben dem Fußweg, den er passiren muß. . . Der alte Stamm deckt mich vollkommen."

Mit hastigen Schritten flog er über den dunklen Platz. —

Die Thüre des kleinen Häuschens öffnete sich, da er kaum sein Versteck erreicht. Der Mann im Schlafrock mochte seinem Gast das Geleite geben. Er sah die kleine Arbeitslampe, die vordem auf dem Schreibtische gestanden hatte, in der offenen Thürspalte hin- und herflackern. Zwei Gestalten standen unter der Thüre. Sie schienen nicht zu eilen mit dem Abschied. Einmal hörte er deutlich das Lachen des Generalconsuls.

„Wenn er's wäre?" flüsterte Salomon. Er faßte unter den Mantel als suche er nach einer Waffe, doch zog er bald die leere Hand zurück. „Thor, der ich bin, so im ersten Feuer einen vielleicht Unschuldigen — — doch still! Er geht. Richtig er kommt hierher!" . .

Der Souffleur verbarg sich hinter den alten, moosbewachsenen Lindenstamm. Dicht vor demselben

an der Klostermauer hing eine große Laterne, unter
welcher sich hart entlang das gepflasterte Asphalttrottoir
hinzog. . . .

Immer näher kam die Gestalt. Laut dröhnten
die hastigen, schweren Schritte durch die öde Gegend.
Von der Klosterkapelle folgte ihnen ein lautes Echo,
als folge dem einsamen Wanderer noch ein anderer aus
der dunklen Ferne auf demselben Wege nach. . . .

Jetzt trat die hohe Figur in den Lichtkreis der
Laterne. Das Licht fiel zitternd über das edle Profil
des ehrwürdigen Hauptes. Ueber die hohen Schultern
flatterte das gelbseidene Tuch, das er um den Hals
geschlungen. Da der Regen aufgehört, bediente sich der
Wanderer seines Regenschirmes anstatt eines Stockes.
. . . Ganz deutlich konnte Salomon das Gesicht erkennen. . . . . Seine Hände krallten sich fest in die moosige
Borke des alten Stammes — er biß sich die Zähne in
die Lippen, daß kein Aufschrei ihn verrathe — mit
funkelnden Augen folgte er dem arglos Dahinschreiten-
den, bis derselbe in der Dunkelheit verschwand. Dann
aber sank er erschöpft unter der Linde zusammen.

„Er ist's!" rief er mit dumpfer, röchelnder
Stimme aus. — „Er ist's!" wiederholte er nach langer Pause und jede Muskel dehnte sich an dem riesen
Körper. Jugendliche Kraft und Elastizität schien zurückgekehrt in die Gestalt des grauen Mannes, und
wie durch einen plötzlichen Entschluß getrieben, verließ
auch er mit eiligen Schritten den einsamen Kirchhof.

———

VI.

Das Vorstadttheater in D. gab nicht an jedem
Abende Vorstellungen. Salomon's Amt war dort mit=
hin kein allzu anstrengendes. Ihm blieb manche freie
Zeit, zumal man sich auf jener Bühne auch die Pro=
ben verkürzte oder ganz vom Halse schaffte. Raubrit=
terstücke, Spektakelcomödien und Possen des niedrigsten
Genres bildeten das Repertoire jenes Musentempels,
dessen Publikum zumeist aus rohem Schiffsvolk und
Handwerksgesellen bestand. Oft wurde ein und dieselbe
ordinäre Farce vierzehn Tage hintereinander gespielt
und der Souffleur durfte somit für seine Lungenflügel
keine Besorgnisse hegen. Ob das ganze wüste Treiben
der Bande Salomon zusagte? Warum aber nahm er
dann dieses Engagement an? Oder war's nur bittere
Noth, die ihn dazu getrieben, das Erste, · Beste zu er=
greifen, um nicht zu hungern? . . .

Zwei Tage nach dem im vorigen Kapitel erzählten
Besuch des Generalconsuls Reinert bei Wenzel, dem
Buchhalter und geheimen Agenten des Kaufmannes
Eduard Ferrand, begab sich Salomon aus dem schmutzi=
gen Labyrinth der Vorstadt im besten Sonntagsstaat
in die große Handelsstadt, in der jetzt unsere Erzähl=
ung spielt. Er glich in diesem Anzug einem wohlha=
benden Bürger und schien diese Maske auch in Gang,
Haltung und Bewegung durchführen zu wollen. Am
Mittag desselben Tages (denn die Sonne stand be=
reits tief am westlichen Himmel, als Salomon auf=
brach) hatte Wenzel einen Stadtpostbrief folgenden In=
haltes erhalten:

„Geehrter Herr! Schreiber dieser Zeilen weiß,
welches Interesse Sie daran nehmen, ju erfahren, wer
die räthselhafte Person gewesen, die Sie am 8. Mai
in G. aus dem Schauspielhause bis zum Mühlenberg
verfolgten, und erbietet hieburch Ihnen die gewünschte
Auskunft wahrheitsgetreu zu geben. Sobald es dunkel
wird, erwarten Sie mich in Ihrer Wohnung neben
dem früheren Beguinenkloster." . . .

Eine Unterschrift fehlte. Das Siegel zeigte die
Buchstaben P. G., die jedoch mit einem feinen Messer
absichtlich so weit als möglich abgeschabt waren.

Mit einbrechender Dunkelheit hatte Salomon das
Haus des Buchhalters erreicht. Der stundenlange Weg
schien ihn nicht im geringsten ermattet zu haben. Bevor er die Hausglocke anzog, lugte er durch den ihm
bekannten Spalt der bereits geschlossenen Läden. Wenzel
saß am Schreibtisch und schien tief versenkt in die
Lektüre eines großen Buches, das vor ihm lag. Auf
Salomon's erstes Schellen, sprang er auf und öffnete.
Es schien nicht ohne Absicht zu geschehen, daß er den
räthselhaften Besuch hier draußen schon stark in's Gesicht leuchtete. Im ersten Augenblick täuschte ihn das
Costüm: Der hohe Castorhut, die Vatermörder und
das weiße Halstuch. Als er den Gast jedoch in sein
Arbeitsstübchen geführt und Jener sich schweigend dicht
neben ihm auf einen Korbsessel niederließ, sprang er
selbst plötzlich wieder auf. Die Lampe, die er noch nicht
wieder niedergesetzt, wäre fast seiner zitternden Hand
entfallen, so sehr erschütterte ihn der Anblick des Mannes, den er jetzt erst wieder erkannt hatte.

„Sie sind es selbst?" rief er mit erregter Stimme.

Salomon lächelte, drückte ihn in den Lehnstuhl und schob die Lampe, die sehr gefährlich auf der Tischkante stand, ruhig zurück.

„Wozu dieses Echauffement? Allerdings bin ich es und will Ihnen über mich selbst Auskunft geben."

„Felicien Marsand!" rief mit wachsendem Staunen der Agent.

„Keineswegs! der Mann, der die sehr zweifelhafte Ehre hatte und diesen für Sie so interessanten Namen führte, ist längst todt. Er wurde bei einer gewissen Affaire von einigen Gensdarmen erschossen. Wenn ein Marsand lebt, so ist's ein junger Mensch von einigen zwanzig Jahren — Felicien's Sohn. — Doch davon später. Sie erinnern sich jedenfalls des Umstandes in G., von dem ich Ihnen schrieb? Sie verfolgten mich; ich floh nicht vor Ihnen, sondern — doch gleichviel. Sie riefen, als ich Ihnen entkam (ich stand dicht neben Ihnen hinter einem hohen Schleeborn auf einem Kartoffelfelde): Gib Acht Felicien Marsand, du Schuft, ich treffe dich doch noch! Ist es nicht so?"

Der Andere nickte.

„Wohlan! Es kommt mir zunächst darauf an, Ihnen zu beweisen, daß ich nicht Marsand bin. Hier — nehmen Sie diese Papiere. Es sind rechtskräftige, ächte Legitimationen. Paul Salomon ist mein Name. Sehen Sie hier das Signalement. Betrachten Sie mich. Es gleicht mir Zug um Zug. Auch diese Wunde da — (er strich das Haar an der linken Seite der Stirn zurück) dieser Flecken am Halse — Alles stimmt

Das Siegel des Maire von Straßburg ist jedenfalls nicht nachgemacht."

Wenzel prüfte die Papiere mit großer Aufmerksamkeit und verglich die Angaben des Signalements. Der Souffleur erhob sich, um ihm den Vergleich zu erleichtern.

„Schade, daß kein Maaßstab da ist," sagte er lächelnd, „Sie würden sehen, daß die drei Zoll nicht fehlen. Glauben Sie, daß diese besonderen Kennzeichen sich in dieser Weise an zwei Persönlichkeiten auffinden ließen? Vergleichen Sie diese Unterschrift in meinem Paß mit der Schrift des Briefes, den Sie empfingen."

Wenzel zog den Brief hervor.

„Auf dem Petschaft stand ein: P. G." bemerkte er, den Fremden scharf fixirend.

„Wirklich? — Ah, es ist in der That so . . . P. G.! . . . Ich erinnere mich Philipp Gernshelmer, der Name meines Hauswirthes. Ich fand dessen Petschaft auf dem Schreibzeug, das ich von ihm entlehnt und benutzte es, da ich selbst kein's habe. Philipp Gernsheimer, Rothenauerstraße Nro. 777. Wenn Sie mir einmal die Ehre Ihres Besuches schenken wollen, werden Sie sich auch davon überzeugen."

Er hatte diese Worte schneller und erregter gesprochen als alles Andere. Ein auffallend heiteres und selbstzufriedenes Lächeln trat in die ehernen Züge, da er diese Auskunft ertheilte, während er zuerst ein wenig stockte, da er sein Siegel betrachtete. Dachte Wenzel wirklich nicht daran, daß die Ausrabirungsversuche des Buchstaben irgend einen besonderen Grund hätten, oder stellte er sich arglos? . . . Er schien völlig befriedigt

über Salomon's Auskunft. Gleichwohl sah man ihm
die innere Spannung deutlich an, die der ihm immer
noch unbekannte, weitere Zweck dieses Besuches bei
ihm haben mochte. Er schien zu erwarten, daß Jener
sich selbst darüber äußere. Salomon steckte die Papiere
zu sich, indem er fragte: Sind Sie nun überzeugt,
daß ich nicht jener Felicien Marsand bin?"

„In der That, mein Herr, ich bin es. Aber da
Sie es nicht sind, so dürfte das besondere Interesse,
welches ich für Jenen hatte, Sie auch nicht weiter
interessiren. Ich habe mich in der Person geirrt.
Ihr auffallendes Benehmen an jenem Abend, das Sie
mir nicht erklärt (ich bestehe auch keineswegs auf solche
Erklärung, da mir dazu jede Berechtigung fehlt) hatte
mich irregeführt, um so mehr als ein in meinem Besitze befindliches Bild jenes Marsand eine gewisse Aehnlichkeit mit Ihnen hat und ich dasselbe bei mir
trug, da ich Sie bei jener Comödie sah. Sehen Sie
selbst." —

Er zog aus einer Schieblade ein Bild hervor
und überreichte es seinem Gaste. Salomon zuckte leicht
zusammen, da er es nahm.

„Allerdings eine gewisse Aehnlichkeit — hatten
wir!"

„Ah, Sie kannten jenen Felicien?" fragte Jener
rasch.

„Warum das? entgegnete der Souffleur mit einem
feinen Lächeln. Marsand ist todt — wie ich erfahren.
Da er lebte, hatten wir — nach diesem Bilde — eine
gewisse Aehnlichkeit. Seitdem ich dieses Bild gesehen,
muß ich sagen: wir hatten eine Aehnlichkeit — daß

ich Marfand ſelbſt gekannt, iſt damit doch keineswegs
geſagt." . . .

Wenzel warf einen heimtückiſchen Blick auf den
Fremden; er fühlte deſſen Uebergewicht.

„Und nun — mein Herr," begann er nach einer
kurzen Pauſe — „nachdem wir uns gegenſeitig über
jenes Zuſammentreffen entſchuldigt, iſt, wie ich denke,
unſer Geſchäft mitſammen aus. Ich beſuche das Theater nicht, am wenigſten das der Vorſtadt. Ich danke
Ihnen für Ihre Viſite — aber meine beſchränkte Zeit
wird ſchwerlich erlauben, daß ich ſie erwiedere.

Damit erhob er ſich, und ſchien die Viſite für beendigt anzuſehen. Die Sicherheit und Ruhe dieſes
Mannes, der ſicherlich weit mehr wußte, als er ſagte
und ſeinen Geheimniſſen nahe ſtehen mußte, drückte ihn.
Er hätte es unter anderen Umſtänden für rathſamer
gehalten, dieſen räthſelhaften Menſchen für ſich zu gewinnen; aber es verletzte dieſen kleinlichen Menſchen,
ſich von einem Vorſtadt-Souffleur imponiren zu laſſen.
Dieſer durchbohrende Blick, der ſich förmlich an ſeine
Züge feſtzuſaugen ſchien, verwirrte ihn. Er fühlte ſich
in die Enge getrieben und beängſtigt.

„Noch einige Minuten", ſagte Salomon, ohne ſich
zu erheben. „Ich glaube, Sie werden mir dieſelben
gerne opfern, wenn ich Ihnen den Hauptzweck meines
Beſuches mittheile. Eigentlich ſollte mich dieſer Mangel an Vertrauen (er zeigte lächelnd auf einige Piſto-
len, die auf dem Schreibtiſch unter einem Stoß Zeit-
ungsblätter ſchlecht genug verſteckt lagen) abhalten, mich
Ihnen ganz zu entdecken. Dennoch will ich es thun.
Ihr Mißtrauen zeugt von — — Vorſicht und dieſe iſt

ein Haupterforderniß für einen Mann, der sich mit so
delikaten und mysteriösen Commissionen beschäftigt, wie
Sie!" . . .

Mein Herr — was soll das heißen?"

„Bleiben Sie ruhig, Herr Wenzel. Diese Rolle
da wird Ihnen nicht gelingen. Sie spielen die verfolgte Unschuld sehr schlecht — man gibt derartige
Parthien selbst auf unserem Vorstadt-Theater weit besser! . . . Doch im Ernst! Fassen Sie Zutrauen. Ich
bringe Ihnen in mir einen Schutz- und Trutzgenossen,
den Sie nicht verschmähen sollten — und den Sie
auch gar nicht verschmähen werden, wenn Sie erst
wissen, wie viel ich Ihnen nützen kann bei Ihrem heimlichen Spiel pro Generalconsul Reinert und contra
Eduard Ferrand!"

Der Buchhalter erblaßte. Er sah sich gänzlich in
den Händen dieses Fremden. Dennoch versuchte er zu
läugnen und nahm noch einmal seine Zuflucht zu dem
trotzigen, abstoßenden und hochfahrenden Ton, durch den
er schon zuvor diesen mit auffallender Zudringlichkeit
sich anbietenden Helfershelfer hatte zurückschicken wollen.

Salomon beharrte indeß in seiner stoischen Ruhe.

„Setzen wir uns," sagte er „und überlegen, welchen Nutzen Ihnen meine Compagnieschaft bietet. Er-
wägen Sie dann die Nachtheile — und dann schließen wir ab!" . . .

Widerstrebend nahm der Agent ihm gegenüber
Platz.

„Reden Sie!" sagte er, nachdem er eine Zeit lang
mit gesenktem Haupte darüber nachgegrübelt zu haben

schien, wie er sich diesem seltsamen Menschen gegenüber
verhalten solle.

„Es ist vor der Hand gleichgültig, wie ich in den
Besitz Ihrer und Ferrands Geheimnisse gerathen bin“,
begann Salomon. „Es ist sogar gleichgültig, wie viel
oder wie wenig ich von denselben weiß, ja es ist für
Sie ferner ziemlich interesselos, was mich selbst bei der
ganzen Geschichte anzieht und lockt. Zunächst zwei
Hauptfragen . . . Nicht wahr, Herr Wenzel, Sie gä-
ben Alles darum, sich in das Vertrauen des anderen
Agenten zu setzen, den Herr Ferrand für seine geheimnißvollen Pläne benutzt?“

„Ich sehe, Sie wissen Alles! . . . Wohlan, ich
rede jetzt freimüthig und voll Zutrauen . . Es ist,
wie Sie sagen.“

„Sodann wünschten Sie den Inhalt und den Be-
wahrungsort gewisser Papiere zu erfahren, die Ferrand
bereits zum Verderben Reinerts gesammelt?“

„Ich läugne es nicht!“

Sie kennen also bis zur Stunde Inhalt und Versteck nicht?

„Nein! —“

Salomon bemerkte, wie sein Gegenüber vor seinem
durchbohrenden Auge die Blicke scheu zu Boden streckte.
Er hatte dadurch die Bestätigung der Wahrnehmung
erlangt, die er bereits vor einigen Tagen gemacht, als
der Generalconsul eine ganz ähnliche Frage an Wenzel
richtete und dieselbe Antwort erhielt.

„Wenn Sie Beides wüßten —“ fuhr er langsam
fort und betonte jede einzelne Silbe mit scharfem Accent, — „wie viel würden Sie sich von dem General-

conful zahlen laſſen, um ihm darüber Auskunft zu
geben?"

Jener zuckte unwillig die Achſel. „Wozu die
Frage? . . .

„Der Preis muß ſich, wie ich meine, nach dem
Intereſſe richten, das der Herr Generalconful überhaupt an jenen, gegen ihn ſich entſpinnenden Intriguen nimmt. Fürchtet er Jemand wirklich, iſt er wirklich zu compromitiren — ſo dürfte man eine nam-
hafte Summe fordern. Reinert ſoll reich ſein. Es
würde ihm auf ein Bedeutendes nicht ankommen!" . . .

„Ehe ich mich zu einer Theilung entſchlöſſe, müßte
ich wiſſen, wie viel ich bei der wünſchenswerthen Entdeckung jener Dokumente von Ihnen, Herr Compagnon, zu hoffen hätte!" . . .

„Ach, Sie ſind ein Mann, der zu leben weiß!
Sie errathen meine Gedanken, ehe ich ſie ausgeſprochen.
So kommen wir einander näher. — Betrachten Sie
dieſe Muskeln, Herr Wenzel."

„Was ſoll das?"

„Glauben Sie, daß ein Mann mit dieſem ſtahlhar-
ten Arme, bewaffnet mit einem Revolver, ausgerüſtet
mit einigen Ditrichen und Stemmeiſen, es wagen
würde, dem Herrn Ferrand einen unangemeldeten Beſuch zu machen, um ſich in den Beſitz jener Dokumente
zu ſetzen?"

„Ah, ich verſtehe! Sie geben damit eine Punkta-
tion der Bedingungen unſerer Kompagnieſchaft. Ich
ſoll zu entdecken ſuchen, wo die fraglichen Papiere
ſind, Sie wollen es ſodann unternehmen, dieſelben mit
Liſt und Gewalt in unſern Beſitz zu bringen? Das

Alles ist sehr schön ersonnen. Jedenfalls hätten Sie
mir diesen Vorschlag überhaupt nicht gemacht, wenn
Sie überzeugt wären, daß ich für meinen Theil auch
den Muth und den entschlossenen Unternehmungsgeist
hätte, jenen gefährlichen Coup mittels eines förmlichen
Einbruchs bei Ferrand zu riskiren? ...

„Ich bewundere Ihren Scharfsinn. Sie errathen
meine geheimsten Gedanken."

„Vor allen Dingen müßten wir uns gegenseitig
klar werden über die Garantien, die wir uns bei dieser von Ihnen so proponirten Compagnieschaft geben
können."

„Sie scheinen ein Mann, der sicher gehen will.
Das ist auch meine Art."

„Wohlan, Herr Salomon! Sie sehen, wie sehr
ich Ihnen in Allem entgegenkomme, wie rückhaltslos
ich mich Ihnen gegenüber gezeigt, seitdem ich erfahren,
daß Sie in Alles eingeweiht sind.

„In der That, Ihre Zuvorkommenheit erfreut mich,"
entgegnete der Souffleur mit einem sehr zweideutigen
und ironischen Lächeln. ... Sie wollen Garantieen?
Für wen — gegen was — wozu? Ach, Sie fürchten,
ich möchte Sie vollends ausforschen und dann dem
Herrn Ferrand die wichtige Entdeckung verkaufen, daß
sein Agent ein doppeltes Spiel treibt und ihn an den
Feind, den Jener heimlich bekriegt, verräth, während
er seinen guten Herrn durch falsche Rapporte verwirrt
und einer alten Racheidee wider den Mörder seines
Vaters dadurch Genüge thut, daß er die Rachepläne
seines splendiden Herrn gegen den ehrenwerthen makel-
losen Herrn Generalkonsul aufhält, hindert und ver-

8

wirrt?! Fürchten Sie biesen Verrath nicht! Ich hasse
Ferrand, wie Sie ihn hassen. Für Reinert, (ben Generalkonsul) ben Sie freilich, mein lieber Wenzel, als
per excellence verehren, habe ich keine besondere Sympathie. Ich werde ihm bienen, nur aus Gefälligkeit
für Sie, boch wäre es mir lieb, wenn Sie mich unb
meinen Namen bei bem Generalkonsul aus bem Spiele
ließen."

Die Absicht, welche bieser Bebingung Salomons
zu Grunbe lag, war erreicht, ehe er zu Enbe gesprochen. Er las in bem Auge bes verschmitzten Agenten,
baß er biese Bebingung nicht erfüllen würbe. Welchen
Zweck ber Souffleur babei hatte, werben wir im Ver-
laufe unserer Erzählung wohl noch erfahren. . . .

„Was Sie anlangt," begann Salomon wieber,
so brauche ich von Ihnen nicht bie geringste Garantie.
Ihr eigenes Interesse verpflichtet Sie, Herrn Ferrand
gegenüber zu verschweigen, baß Ihnen ber Zufall einen
Helfershelfer zugeführt, ber gezwungen eingeweiht sei
in bessen geheimnißvolles Rachewerk gegen ben Generalkonsul."

„Allerbings" — meinte Wenzel — bas liegt ja
auf ber Hand. Aber Sie — Herr Salomon, welche
Bebingungen machen Sie mir für Ihre Beihilfe?"

„Ich benke, wir machen Halbpart!"

„Wo benken Sie hin! Die Hälfte? Nimmermehr!"

Salomon begriff sehr wohl, baß er ben letzten
Rest von Verbacht in bem Agenten nur baburch ersticken könne, wenn er sich völlig ben Anschein gäbe,
als habe nur Gelbgier ihn getrieben, sich zu biesem gefährlichen Compagniegeschäfte zu brängen. Er feilschte

daher mit dem Buchhalter eine lange, lange Zeit um
den Preis, den Jener ihm zahlen sollte und erreichte
dadurch seinen Zweck völlig. Wenzel war nunmehr vollkommen überzeugt, daß nichts als das lockende Gold diesen
Fremden angereizt, sich mit ihm zu associiren. Es galt jetzt
nur, den Ort zu erkunden, wo Ferrand die für Reinert gefährlichen Dokumente verwahrte. Daß Wenzel davon
ganz genau Kunde habe, glaubte Salomon unbedingt.
Er drang jetzt in ihn, ihm den Versteck zu offenbaren
und machte sich anheischig, die kostbaren Papiere dann
noch in dieser Nacht mit Gewalt oder List in seinen
und Wenzels Besitz zu bringen. Mochte er dabei nun
ein wenig allzu hitzig und eifrig geworden sein —
mochte irgend ein anderer Umstand auf's Neue Wenzels Argwohn und Mißtrauen wieder erweckt haben —
kurzum dieser zögerte mit einer bestimmten Antwort und
hob vor, selbst nicht instruirt zu sein. Er müsse erst
forschen, spioniren, aushorchen — in drei Tagen solle
sich Salomon wieder bei ihm sehen lassen — dann hoffe
er ihm mittheilen zu können, wo jener räthselhafte
Schatz sich befinde.

Als Salomon alle seine Beredtsamkeit verschwendet
sah, den Schurken zum Reden zu bringen, sprang er
plötzlich auf und eilte zum Fenster.

„Wir sind belauscht!" rief er.

„Ich höre nicht das Geringste!" meinte Wenzel.

„Doch! Doch! Vielleicht ein Freundschaftsstückchen
von Ihnen, der Sie dem Schreiber jenes Briefes nicht
trauten!"

„Lächerlicher Verdacht!"

8 *

„Mir ist, als tappe Jemand an der Wand entlang." —

„Der Wind mag an den Fensterladen gerüttelt haben."

„Nein, Nein! Es sind Schritte. Ich täusche mich nicht. Sehen Sie doch einmal nach!"

Wenzel, selbst stutzend durch die meisterlich gespielte Unruhe Salomons, griff zur Lampe und ging mit derselben zur Flur hinaus. Der Zurückbleibende hörte ganz deutlich wie die Hausthürglocke anzog und Wenzel mit einem halblauten Wer da? in's Freie trat.

Schnell entschlossen, den günstigen Augenblick zur Ausübung des letzten Hauptcoups zu benutzen, den er sich aufgespart, wenn alles Andere nicht mehr helfe, zog Salomon ein Fläschchen aus der Westentasche und goß dessen hellfarbigen, wasserklaren Inhalt in sein Taschentuch. Ein penetranter Geruch erfüllte sofort das Zimmer. In diesem Augenblick kehrte Wenzel zurück.

„Es ist Nichts!" sagte er ruhig und setzte die Lampe auf den Tisch. Im selben Augenblick hatte Salomon ihn mit starkem Arme in den nächsten Sessel geworfen und drückte ihm das mit jener Flüssigkeit angefeuchtete Tuch vor die Nase. Hoch auf bäumte sich der Buchhalter, doch wie ein eiserner Schraubstock hielt ihn der Arm des Andern fest. Als Salomon ihn nach wenig Minuten los ließ, lag er wie ohnmächtig und regungslos mit geschlossenen Augen in dem Stuhl.

„Keine Angst, Püppchen," flüsterte der Souffleur, „es geht Dir dieses Mal noch nicht an's Leben! doch jetzt schnell die Zeit benützt! Alle Teufel, das infame Zeug hat auch mich ganz nebelig gemacht. Alles dreht sich mit mir im Kreise. Im Kopfe hämmert's, als bearbeiteten zehn Schmiedehämmer mein Gehirn und die Pupillen rollen mir im Auge, als wollten sie aus den Höhlungen herausspringen."

Er taumelte zu einer Wasserkaraffine und trank ein großes Glas auf einen Zug aus. Eine kleine Quantität goß er sich über den Kopf und rieb mit beiden Händen die hochaufgeschwollenen Adern der Stirne und der Schläfe. Der Andere lag noch immer wie todt im Sessel, der Mund war weit aufgesperrt, als sei er in dem Augenblick versteinert, wo der Gequälte seinen letzten Hilferuf ausstoßen wollte.

„Nun ist mir freier!" rief Salomon. Jetzt gilts zu revidiren. Ein Theil seiner Schätze ist hier. Für mich sind die Rapporte ebenfalls nicht unwichtig, die der Herr Generalkonsul hier neulich liegen ließ."

Er stöberte die Repositorien, den Schreibtisch und die Bücherbretter durch, ohne indeß das Gewünschte zu finden.

„Jedenfalls hat der Schuft in diesem Sekretair ein geheimes Fach!" flüsterte er und schob den Sessel mit sammt dem Schlaftrunkenen mitten in's Gemach, um ungenirt am Schreibtisch seine Untersuchungen fortsetzen zu können. Er zog sämmtliche Schubladen aus, deren Inhalt er hastig prüfte, klopfte an die inneren Holzausfüllungen — doch nirgends ein hohler Klang, der auf eine Doppelwand hätte schließen lassen können.

„Verdammt! Es ist nicht zu finden!" rief er endlich, da alle seine Nachforschungen vergeblich schienen. Als er sich unwillkürlich zu dem Agenten umwandte,

fah er, wie deffen Lippen fich bewegten. Ein unver=
ftändliches Murmeln quoll hervor. Die Augen blieben
geschlossen. Es war, als ob eine Leiche reben wollte,
die von ihrem Scheintobe erwachte.

„Quäle mich nicht mehr" — ftöhnte er endlich
mit weinerlicher Stimme — „ich will bir's ja geftehen,
baß ich die Papiere im britten Raritätenzimmer felbft
verftecken half. Sie liegen in ber chinefifchen Vafe,
bie auf bem Rokkoko=Schreibtifch fteht! . . .

. „Ein Schluchzen folgte und bann plötzlich ein
wüthender Aufschrei. Der Erwachte warf fich wie im
wilbeften Paroxismus eines Krampfanfalles zu Boben
unb ftampfte unb schlug mit Füffen unb Hänben auf
ben Boben. Wilbe unarticulirte Laute ftieß er mit
heiferer Stimme aus, bie felbft Salomon zu schrecken
schienen.

„Alfo bort — in ber Vafe!" rief er triumphirenb.
„Der Teufel foll mich holen, wenn ich nicht alle guten
Freunbe in Zukunft, bie Geheimniffe vor mir haben,
an bem Chloroformfläschchen riechen laffe. Probatum est!
Schrei Du fo lang Du willft! Abe — à revoir
Freunbchen!"

Unb mit einem teuflifchen Lachen verließ er ben
Rafenben, ber gleich einem wüthenben Thiere noch
immer um fich schlug.

„Jetzt schnell an's Werk! Bei'm Ferranb hab' ich
schon neulich Nacht ein wenig bas Terrain reeognoscirt.
Der Eingang zum Garten wirb wohl auch heute zu
risküren fein!" . . .

———

VII.

„Ein ernsthaftes Attachement, Fredrikson? Das macht er mich nun und nimmermehr glauben."

„Es ist aber doch, wie ich gesagt."

„Mein Sohn und eine — Aktrice? Nein, Nein, es ist undenkbar!"

„Ich kann beweisen, gnädiger Herr, was ich ge= gesagt."

„Beweisen? . . . Wäre neugierig."

„Ich muß ein wenig weit ausholen, Herr Gene= ralkonsul. Sie erinnern sich, welchen Eindruck das Spiel dieser gefeierten Künstlerin auf Herrn Gustav schon bei den Debütrollen machte. Wir wissen, das Herr Gustav nicht der Kaufmann ist, wie Sie ihn wünschen und zu dem Sie ihn mit Strenge erziehen wollten. Er schwärmt viel zu viel für Wissenschaften, Künste und derlei. Ew. Gnaden nannten ihn oft selbst den „Schöngeist." Diese Neigung zu all' jenen Allo= trien, von denen ein solider Kaufmann nach altem Styl nichts wissen soll, ist weit größer, als Ew. Gna= den nur ahnen. Ich habe Sie oft genug gewarnt! Diese durchwachten Nächte bei'm Piano, vor der Zeich= nenmappe oder bei einem Folianten, der nicht das Ge= ringste mit der italienischen Buchführung zu schaffen hatte, sind nicht ohne Erfolg geblieben. Herr Gu= stav ist ein Schwärmer, ein Phantast. Je mehr er sich all' diesen Lieblingsneigungen vor dem gestrengen Herrn Papa verstecken mußte, desto tiefer nisteten sie sich bei ihm ein. Es ist das alte Lied von der ver=

botenen Frucht! . . . halten zu Gnaden, Herr Generalkonsul, daß ich offen und grad herausred' — der
gnädige Herr sind's ja seit vielen, vielen Jahren an
dem alten Frederikson gewohnt und wissen, daß er's
gut und ehrlich damit meint."

„Gewiß, Alter. Nur weiter! Redet!" . . .

„Nun also. Ich, der ich schon seit Jugend auf
den jungen Herrn beobachtet, hab' mir's längst gesagt:
der ist zum Kaufmann verdorben. Es mußte bei ihm
einmal zum Durchbruch kommen, früher oder später;
je später, desto schlimmer. Jetzt scheint mir diese
Eruption bevorzustehen. . . . Ew. Gnaden haben die
Katastrophe durch streng' Regiment hinausschieben aber
nicht abwenden können. Jetzt schlägt's Gewitter ein.
. . . Der leidige Zufall, der immer bei uns Menschen-
kindern sein launiges Spiel treibt, hat denn auch hier
das Seinige gethan. Herr Gustav hat das Fräulein
wohl schon vordem hie und da in Gesellschaften gesehen.
Es ist jetzt ja so die Mode, auch diese Theaterprinzes-
sinen in die ersten Häuser zu laden und die Komödien-
zettel mit auf die Börse zu nehmen! Daß Gott
erbarm!

„Nur in meinem Beisein hat Gustav die junge
Dame gesehen. Ich habe ihn genau beobachtet. Er
begegnete ihr, wie es einem Mann von Bildung ge-
ziemt, der nicht wie Du, altes Faktotum, noch ein
Anhänger veralteter Richtungen ist. Jeder Reiche hat
den Beruf, die Kunst. zu unterstützen und zu fördern,
wie er als Mensch die Pflicht hat, sich durch sie zu
erbauen und zu veredeln. Die Jünger und Priester
der Kunst, sind nicht mehr die Parias wie ehedem.

Ihr Stand ist jedem andern ebenbürtig, der in seiner
Gesammtheit irgend eine treibende, veredelnde Idee
repräsentirt, welche die Menschheit erziehen und fördern
hilft. . . . Doch wozu mit Dir darüber reden! . . .
Wir gehen hierin himmelweit auseinander. Ich bin
jedoch keineswegs darauf erpicht, Dich in deinen alten
Tagen noch zu meiner Ansicht zu bekehren. Daß ein
Mann wie Gustav, für eine Künstlerin voll Gemüth,
Bildung und raschem edlen Streben, als welche ich
diese kleine Perry gefunden, schwärmt, finde ich begreiflich, erklärlich, ja verzeihlich! Starre mich nicht so
verwundert an, altes Faktotum. Es ist das meine
innigste Ueberzeugung. Daß er aber, wie Du sagst,
ein ernsthaftes Verhältniß angesponnen, ist mir gleichwohl undenkbar, da er weiß, welche Absichten und Pläne
ich selbst mit ihm habe. Für eine kurze Liaison ist
das Mädchen zu gut — zu einer solchen hat der träumerische Bursche auch will ich hoffen keine Idee —
zur Frau darf er sie nicht nehmen. Mir ist nie bange
gewesen um den Ausgang und Erfolg meiner Sache, bei
der ich mich mit einem kräftigen: „ich will's! in die
Schranken stellte. Gustav darf diese Partie nicht machen. Du weißt, Fredrikson, welche Combinationen
wir mit seiner Hand seit Jahren bereits gesponnen.
Diese Projekte sollen keine bloßen Hirngespinste gewesen
sein, sie müssen und sollen sich realisiren. Ich will's!"

„Es steht mir nicht zu, die Ansichten von Ew.
Gnaden zu bekritteln. Aber ich fürchte, ich fürchte,
daß der Wechsel, den Sie eben jetzt auf den gehorsa-
men Sohn ziehen wollen, mit Protest zurückkommt!
Zurückkommt, trotz des väterlichen: ich will's!"

„Du siehst wie immer durch eine gar trübe Brille, alter Frederikson!"

„Dieses Mal sicher nicht. Der Herr Sohn sind ja wie veränbert seit einigen Wochen. Nachts schläft er nicht mehr, ich hör' ihn oft bis nach Mitternacht neben mir stöhnen, auch oft beklamiren wie im Fieber. Als ich gestern die Briefe für Clerbour in Lyon von seinem Pulte nahm, um sie couvertiren zu lassen — waren sie mit tausenden C und P bedeckt. Clara Perry! Der Name einer Actrice auf einem Brief über Indigo-Aufträge von einem Geschäftsfreund, mit dem wir zehn Jahre in dem Artikel machen! Daß Gott erbarm! Auch Blumenbouquets werden bestellt und von ihm mitgenommen. Heimlich unter'm Rockschoß! . . halten zu Gnaden, das sind böse Anzeichen! Wenn ich den jungen Herrn jetzt manches Mal so anseh', wie er dasitzt mit tiefeingefallenen Augen und dumpf vor sich hinbrütet, so gibt's mir einen Stich in's Herz, just so, als ob ich im Börsenblatt läse, daß Indigo und Leinsaat gefallen sind. Hab' das junge Blut doch so lieb!

Der Generalkonsul hatte sich erhoben und durchmaß einige Male das große Gemach mit langsamen Schritten, dann blieb er dicht vor dem alten Faktotum stehen und sagte:

„Hoffentlich weiß Niemand um die Geschichte als Du? Die jungen Bursche im Comptoir sind wie die Elstern und plappern derlei Historien in allen Cafés und Bierstuben gar zu gerne aus!"

„Daß Gott erbarm — das ist nicht mehr nöthig! die ganze Stadt weiß es bereits durch den Herrn Ferrand!"

„Was? Ferrand?" rief der alte Herr und stampfte in heftiger Erregung auf den Fußboden. „Alle Wetter, was hat denn der damit zu schaffen? Ist's etwa ein Rival?"

„Derlei mag wohl dabei sein. Er hat ein Mal die Demoiselle vor dem Theater getroffen, ist sehr zudringlich gewesen und hat sich gederdet wie ein Verrückter. Der Herr Gustav ist dazu gekommen und nahm die Actrice in Schutz. Seit dem Tage war's zwischen Beiden richtig! der Herr Georg Ferrand aber ist nun in höchster Jalousie! Ueberall droht er unserm jungen Herrn in den vermessensten Ausdrücken!

„Auf all' unsere Wege legen sich diese Nattern," flüsterte der Generalconsul. Die fast heitere Ruhe, die er bis jetzt bewahrt, verschwand. Die Zornader auf der hohen Stirn schwoll an — ein sicheres Zeichen für den alten Buchführer, daß ein Unwetter bei dem Prinzipal im Anzuge sei.

„Ja es ist ein Jammer, wie's heut zu Tag unter dem jungen Mannsvolk zugeht," fuhr Frederikson fort. „Wie ganz anders war's doch zu meiner Zeit! Zwei Söhne der ersten Handlungshäuser im Streit um eine Theaterprinzessin! Es ist ein Skandal!"

„Mein Sohn soll kommen!" befahl der Generalkonsul.

„Herr Gustav sind nicht daheim. Schon vor einer Stunde warf er die Feder bei Seite. Den ganzen Morgen hat derselbe nichts Anderes prästiret, als den Comödienzettel studiert. Die ofterwähnte Demoiselle Perry steht denn auch darauf. Sie soll heut' Abend eine Donna Julia agiren. Unser Kastrer sagte mir, daß diese Donna aus purer Liebe sich den Tod gibt! Denken Sie, Herr Generalconsul! Aus Liebe den Tod! Und solch gottesläfterliche Geschichten sollten nicht Einfluß haben auf Herz und Hirn sothaner junger Person? Welch' heidnische Grundsätze mögen da entstehen! . . . Der arme, arme Herr Gustav! . . . hätt' ich doch lieber die Nachricht verschmerzen wollen, unser Dreimaster, der Neptun, hätte wegen Havarie seine Reise nach Reval sistiren müssen, als dies Unglück mit dem jungen Blut erleben! Daß Gott erbarm! . . . Doch ich bitte Ew. Gnaden mich zu beurlauben. Es ist Zeit an die Börse zu gehen."

"Noch Eins, Frederikson," rief der Generalconsul, der jetzt allmählig seine volle Fassung wieder errungen zu haben schien. "Der entlaufene Bursche, der Elly — wie steht's mit dem? Sind Anzeigen gemacht, daß der Steckbrief etwas genützt?"

"Weiß von nichts."

"Elly verkehrte viel mit dem Buchhalter Wenzel, der Ferrand's Vertrauter ist?"

"Allerdings; noch mehr mit dem andern Reisenden, dem Herrn — — fällt mir der Name nicht bei. Ein großer, schmächtiger Mann, spindeldürr mit einer Perrücke und Pockennarben. Man munkelt so Allerlei von ihm. Seine Vergangenheit ist sehr obscur. Er soll bei einem Winkeladvokaten gearbeitet haben in Cöln, der, wie das on dit erzählt, gar trefflich in der Kunst bewandert war, falsche Dokumente anzufertigen. Lieber Gott, die böse Welt sagt wohl oft zu viel und ist mit dem Verdammen immer leicht bei der Hand. Jedenfalls war es auffallend, daß Herr Ferrand diesen

Mann engagirte. Ist doch kein gelernter Kaufmann, das sieht bombenfest. Müssen ja wunderliche Commissionen sein, die ein weggelaufener Copist ausführt."

Der Generalkonsul hatte mit sichtlicher Aufregung diesen Bericht angehört. Er gedachte der letzten Unterredung mit Wenzel. Die Verbindung des ihm entlaufenen Lehrlings mit dem geheimen Agenten seines Erzfeindes, der jedenfalls bei weitem mehr als Wenzel in alle Intriguen Ferrands eingeweiht war, konnte ihm von Nutzen sein. Elly war mit bedeutendem Kassadefekt erst vor zwei Tagen entflohen. An eine Einbringung des Flüchtlings war gar wohl zu denken, um so mehr, als sein Prinzipal sofort Alles in Bewegung gesetzt, des Diebes habhaft zu werden. Er hatte es in der Hand, die Strafe desselben zu mildern. Welchen Nutzen er daraus ziehen konnte, lag klar auf der Hand. Elly ward sein billig erkaufter Spion und Wenzel ward überflüssig, dem er ohnehin nicht sonderlich traute, da er bei diesem Agenten die nöthige Schlauheit, Gewandtheit und Umsicht vermißte.

„Ich werde selbst wegen dieser Angelegenheit bei meinem Freunde, dem Polizeidirektor, versprechen," sagte er nach kurzem Nachdenken.

Der alte Buchhalter ging — ihn rief die Börse.

„Daß diese hübsche Perry den Burschen interessirt, finde ich begreiflich," murmelte der Generalconsul, der vor einem hohen Schreibtisch Platz nahm und sich dem Anscheine nach mit der Durchsicht einiger Manuale beschäftigte. Sein Auge aber flog unachtsam über die langen Zahlenkolonnen. „Aber es darf nicht sein! Ich werde dieser Grille meine Pläne nicht opfern! Ist

Alles so wie der alte Frederikson mir gesagt, so wird
es meiner ganzen väterlichen Autorität bedürfen, die
Sache niederzuschlagen. Je eher ich meinen unabän-
derlichen Willen verkündige, je eher wird sich in ihm
der Kampf zwischen Neigung und kindlichem Gehorsam
vollziehen. Solch' eine heimliche Liebe wächst lawi-
nenhaft. Zu einem offenen Eklat darf's nicht kommen.
Hat die Vernunft bei ihm die Oberherrschaft erlangt,
so wird es leicht sein, durch seinen eigenen Mund alle
diese Gerüchte widerlegen zu lassen." . . .

Es klopfte. Auf das „Herein" des Generalkon-
suls, der sich in dieser Stunde ungern gestört sah,
schob sich Wenzel in's Zimmer, bleich, mit verstörtem
Gesicht und schlotternden Knieen. Es mußte etwas
überaus Wichtiges sein, was ihn hergeführt und das
Mißbehagen Reinerts über diese Störung wich der be-
greiflichen Neugier, zu erfahren, wodurch der phlegma-
tische Agent in diese allzu sichtliche Erregung gerathen.

„Wenzel — bei hellem Tag? Etwas Außeror-
dentliches muß geschehen sein, daß Sie alle dringend
gebotenen Vorsichtsmaßregeln vergessen," rief er dem
Buchhalter entgegen, der noch immer nach Athem rang
und ganz kraftlos in einen Stuhl sank. . . .

„Schreckliches! Entsetzliches ist geschehen!" keuchte
er hervor. „Wir sind betrogen und unser ganzes Bündniß ist verrathen. Wir haben Mitwisser, die auf eigene
Hand agiren zu wollen scheinen und Ihnen jedenfalls nicht wohlgesinnt sind."

„Deutlicher! Schöpfen Sie Athem und erzählen
Sie dann im Zusammenhang."

„Ich muß mich selbst anklagen! Ich trage einen

Theil der Schuld. Nur ein offenes Geständniß Ihnen
gegenüber kann dazu führen, daß wir gemeinsam zu
retten suchen, was noch zu retten ist, sei es durch List
oder durch Gewalt; ich bin entschlossen, Alles gut zu
machen, was ich thörichter Weise verschuldet! . . . Vor-
gestern Abend hatte ich Besuch. Er hatte sich ange-
kündigt in so interessanter Weise, daß ich ihm mit
Spannung entgegensah. Ich sollte über Felicien Marsand Kunde haben."

„Schon wieder dieses Schreckgespenst! Nun?"

Zur bezeichneten Stunde kam der Mann. Es
war derselbe, den ich in G. als Marsand erkannt zu
haben glaubte, dem ich folgte, der mir entwischte. Er
ist es nicht, heißt Salomon, ist Souffleur am Vorstädtischen Theater. Darnach eröffnete er mir Ferrand's
geheimen Feldzug gegen Sie und die Contreminen, die
Sie gegraben, um den Feuerwerker mit seinem eigenen
Pulver in die Luft zu sprengen. Er wußte von Allem.
Er bot mir seine Genossenschaft an — —

„Die Sie doch ablehnten und Alles desavouirten?"

„Leider nein! Es lag Etwas in dem Mann, das
mir imponirte. Ich muß es gestehen, ich ward völlig
von ihm dupirt. Sie sehen Herr Generalconsul, wie
sehr ich Ihnen ergeben bin, daß ich sogar meine Niederlage nicht vertusche . . . Zum Glück sagte ich nicht
Alles, was ich weiß. Er mochte das ahnen. Nachdem
ich arglos zurückkehrte, preßt' mir der Teufelskerl ein
mit Chloroform getränktes Tuch vor's Gesicht. Der
Mensch hat Knochen wie ein Löwe. Umsonst suchte
ich mich loszumachen. Ich fühlte, wie mir die Sinne
schwanden. Regungslos saß ich da. Als ich nach lan-

ger Zeit völlig wieder zu Verstand kam, lag ich auf
dem Fußboden, doch ganz unverletzt. Rings umher
war Alles in bester Ordnung. Der Souffleur war
fort. Am andern Tage wollte ich ihn aufsuchen. Die
Straße fand ich wohl, doch nicht die Nummer, nicht
den Namen des Hauswirths, den er mir genannt:
Philipp Gernsheimer . . . Diese Anfangsbuchstaben
P. G. standen auf dem Siegel des Briefes, in dem
jener Salomon mir seinen Besuch ankündigte. Es
frappirte mich, daß sie ausradirt waren."

„P. G!" wiederholte der Generalconsul erstaunt.

Er zuckte leicht zusammen und das sorglose Lächeln,
welches er dem Buchhalter stets entgegenhielt, schwand
urplötzlich aus seinem Gesicht. Die eine Hand griff
unwillkürlich nach dem Herzen, als hätte er dort einen
schmerzlichen Stich gefühlt.

Wenzel saß gebückt und starrte auf den Fußboden.
Das Bewußtsein seiner Schuld drückte ihn zu Boden.
Er fühlte sich klein, recht klein.

Noch einmal wiederholte Jener die Buchstaben,
die in ihm irgend eine gar trübe oder beängstigende
Erinnerung wachrufen mußten, dann raffte er sich mit
sichtbarer Anstrengung aus diesem dumpfen Brüten
auf und sagte: „Weiter! ich bitte Sie."

Die Worte klangen so sanft, so freundlich, daß
sie dem armen, tiefgebeugten und dupirten Buchhalter
gar sehr zum Troste gereichen mochten.

„Die Wohnung des Souffleurs Salomon suchte
ich also vergebens zu erforschen und damit schien die
Geschichte vorbei. Heut' Morgen aber erhielt sie eine
eben so unerwartete als höchst beunruhigende Fortsetz-

ung. Wir saßen sämmtlich bei der Arbeit im Comptoir, als plötzlich der alte Raritätencustos, der Schwönkenhagen in höchster Aufregung an den zum Garten hinausführenden Flügel vorbeieilte. Er stürmte die Treppe hinan, als sei er ein zwanzigjähriger Bursche. Oben geräth alsbald Alles in Schrecken und Verwirrung. Man spricht von einem Einbruch in die Raritätenkammer. Ferrand selbst erscheint kurz darauf mit dem alten Doktor im Hofe. Der Flügel mit den Sammlungen liegt dem gegenüber, in welchem sich Ferrand's Comptoirs befinden. Ich konnte von meinem Platze Alles sehen. Es ließ mir keine Ruhe, ich gehe zu den Beiden hinaus auf den Hof . . . die wohlverwahrte Thüre, die Holzläden zeigten verschiedene Spuren von den gewaltsamen Anstrengungen, die ein Einbrecher gemacht, sie zu öffnen. An einem Stachelbeerbusche in der Nähe sah ich ein buntgestreiftes Tuch. Ich erkannte es sogleich. Es gehörte dem Souffleur. Ohne daß Jemand es bemerkte, steckte ich es zu mir."

„Was soll uns aber dieser beabsichtigte Diebstahl?" fragte der Generalconsul.

Wenzel fuhr zusammen. Er hatte sich verrathen. In der Hast und Eile, mit der er fortgestürzt, dieses Ereigniß seinem Protektor zu melden, hatte er nicht überlegt, daß dieser beabsichtigte Einbruch nur dann von Interesse für den Generalconsul war, wenn dieser wußte, daß in jenen Sälen die für ihn so überaus wichtigen Dokumente Ferrands versteckt waren. Aus Habgier hatte er bisher dies verschwiegen; er dachte den Preis in die Höhe zu treiben, den Reinert ihm zahlen sollte. Wie nun einlenken? Er wagte nicht die

9

Blicke aufzuschlagen, doch fühlte er gleichsam, wie eindringlich und mißtrauisch die Augen des Generalconsuls auf ihm ruhen mußten. Gluth und Blässe wechselten in seinem Gesichte.

„Ist denn der Einbruch überhaupt geglückt?" fragte der Generalconsul wieder.

Der Agent zuckte die Achseln und stöhnte: „Ferrand gebot mir," fügte er sehr kleinlaut bei „mit einer ganz ungewöhnlichen Strenge, den Hof zu verlassen." . . .

„Ich danke Ihnen für Ihre Warnung, lieber Wenzel," entgegnete Reinert mit ganz besonderer Freundlichkeit und reichte dem Buchhalter huldvoll die Hand. „Wir müssen auf der Hut sein vor diesem Burschen. Setzen Sie Alles daran, seinen Wohnort zu erkunden. Darüber dürfte doch der Direktor des Vorstädtischen Theaters Sie aufklären. Sodann erkundigen Sie sich genau, ob jener Einbruch geglückt. „Jedenfalls" — fügte er mit scharfer Betonung bei — „suchte Ihr Freund dort etwas Anderes als Gemmen und Terra cotten! Er scheint ein verwegener Mann zu sein, dem man sich verpflichten muß. Scheuen Sie keine Mittel, ihn zu gewinnen. Hören Sie! Nehmen Sie diese Börse zur Unterstützung aller dahin zielenden Pläne."

„Das allerdings dürfte Eindruck auf den Menschen machen," meinte Wenzel, die schwere Börse wiegend. „Er scheint mir arm, hilfsbedürftig und zudem sehr geldgierig."

„Nun wohl! Es bestätigt sich diese Ansicht auch dadurch, daß er so schnell auf eigene Hand zu operiren begann. Allein schwerlich wollte er seiner Armuth durch einen Diebstahl bei Ferrand's Kunstschätzen abhelfen. Der Verkauf solcher Raritäten ist immer gefährlich. Der Bursche scheint von den Plänen meines Feindes viel genauer instruirt als ich und Sie. Wir müssen ihn für uns gewinnen. Geben Sie mir doch ein Signalement des Menschen. Vielleicht kann auch ich insgeheim ihm nachspüren."

Wenzel schilderte den räthselhaften Burschen so gut er es vermochte. Die besonderen Kennzeichen, die Jener selbst enthüllt, mußten zur Entdeckung dieses Mannes ungemein beihelfen. Der Generalconsul nickte zufrieden, obschon er bei Erwähnung der Kopfwunde eines leichten Zusammenschauderns sich nicht erwehren konnte.

„Gehen Sie jetzt", sagte er, als jener den verlangten Bericht geendet. „Wir bleiben gegenseitig die Alten. Noch ist nichts verloren. Nur wachsam und vorsichtig!"

Wenzel ging.

„Elender Dummkopf," rief der Generalconsul ingrimmig den Sessel zurückstoßend, „den der erste beste Schurke dupiren kann wie einen dummen Schulbuben! Jetzt bin ich denn doch endlich darüber im Klaren! ... Ferrand's Pläne sind verderblicher und weiter vorgeschritten, als ich zeither ahnte. Das entnehme ich aus dem Allen mit überzeugender Gewißheit! ... P. G. ... Die Kopfwunde! .... Ich muß wissen, wer dieser Mosjö Salomon ist! ... Ein Schatten, aus dem Hades zurückgekehrt — der in so fragwürdiger Gestalt erscheint! Hahaha! Auf welche Vermuthungen führt uns oft die allzu erregte Phantasie! Es ist ja unmöglich! ... Aber ein Erbe, der diese Todten-

9 *

maste vornahm, um unter derselben egoistische Zwecke
zu verfolgen! Daß er mir sich nicht angeboten! . . .
Er ist arm, dürftig, treibt ein armseliges Hungergewerb!
Da läßt das Gold nie im Stich! . . . Sein Einbruch
galt nur den mich bedrohenden Dokumenten. Das ist
klar! Doch wozu? Um selbst gegen mich aufzutreten?
Kaum glaublich. . . . In Ferrand's Händen haben sie
einen andern Werth als in denen eines vacirenden
Komödianten! . . . Er hätte mir den Raub sicherlich
zum Kauf angetragen! . . . Spekulation auf meine
Börse ist Alles! . . . P. G.! . . . Was schrecken
mich diese Buchstaben? . . . Welche Namen beginnen
nicht mit denselben Initialen? Man könnte tausende
aufzählen in allen Sprachen! Wie komme ich nur auf
den einen? Lächerliche Furcht! Thörichte Einbildung.
Es ist nicht — es kann nicht sein! Sah ich ihn —
doch todt zu meinen Füßen! . . . Weg mit diesem
Bild! Es lähmt meine Thatkraft! . . . Das ist vorbei — ich lösche es aus von der Tafel der Erinnerungen
— durchstreiche es im Buche meines Herzens! . . . .
Ich will's! . . . Hahaha, ohnmächtiger Wicht, hier
reicht's nicht aus dein stolzes Wort . . . da und dort
— oben auf der Decke — hier zu meinen Füßen steht's
mit großen blutigen Zügen geschrieben! . . . Zurück
mit Euch, bleiche Schatten! Zurück! Fort von mir!"

Hochaufgerichtet stand er, das Haupt stolz zurück-
geworfen in den Nacken, wie ein gebietender Jupiter,
der die zu ihm aus dem Orkus heraufsteigenden Riesen-
schatten zurückweist in ihre dunkle Tiefe, in die er sie
einst niedergeschmettert.

VIII.

„Bei meiner Ehre, Herr Georg, die Wette accep-
tire ich!" rief der kleine jüdische Banquier dem jungen
Ferrand zu, der ihm gegenüber saß und so eben triumphirend den Champagnerkelch emporhob.

„Ich halte sie," schnarrte der Premierlieutenant.

„Es gilt!" rief Ferrand.

Die Gläser klangen hell zusammen.

„In drei Wochen also?" fragte Gumpel-Fürst.

Der junge Kaufmann nickte.

„Ich bin nicht bange, daß wir verlieren," meinte
der Banquier mit hellem Lachen, und füllte aufs Neue
die Gläser. „Diese kleine Perry ist zu sensitiv."

„Ja, auf Taille, sehr sensitiv!" stimmte der Premierlieutenant bei.

Ferrand warf einen spöttischen Blick auf den Redner und zuckte halb verächtlich die Achseln.

„Freilich ist's mit ihr ein ganz anderes Ding als
mit der Perrini," sagte er nach einer Weile. „Das
aber ist's, was mich reizt. Und was den Herrn Gustav Reinert anlangt, den schwärmerischen Schöngeist,
von dem Ihr alle behauptet, er würde mich ausstechen,
so habe ich vor dem gerade die geringste Furcht. Morgen ist Ball bei Papa. Sie wird dort sein. Ich werde
mich leicht mit ihr versöhnen wegen der Affaire von
neulich, bei welcher Reinert den ritterlichen Damenbe-
schützer und Tugendhelden so billig spielte. Ihr seht,
ich stehe in der schlechtesten Chance nach jenem ver-
maledeiten Vorfall! Der Champagner hatte mich heiß
und unbesonnen gemacht, der mir sonst nichts anhaben

kann. So kam ich in's Theater. Dort wars entsetzlich schwül. Dazu das Spiel der Perry . . . ich war
zwiefach berauscht! — Dennoch offerire ich Euch die
Wette."

„Wo bleibt Retcliff?" rief der Banquier. „Bis
auf ihn sind wir zum jeu vollzählig."

„Der Bursch gefällt mir nicht," meinte Ferrand.
„Sein ganz abnormes Glück kommt mir endlich verdächtig vor."

„Mir auch!" schnarrte der Lieutenant, der eben
in seiner Brieftasche einige Banknoten seufzend über-
zählte, auf die Ferrand einen sehr ironischen Blick
hinüber warf.

Einige junge Kaufleute traten aus dem Nebenzimmer herbei. Es waren dieselben Elegants, deren
flüchtige Bekanntschaft wir bereits bei dem Concerte
Ferrand's gemacht haben, sämmtlich Söhne der reichsten
Handelsfirmen von D., die tonangebenden Lions der
großen Handelsstadt, welche in einem eleganten Re-
staurationslokal eine Art von Casino gebildet hatten,
wo dem Spiel zumeist gehuldigt wurde. Der in
Rede stehende Retcliff war eine jener räthselhaften
Existenzen, wie wir sie in größeren Städten immer
wieder und in den höheren Kreisen zumal auf-
tauchen sehen. Die Zeit der Cagliostros ist allerdings vorüber, dafür treten jetzt die chevaliers de
brouillard ein — die Barnums der exclusiven Salons.
Geniale Schwindler, welche nach einem mehr oder min-
der glänzenden Elend in den Zuchthäusern ihre Laufbahn beschließen; freche Industrieritter, welche ihre Rolle
oft blendend und täuschend Jahre lang durchführen

um plötzlich durch ein fataliftisches Zufallsspiel entlarvt
zu werden, und dann eben so jäh verschwinden, als
sie auftauchten. Trotz des Raffinements der Mou-
chards und Polizeiagenten von heut zu Tage vermin-
dert sich ihre Anzahl nicht im Geringsten, ja vielleicht
mag es einem verschmißten Menschen, der sich völlig
von seinem Gewissen emancipirte und alle Moral als
Kindergängelband von sich warf, geradezu zum Ergötzen
gereichen, seine Schlauheit auf eine so gewagte Probe
zu ftellen. Es gibt der verschrobenen Köpfe gar viele
in unserem Zeitalter; auch diese Species hat bei der
allgemeinen Sittenverderbniß, bei dem Ueberhandnehmen
betrügerischer Spekulation sich ohne Müh' und Arbeit
zu bereichern, ihre charakteristische Berechtigung. Spie-
gelt sich doch in ihr die ganze Hohlheit und Verworfenheit des Materialismus in ihrer höchsten Potenz.
Jene Induftrieritter der exclusiven Salons mit falschem Adel
und falschem Haupthaar, falschen Brillanten und falschen Elben erscheinen Polypen und Schmarozerpflan-
zen gleich, und üben eine Art fataliftischer Repreffalie
an denen aus, welche Lebensglück und Lebensgenuß
als ihr exclusives, fideicommiffarisches Erbtheil betrachten, das ihnen in der Stunde des Werdens anflog.
Sie tragen auf ihren Fahnen unferer gewiffenlofen
Zeit das leichtfertige Motto vor: die Welt will einmal
betrogen sein — wohlan, betrügen wir fie! In einer
Zeit, wo weder Philofophie noch Religion im Stande
find, die Mehrzahl der Menschheit überzeugen zu können, daß es ein Großes, ein Schönes fei um ein Leben voll Entbehrung, Arbeit und Entsagung — ift
felbft die räthfelhaftefte Auskunft für eine forgenlofe Exi-

stenz erklärlich. Keineswegs ist sie damit entschuldigt. Die laxe Moral von Tausenden wirft indessen diese Begriffe zusammen. Mit der Civilisation wuchs in analogen Progressen Unsittlichkeit, Hang zu unnatürlichen Leidenschaften und Verbrechen bei fast allen modernen Völkern der sogenannten neuen Zeit. Das Laster hatte seine Blüthezeit gewöhnlich, wenn die Cultur eines Volkes auf ihrer höchsten Höhe stand. So wie im Alterthum, so jetzt! Wenn nach vollendetem Kampf innerer und äußerer Entwicklung ein Volk zum sichern Besitz — zum Genuß der mühsam erworbenen Güter erst gelangt war, begann bereits dieser innere Krebsschaden den vollkräftigen Organismus zu unterminiren. Auf dem Zenith der Cultur gleicht ein Volk dem farbenprächtigen Laub der Obstbäume des Herbstes, welches uns nichts zeigt als eine lockend angeschminkte Verwesung. . . .

Sir Retlciff, der uns zu dieser Parenthesis veranlaßt, zeigte sich dem jungen Plutokraten heute in ganz besonders rosiger Laune und wußte sein Zuspätkommen durch eine pikante Erzählung zu entschuldigen. Er sprach das Deutsche mit jenem englischen Accent, der Bruder Jonathan eigen ist, und der ihn selbst beim „Radbrechen" einer fremden Sprache von dem Sohne Albions immer wesentlich unterscheidet. Seine Erzählung betraf Demoiselle Clara Perry und schon der Name der gefeierten Schauspielerin war im Stande, dem Sir allgemeine Aufmerksamkeit zu schaffen.

„Ich hatte bis gegen Mittag drüben bei . . . wie heißt die kleine Insel gleich" . . . so begann er seine Erzählung — und ein Dutzend Stimmen nann-

ten den fraglichen Ort . . . „hatte ich geangelt und im
Kahn gelegen und in meinem Longfellow gelesen. Endlich war es Zeit, zu kehren heim zu dem Dinner. . . .
Am jenseitigen Ufer sind die kleinen Gärten der großen
Friedrichstraße. Auch die Lady Perry hat ein Gärt-
chen. Ich rudere dicht am Ufer vorbei. Hohe Büsche
sind da am Ufer. Man konnte schwerlich mich sehen,
wenn man im Garten war. Ich sehe durch das
grüne Blätterwerk hinauf zu dem kleinen Haus, das
gebaut ist in einer Manier von schöner Gothik, weil
die hübsche Lady oft sitzt auf dem Balkon. . . . Dieses Mal sie sitzt nicht auf dem Balkon. Oh dacht ich,
du hast kein Glück heut! . . . Und doch hatt' ich
Glück; denn bald sah ich sie kommen herab die Sand-
wege und bei ihr war . . ."

Er machte absichtlich eine längere Pause, in welcher er die staunend neugierigen Gesichter der Zuhörer,
welche just in dieser Situation nicht allzu geistreich
aussehen mochten, lächelnd visirte.

„Ich wette, bei ihr ist gewesen Niemand als ihr
weißes Pudelhündchen," rief Gumpel-Fürst, den das
verschmitzte Lächeln des Amerikaners auf falsche Fährte
brachte, und der durch diese Zwischenrede sich vor der
nachfolgenden, jede Neugier comprobirenden Schluß-
pointe retten wollte.

„Oh no! Nichts Pudel," meinte Retcliff sehr
ernst werdend. „Ihre Begleitschaft ist höchst sehr be-
trübend für alle hier, welche die schöne Lady verehren."

Ferrand hatte sich dicht an den Spieler gedrängt.
Man sah es seinem Gesichte an, wie ihn vor allen
Andern diese Erzählung interessire. Die schrecklichste

Eiferfucht sprühte aus diesen weit aufgeriſſenen, wild-
blitzenden Augen.

„Wer war's, Retcliff? ſpannt uns nicht auf die
Folter!" rief er ziemlich unwirſch aus, den Erzähler
bei dem Arme packend.

Ein bedeutſames Lächeln ſtieg bei dieſer haftigen
Bewegung in manches Geſicht der Umſtehenden. Ferrand's „Caprice" für die ſchöne Schauſpielerin war bekannt genug; eine ſolche „Paſſion" jedoch galt bei den
blaſirten Lions für unwürdig.

„Es war bei ihr der Sohn von dem Generalconful — wie heißt?" . . .

„Guſtav Reinert?" fragte Ferrand mit zitternder
Stimme.

„Yes! Dieſer junge Mann ging neben der hüb-
ſchen Schauſpielerin. Und ganz vertraut gingen ſie.
Goddam, ich beneidete dieſen jungen Mann außeror-
bentlich ſehr! Und ich hielt meinen Kahn an. So etwas, dacht ich, ſiehſt du nicht alle Tage. . . . Sie
gingen Beide in eine kleine Hütte. . . . Dort ſetzte
ſie ſich. Er ſteht vor ihr. Hören konnt' ich nichts.
Doch er muß geſprochen haben ſehr leidenſchaftlich, denn
ſeine Bewegungen waren ſehr — ſehr ertravagant.
Endlich ſinkt er zu Füßen ihr. Sie iſt ergriffen und
legt ihre Hand auf ſeine Schulter und neigt ſich zu
ihm. Da ſpringt er auf — doch plötzlich ſtehen beide
verwirrt. Sie ſcheinen erſt jetzt zu merken, daß ſie
ſind in einem offenen Garten. Beide werden roth,
oh ich ſah genau es durch mein Perſpektiv. . . . Ja
bie Schauſpielerin ward roth, viel rother, als wann
ſie auflegt die Schminke."

„Nun — und dann?" fragte Ferrand, die Lippen aufeinanderpressend.

„Dann? . . . Ja, dann fuhr ich weg", schloß lächelnd der Amerikaner.

„Unsere Wette ist gewonnen", flüsterte Gumpel-Fürst dem erbleichenden Ferrand zu.

„Noch nicht!" entgegnete Jener. Seine Stimme klang wild, rauh, fast drohend, so daß der kleine Banquier ganz erschreckt zurückprallte.

Zum jeu! rief der Chor der Elegants, nachdem dieselben Retcliffs Abenteuer mit dem unvermeidlichen: auf Taille, auf Ehre und Gobbam im üblichen Styl discutirt hatten.

Man begab sich in Folge dessen in einen abgelegenen Salon des Hinterflügels.

Nur Ferrand blieb zurück. Er war zum Fenster getreten und hatte den Kopf gegen das Fensterkreuz gestemmt, als wolle er durch diesen äußeren Druck alle feindseligen und wildverworrenen Gedanken mit Eins zum Schweigen bringen, welche durch die Erzählung des Amerikaners da drinnen aufgerüttelt und aufgewühlt waren.

„Ich muß diesen verhaßten Nebenbuhler beseitigen!" flüsterte er. „Gumpel-Fürst wird mit seiner Wette bei allen meinen Bekannten herum renomiren. Meine Ehre steht auf dem Spiel!"

Seine Ehre stünde auf dem Spiel — hatte der Verblendete zu sich gesagt. Seltsame Auffassung und Auslegung dieses Begriffes! Wie viele unmoralische Extravaganzen, ja wie viele Verbrechen sind zumal in höheren Kreisen aus dieser trüben Quelle geflossen!

Wie mancher Barbarismus wird sophistisch durch diese
falsche Auffassung zu entschuldigen gesucht! . . . . .

Der Premierlieutenant störte dieses stille und gewiß
qualvolle Dahinbrüten Ferrands.

„Du wirst vermißt!" — rief er, noch in der Thür
stehend, dem Freunde zu. „Warum kommst Du nicht?
Du machst dich wirklich unleiblich, Ferrand. Deine
Caprice für diese Theaterprinzessin macht Dich senti-
mental und ungenießbar. Laß mich nicht fürchten, daß Du
Dich wirklich mit ernsthaften Projekten herumträgst. Bei
einem Gustav Reiner fände ich solche Albernheiten verzeihlich — Du aber! . . . Nein, mon cher, es ist
ein Verbrechen von Dir, derlei Tollheit zu argwohnen.
Hymen ist mir von jeher in der ganzen Mythologie
die langweiligste Gottheit gewesen und spielte in der
antiken Welt wie heut' bei allen Dichtern eine sehr
secondäre und langweilige Rolle. Zudem denk an Deinen Vater! Er würde nie — —"

„Ha gut, gut das!" rief Georg.

„Ich verstehe Dich nicht."

„Glaubst Du, daß der alte Generalkonsul jemals
zugäbe, daß sein Einziger eine arme Schauspielerin
heirathe?"

„Eine eigenthümliche Frage! . . . Ich glaub's
nicht!" . . .

„Gut! Das denk' ich auch! . . . Das könnte
zu Etwas führen . . . Verdammt, daß ich nicht früher
mehr Hand in Hand mit dem Papa gegangen bin!" . . .

„Ich sehe, Freund, Du bist nicht aufgelegt für
meine Gesellschaft und ziehe mich deßhalb zurück. Komm'
nach, sobald Du wieder Du bist! Der Retcliff scheint

heute entschiedenes Pech zu haben. Hol' Dir doch Revanche; ich meine, du hast ihm manche Schnecke schon zugeschoben!" . . .

Wieder war Ferrand allein im Salon. Die leidenschaftlich erregte Stimmung, welche ihn beherrschte, schien durch keine Vernunftgründe beschwichtigt werden zu können und machte es ihm auch andererseits unmöglich, jetzt einen Plan zu fassen, durch den er möglicherweise jene Wette noch für sich gewinnen konnte. Ferrand war keiner von den Menschen, die es mit sich genau nehmen. Er war leidenschaftlich, rücksichtslos, ausschweifend gewesen von Jugend auf. Die vielen wilden Thorheiten, welche er begangen, büßte er schon jetzt durch eine ziemlich zerstörte Gesundheit. Es gab Wochen, wo er in stumpfer Apathie, völlig blasirt und theilnahmslos Alles an sich vorüber gehen ließ, bis dann wieder — wie bei allen Hektischen — ein plötzlicher Humor, eine frische fast exaltirt erscheinende Lebensfreude über ihn kam und ihn in den Strudel der für seine delikate Gesundheit so überaus schädlichen Vergnügungen der sogenannten großen Welt riß. Er fühlte sich dann; er glaubte sich jugendkräftig und war in solcher Selbsttäuschung überaus glücklich. Er glaubte Alles unternehmen und wagen zu dürfen. In wilder Hast suchte er in solchen Perioden zu genießen, was noch zu genießen war. Der Vater hatte den Sohn in mehr als einer Beziehung längst aufgegeben. Ein herzliches Verhältniß hatte niemals zwischen Beiden obgewaltet. Daß eine fehlerhafte Erziehung einen großen Theil der Schuld mit trage, wollte der ältere Ferrand niemals zugeben. „Er hat das leichte Blut „der Mutter", pflegte er zu sagen,

wenn ihm von dem Knaben allerlei böse Streiche zu
Ohren kamen. — Hatte der Jüngling etwa gesündigt,
so sprach er: „das ist der Uebermuth der Mutter."...
Und jetzt, da Georg in's Mannesalter trat, gebrochen
im innersten Lebensmark, meinte er phlegmatisch: „er
büßt die Sünden der Mutter."... Die Ehe Ferrands
war, wie wir daraus entnehmen, keine glückliche gewesen. In eben derselben Stunde, da Georg das Licht
dieser Welt erblickte, schlossen sich die Augen der Mutter
für ewig. Ferrand trauerte nicht gar lange. Er hatte
Mühe, die Maske eines trauernden Wittwers festzuhalten, so lange die übliche Etiketten=Trauer währte.
Nicht immer berühren sich die Extreme, Ferrand's Ehe
hatte es gezeigt. Zwei unverträglichere Gegentheile fand
die Natur in ihrem Umkreis nicht. Auch die Jahre
bewirkten keine Ausgleichung. Georg's Mutter war ein
genußsüchtiges Weltkind gewesen, in Luxus groß gezogen und verzogen von einer Mutter und Großmutter,
deren Alles sie schien. Ihr leidenschaftliches Temperament brach erst in der Ehe, dann aber um so schranken-
loser, wilder hervor, als sie vordem dasselbe heuchlerisch
verhüllt und unter scheinbarer Demuth, Bigotterie und
Sanftmuth versteckt gehalten. Ferrand hatte Ursache,
sich über die Gattin zu beschweren. Die Chronique
scandaleuse der großen Welt erzählte manch' pikantes
Abenteuer dieser vielgeliebten und vielliebenden Dame.
Als Ferrand sich zum zweiten Male fesseln lassen wollte,
trotz der bösen Erfahrung in der ersten Ehe, stieß sein
Werben auf einen gewaltigen Nebenbuhler — auf den
Generalconsul, der auch schon in anderen Dingen sein
eifrigster Concurrent gewesen . . . . . .

Georg Ferrand fühlte jetzt in dieser peinlichen Situation, wo die Furien der Eifersucht ihn zerfleischten, wo seine „Ehre", als unbesiegbarer Löwe, auf dem Spiele stand, wo der alte Jugendhaß gegen Gustav Reinert in hellen Flammen aufschlug — wie gar wenig er dem Vater ähnle. Kalt, fest, ruhig, unerschütterlich, immer nach Innen blickend, Alles energisch erfassend, unbesorgt in der Wahl nützlicher Mittel, auf sich selbst gestellt und sich selbst genug — so hatte er ihn gesehen von Jugend auf. Der ernste, düstere Mann hatte nie einen Platz in seinem Herzen gehabt. Jetzt beneidete er ihn um jene Ruhe, jene Besonnenheit, jene Zähigkeit, sowie Energie. Er gedachte wohl auch jener geheimnißvollen Intrigue, die der Vater Jahre lang gegen den mächtigen und stets glücklicheren Concurrenten spann. Wie wenig er auf den Sohn gab, bewies er dadurch, daß dieser jenen Intriguen fern gehalten wurde. Georg wußte, daß Nichts dem Vater näher und höher stand, als jener Plan zum Sturze Reinerts, von dem er durch Wenzel zufällig die ersten Andeutungen empfing, da der Buchhalter den Sohn des Hauses selbstverständlich als einen Eingeweihten betrachtete.

Schon unlängst hatte er den Plan gefaßt, sich dem Vater zu nähern. Es wäre ihm auf irgend ein Comödienspiel nicht angekommen, sich desselben Vertrauen zu erringen. Instinktiv fühlte er, daß Clara ihm in jeder Weise nicht geneigt sei. Sein kleinlicher Charakter hätte unter allen anderen Umständen sofort daran gedacht, sich darum an ihr auf das empfindlichste zu rächen. Aber er liebte. Er glaubte zu lieben. Was glaubt ein zerrütteter, leidenschaftlicher, übermüthiger und

selbstolzer Roué nicht Alles! Er glaubte sie zu lieben,
sie, die es von allen Weibern, auf die sein begehrliches
Auge gefallen war, gewagt hatte, ihm Widerstand zu
leisten. Vielleicht war es das, was ihn eben reizte.
Dieser Widerstand war ihm neu, war darum pikant.
Er reizte in ihm jene nervöse Elastizität an, die Georg
so gern als überströmende Jugendkraft auffaßte. Diese
Liebe hatte ihn wieder auf einige Monate in jene Täuschung eingewiegt: daß er wirklich noch jung sei! Die
sittlichen Einwirkungen, die auf ein halbwegs nur reines
Herz jede wahre Herzensliebe äußert, zeigten sich nicht...
Er war es nicht gewohnt, mit solchem Maaßstab sich
selbst zu messen!...

Als er eben überlegte, ob er sich zum Spiele begeben sollte, oder ob es gerathener sei, gleich jetzt mit
allem Ernste an die Operationen zu gehen, die gegen
den glücklichen Nebenbuhler bei solchen eclatanten Fort-
schritten in Clara's Gunst vorgenommen werden mußten,
hörte er im Entrésalon mehrere Male laut seinen Namen nennen. Es war die Stimme eines alten Dieners.
Ein Kellner schien ihm den Zutritt zu verweigern.

Er trat in das Entré. Eine seltsam beängstigende
Stimmung kam über ihn. Gar oftmals wirft ein uns
bevorstehendes Unglück seine Schlagschatten voraus in
unsere Seele.

Der alte Diener sah sehr bleich und bestürzt aus.

„Ich komme vom Herrn Doktor Schwönkenhagen“,
rief der Mann, der ganz außer Athem war. „Er läßt
den jungen Herrn ersuchen, eilends mit mir nach Hause
zu kommen.“

„Der Doktor? Was will denn der von mir?“

„Es ist — — der Herr Vater sind plötlich er-
krankt!" . . .

Georg zuckte unwillkürlich zusammen. Vielleicht
zum ersten Mal in seinem Leben fühlte er eine zärtliche
Regung für den Vater.

„Ich komme sogleich!" . . . . .

Ein Wagen ward herbeigeholt, der Weg war weit.
Georg hatte den alten Diener in die Fensternische gezogen und flüsterte leise mit ihm. Er fühlte, er wußte
nicht warum, daß der alte Mann ihm den Zustand des
Vaters verschweige. Er wollte diese Rücksicht nicht.

„Ich kann Alles hören, Andreas", sagte er mit
zitternder Stimme. „Verhehlt mir nichts — der Vater
ist todt!"

Der Diener beharrte bei seiner Aussage.

Der Wagen kam. Georg trieb zur Eile. In
einer Viertelstunde langte man bei Ferrand's Palais
an. Georg flog die Treppe hinan. Im Vorzimmer
des vom Vater bewohnten Flügels, kam der Raritätencustos ihm entgegen. Thränen rollten über seine bleichen Wangen.

„Er ist todt?" rief Georg ihm entgegen. Jener
schüttelte das Haupt. Im Schlafzimmer fand er die
ersten Aerzte der Stadt am Ruhebette des Vaters.
Ihre Gesichter gaben wenig Hoffnung. Ein Schlag-
anfall hatte den Armen gelähmt. Sprachlos und regungslos lag er da. Als er vor einer Viertelstunde
etwa, so erzählte man dem Sohne, mit dem alten Faktotum in die seit Tagen verschlossenen Raritäten- und
Bilbersäle gehen wollte, hatte ihn jäh und unver-
muthet, das schrecklichste Schicksal ereilt.

10

Georg nahm zu Häupten des Bettes Platz. Die erste Rührung war vorüber, sein Pulsschlag schlug ruhiger. Er sah das matte Antlitz des Vaters fest auf sich geheftet. Er konnte dem Blicke begegnen. Sein vergangenes Leben flog an ihm vorüber. Da gab es keine Bindemittel, keine Brücken zwischen Sohn und Vater. Fremd und kalt wie im Leben standen sie sich gegenüber. Kein Schimmer der Liebe in diesem matt= erlöschenden Vaterauge — kein Schmerzenszeichen, von dem Einzigen scheiden zu müssen — kalt, in sich ver= schlossen, erschien er auch jetzt. Das war es — denn wir wollen ihm nicht zu viel thun — was auch Georg erkältete tief bis in's Herz hinein. Das zuckende Weh bei dem ersten Gedanken: dein Vater stirbt — wieder= holte sich jetzt nicht mehr. Ihm starb — ein Fremder! . . .

. . . . . .

Es war tief in der Nacht. Georg hatte das Sterbebett nicht verlassen. Im Vorzimmer wachte der alte Schwönkenhagen. Die Aerzte hatten verordnet, was ihre Kunst für derlei bedenkliche Fälle ihnen bietet. Ein junger Doktor theilte Schwönkenhagens Nachtwache . . . Um Mitternacht schien sich der Vater zu regen. Ein unartikulirter Laut entfloh den dicht zu= sammengepreßten Lippen. Georg beugte sich zu ihm hernieder. Mit großer Anstrengung hob und senkte sich die keuchende Brust des Sterbenden. Der Starrkrampf schien von ihm gewichen. Er hob die Arme. Sein Auge ward voller, klarer. Der Arzt erschien. Diese Krisis schien ihm unerwartet. Der alte Ferrand winkte haftig, daß er und Schwönkenhagen sich entfernen sollten! . . .

Als er sich mit dem Sohne allein sah, und Georg sich tief zu ihm herabbeugte, begann er mit dumpfer, schwer verständlicher Stimme: „Mein Sohn — es ist zu Ende. Ich fühl's . . . Wir müssen Abschied nehmen." . . .

Die Worte klangen kalt, hohl — wie aus einem Grabe herauf. Georg schauderte unwillkürlich zusammen. Das waren nicht Töne der Liebe. Sie fanden auch kein Echo in dem Herzen des Sohnes. Es war ein Scheiden von Fremden, die sich zufällig getroffen, die eine Strecke Wegs mitsammen gezogen waren und ohne sich zu verstehen, wieder von einander scheiden, um ganz entgegengesetzte Straßen zu ziehen.

„Nur eins liegt mir auf dem Herzen", begann der Sterbende nach einer Pause. „Versprich mir, diesen letzten Wunsch und Willen eines . . . o wie kalt es mir durch das Gebein rieselt — wie das Blut sich nach oben drängt als wolle — — es mir das Herz auseinandersprengen — höre mich, Georg — — wo bist Du?" . . .

Er tastete mit den Händen in's Leere. Georg ergriff dieselben und drückte sie sanft auf seine Schultern. Das Auge des Vaters starrte zur Decke empor, die Pupille war fast ganz verschwunden. Dunkelrothe Flecken stiegen in das aschfarbige Gesicht.

„Du kanntest den einzigen Feind nicht" — fuhr der Sterbende mit großer Anstrengung endlich fort — „den ich auf der Welt hatte . . . Er hat mich mehr denn einmal getroffen — bis in's Herz hinein — tief — tief! . . Ich habe Rache geschworen — Rache! . . .

Du wirst sie an ihm nehmen — an meiner Statt ...
Versprich mir das!"

Georg reichte ihm die Rechte ... Im Augenblicke
des Scheidens — Rachegedanken! .. Kein Wort an
den Sohn, kein einziges! .... Georg hörte im Vorzimmer den alten Schwönkenhagen laut weinen. Während er dem Sterbenden die Hand reichte, konnte er
kalt und ruhig denken: der Thor, warum nur mag er
weinen? Der Sterbende bedurfte eine lange Zeit, um
sich zur Fortsetzung seiner letzten Willenserklärung auf-
zuraffen, denn die Stimme schien ihm mehrmals den
Dienst zu versagen, da er den Versuch machte, fortzufahren. Endlich bezwang der eiserne Wille die wider-
strebende sich in ihre Atome bereits auflösende Natur.

„Du kennst meinen Feind, den Generalconsul." ..

Georg gedachte seiner früheren Pläne. Mit besonderer Aufmerksamkeit lauschte er fortan den Worten
des Vaters.

Du wirst in meinem — — Tagebuch — —
sehen — die Kränkungen, die Verluste, die ich um
seinetwillen erlitten ... Jahre lang nährte ich den
Plan — der jetzt — — reif ist!"

Eine wilde Stimme jubelte auf in Georg's Brust.

„Weihe mich ein in diesen Plan — Du sollst
gerächt werden", rief er mit lauter Stimme.

Der Vater bedeutete ihm, leiser zu sprechen. Er
wies zum Vorzimmer zurück, wo der alte, treue Custos
und der junge Arzt sich befanden.

„Ein Zufall begünstigte mich! .... Reinert
schien früher ... ganz unangreifbar .... Doch der
Zufall, wie ich sagte ... Neige Dich näher zu mir ...

ich vermag nicht mehr so laut . . . zu sprechen . . . ,
Reinert ist . . . von jenseits des Rheins zu uns gekommen . . . Eine wildbewegte Jugend . . . ein Mannesalter . . . o wie blißhell wirb's da braußen vor
den Fenstern . . . mein Auge erträgt diese Helle nicht . . .
Still mein Sohn . . . bleibe bei mir . . . Fliehe
nicht! . . . . . Siehst du auch jene weiße Gestalt an
der Thür? . . Hahaha, ist sie es, vor der du so ent-
seßt aufstarrest, vor der du fliehen willst?" . . . . .

„Dein Racheplan, Vater!" rief Georg sich fast
zu seinem Ohr beugend. Noch einmal dämmerte das
Bewußtsein auf. Georg erschrack vor dem wilden,
blutbürstigen Blick, der aus diesen rollenden Augen
urplößlich auf ihn hernieberblißte, da er den Namen
des Todfeindes nannte.

„Die Papiere, die mich rächen sollen" —
hauchte er.

„Wo sind sie? . . . Wo?" . .

„Du findest . . sie . . in . . ." — Der Tod trat
auf die bleichen Lippen — das entscheidende Wort er-
starb auf ihnen. Georg kniete neben einer Leiche.

IX.

„Sur ce chemin, pauvre belle égarée
Qui t'a jetée ou t'oublié, dis — moi?
Petite fleur, faite pour être aimée
Qui tá cueillie et ne veut plus de toi?" . . .

Der wehmüthige Gesang verstummte. Die Sängerin lehnte sich zurück — mit einem disharmonischen
Laut brach die liebliche Melodie ab, welche sie dem

Instrumente entlockt, das vor ihr stand. Träumerischen Blickes starrte sie hinauf zu einem schönen Frauenbild, das über dem Piano hing. Ein Immortellenkranz deckte den reichen Goldrahmen. Grüne und welke Lorbeer= kränze hingen dem Gemälde zur Seite. Auch auf diese fielen jene träumerischen Blicke aus den großen, glän= zenden, feuchtschimmernden Augen die unsern Lesern gewiß nicht mehr unbekannt sind.

„Ach gute, unvergeßliche Mutter", flüsterte Clara, indem sie den tiefsten Gedanken ihrer Seele fast unbe= wußt Worte lieh, „ach wärest Du doch bei mir und könntest dich des Glückes freuen, das deinem Kinde jetzt lächelt. Ach, so oft ich deiner gedenke, ist's mir, als wäre all' dies Glück nur halb, da du es nicht mit mir theilen kannst! — — „Ach, wie mahnt mich jenes Lied an dich, du Unvergeßliche;" fuhr sie noch leiser und träumerischer fort. „Wie oft sangen wir es vor unserem epheuumrankten Häuschen auf jener schönen Insel, wenn im Westen das Abendroth hell erglühte über die Zinnen und Thürme Fort Vaubans! Golden fluthete es drunten auf den grünen Wogen des Rheins, als sei das alte Märchen wahr, von dem großen Ni= belungenschatz, dessen rothes Gold von Zeit zu Zeit auf= steigt aus dem dunklen Wasserbette . . . . . Aus den Nachen, die vorüber zogen, tönen unserem Liedchen ein Echo nach! . . . Traute, längst vergessene Weisen — warum erwacht ihr jetzt, gerade jetzt, in meinem Busen und drängt die Thränen hervor in mein Auge, das eben noch so heiter gelächelt bei'm Andenken des ge= liebten Freundes, bei den Erinnerungen an all' die schönen Triumphe einer geliebten Kunst? . . . Oder

ist's eine Rache, die die Muse an mir nimmt, daß
auf dem Altar meines Herzens ihre Flamme nicht
mehr allein glüht? Fürchtet sie, ich möchte ihr untreu
werden? . . . Nimmer — nimmermehr!" . . . . .

Sie hatte sich erhoben. Durch die geöffneten
Glasthüren des Balcons strömte die würzige, duftige
Sommerluft. Ihr war's heiß und schwül in dem engen
Raum, wo diese trüben Gedanken sie so plötzlich über-
fielen. Eben noch heiter, fröhlich, unbesorgt und la-
chend — nun so düster, ernst, so tiefbewegt! . . .
Ihr selbst war sie sich zum Räthsel geworden in diesen
letzten Tagen, seitdem sie ihn gesehen, dessen Bild sie
nicht mehr verlassen wollte im Wachen und im
Traume! . . . . .

„Die Engel, die nennen es Himmelsfreud,
Die Teufel, die nennen es Höllenleid,
Die Menschen — die nennen es Liebe!"

Es ist das ewige, niemals ausgesungene Lied,
das mit seinem Leid und seiner Freud eines jeden
Menschen Herz hienieden durchschauert mit seinen
ahnungsvollen, süßgeheimnißvollen Tönen, vor dem
alles Andere dahinschwindet und in Nichts zergeht, das
einzig und allein dieses arme, kleine und doch wieder
so reiche, große Menschenherz auszufüllen weiß, das
alle Disharmonien der trüben Welt auflöst in seine
göttliche Harmonie! Es kommt über Einen wie ein
Dieb in der Nacht — er nimmt uns Alles, was vordem
da gewesen und gibt Alles, was nimmer zuvor die einsame träumende Seele zu ahnen vermochte; ein Dieb
der uns reicher macht, als wir je zuvor zu werden hofften!

. . . .

Sie war hinausgetreten auf den Balkon; weit hinaus über ein sonniges Panorama flog hier der träumerische Blick. Im fernen Horizont, da, wo sich der azurblaue Himmel auf die bläuliche Hügelkette herabzusinken schien, glänzte der breite Silberstrom, den schon ihr Auge daheim mit unverstandenen Kinderahnungen verfolgte. Zur Rechten lagen die Vorstädte. Hohe Schornsteine ragten dort empor über die düsteren Häuserlabyrinthe. Wiesen und Gärten breiteten sich vor ihr aus bis zu jenen östlichen Hügeln. Gen Süden dehnten sich dunkle Wälder aus, deren verschiedenes Laub in allen Farbentönen durcheinander spielte.

Es schien ihr wohlzuthun, so hinausblicken zu können ins Weite! Suchte sie doch in diesem Augenblicke sich selbst zu entfliehen. Räthselhafter Zustand! . . .

Ein leiser Wind rauschte durch die dunkelgrünen Epheuranken, die zu beiden Seiten den kleinen, gothischen Balkon vor jedem neugierigen Blicke der Nachbarn mit ihrem undurchdringlichen Blättergeflechte schützten. Die blauen Blumenglocken, die aus zwei antiken Vasen herniedernickten und deren grünes Schlinggewächs die ganze Gallerie umkletterte, schienen dem träumenden Mädchen freundlich zuzunicken, dessen Augen sich mit Thränen füllten. War es des Freundes Abwesenheit, welche die Einsame mit Kummer erfüllte? . . . Dachte sie auch jetzt noch, durch jenes Heimathslied erregt, ihrer dunklen Kindheit, deren finstere Schatten so oft drohend und schaudernd aufstiegen vor dem sonst so heitern Blicke der Jungfrau? . . . . .

Sie hatte sich auf eine Bank niedergelassen, ihr schönes Haupt ruhte in der weißen, zarten Hand, welche sich auf das Geländer der Bank stützte. Thräne um Thräne perlte hernieder über die rosigen Wangen.

So hatte sie in ihrer wehmüthigen Träumerei lange, lange dagesessen. Ein junger, blühend schöner Mann erschien in der Glasthüre. Sie bemerkte ihn nicht. Mit schmerzlichem Erstaunen blickte Jener auf die weinende Jungfrau. Ein zufälliges Geräusch schreckte sie empor. Mit einem lauten Zuruf der Liebe flog sie ihm entgegen.

„Thränen in den Augen, meine geliebte Clara?" forschte er, sie zärtlich umarmend. „Meine heitere Lachtaube — und Thränen? Wie räthselhaft!"

„Es ist nichts, mein Freund — es ist ja gut! Du bist da — es ist gut!"

„Du willst mich täuschen, Geliebte. Welcher geheime Kummer bedrängt Dein Herz, um den ich nicht wissen darf? Sprich, meine süße Clara . ."

„Es ist kein Kummer! . . Ach, ich war ein thöricht Kind!" . . . .

Sie versuchte zu lächeln, doch die gutgemeinte Lüge gelang ihr nicht. Wie oft hatte sie auf den weltbedeutenden Brettern diese schnelle Gemüthsänderung mit staunenswerther Natürlichkeit bewerkstelligt — und nun? . . Das Auge des Geliebten ruhte so nachdenklich, so forschend auf ihr. Wie konnte sie, wie durfte sie ihn täuschen?! Sie sprach von ihren Jugenderinnerungen, welche sie urplötzlich überwältigt.

„Und so oft ich ihrer denke — so oft ist es mir wie die Ankündigung irgend eines bevorstehenden Unglücks. Du weißt, wie manches geheimnißvolle Dunkel über jenen Tagen liegt, mein Freund, die ich einst da

drüben verlebte; weißt, wie manche finstere Drohung
feindlicher Menschen mir nachfolgte auf meiner Lebens-
bahn. Verzeihe mir, daß ich mehr als es vielleicht
Recht war, mich heute diesen düsteren Vorstellungen
hingab!" . . .

„Ich begreife, wie tief, wie nachhaltig jene Erinnerungen auf Dich einwirken konnten", entgegnete
Gustav. „Sie gleichen der düsteren Wolke, die das
Fatum an Deinen Lebenshimmel gestellt zu haben
schien. Jetzt aber, Geliebte, ist sie verschwunden.
Die Sonne der Liebe ging auf — ihr mußte sie weichen! . . Vordem, da Du allein standest in der Welt,
nur auf Dich angewiesen, ohne Schutz und Hülfe, in
stiller Zurückgezogenheit einer Kunst lebend, die zumeist
Deine Phantasie in Anspruch nahm und diese somit um
so geschickter machte, alle jene düsteren Vorstellungen
in's Grelle, ins Riesenhafte zu gestalten, mochten
sie Dich ängstigen . . Jetzt aber bin ich bei Dir —
und jene dunkle Wolke muß schwinden."

„Ach ich weiß es ja, daß ich thöricht bin, mein
Gustav", sagte sie, ihr Haupt sanft an die Schulter
des Geliebten lehnend. „Ich fühle es niemals mehr,
als wenn Dein liebes Auge mich wieder beruhigt." . . .

Sie waren in das vordere Zimmer getreten. Die
Vasen auf dem Piano hatte Gustav mit Blumen ge-
füllt, da er eingetreten und die Geliebte abwesend
glaubte. Clara blickte heiter lächelnd hinüber zu den
Kindern Flora's, nicht ahnend, zu welchem Vergleich
dieselben dem Geliebten dienen mochten, da sie ihm erröthend das Händchen reichte.

„Ich kam nur auf einen Augenblick", sagte Gustav, indeß sie die Blumen in den bunten Gefäßen nach
ihrem Sinn ordnete. „Wollte sehen ob Du heiter bist
und wieder gehen und es auch sein." . . .

Sie verstand den besonderen Sinn der Worte.
Lächelnd wandte sie das hübsche Lockenköpfchen zu ihm,
indeß ihr Finger ihm neckisch drohte.

„Meine trübe Stimmung von vorhin war also
eine wohlbestimmte Strafe der Himmlischen für Dich,
der Du nur kamst, um Comödie zu spielen. Du suchtest
nicht mich, sondern die Louise von gestern! . . . Nimm'
Dich in Acht, daß ich nicht die Rolle tausche und die
der Lady Milford übernehme. Doch nein — Du
Böser! Sollte ich etwa Deinem bösen Beispiel folgen,
und auch im Leben Comödie spielen! . . Und daß ich's
Dir nur gestehe, der Ferdinand machte im Leben gewiß
keinen großen Eindruck auf mich. Hätte der Herr
Major früher mit dem gestrengen Herrn Papa gesprochen — wäre er nicht gar so toll eifersüchtig und
blind gewesen — die arme Louise würde gewiß nicht
zur Limonade verurtheilt sein!" . . .

Gustav wandte sich sichtlich erregt, abseit. Die
heitere Ruhe schien aus dem Gesichte entschwunden, mit
dem er eingetreten war. Sie, noch immer mit den
Blumen beschäftigt, bemerkte es nicht.

„Wir Schauspielerinnen sind doch recht undank-
bare Geschöpfe", fuhr sie in dem vorigen, heiteren,
fast übermüthigen Ton fort. „Da mache ich unserem
großen Schiller die schändlichsten und prosaischsten Vorwürfe — und danke ihm doch nicht nur eine Louise, eine
Maria Stuart, sondern auch eine Amalia, Beatrice, Leonore

und Thekla! .. Weißt Du, Gustav, daß wir Wallenstein's Tod am nächsten Sonntag spielen?" ...

Gustav gab keine Antwort. Er schien jetzt derselben düsteren Träumerei verfallen, in der er vordem
die Geliebte getroffen.

„O es ist unrecht von mir — ein bittres Unrecht", flüsterte es in ihm mit lauter, mahnender
Stimme. „Das süße, arglose Wesen voll Hingebung
und Liebe so zu täuschen! ... Doch täusche ich sie
wirklich? ... Ist's denn nicht nur meine Liebe, der
sie nachfragt?" ...

„Deine Bouquets sind reizender noch als die vom
Papa", sagte Clara, die jetzt von ihren Vasen zurück
trat und mit kindlicher Freude ihr Arrangement zu betrachten schien.

Ein leiser Seufzer folgte den Worten. Gustav
ward bleich .. Er erhob sich rasch und trat zu der
Geliebten. Mit gewaltiger Anstrengung kämpfte er die
bittre Regung nieder, die bei diesen unverfänglichen
Worten der Geliebten ihn durchzuckte.

„Ich werde ihm das ausplaudern", sagte er mit
einem gezwungenem Lächeln.

„Du, Böser! — — Weißt Du, daß Dein cher
papa (wie Du immer sagst) mir gleich bei unserer
ersten Begegnung so gefiel? O wäre das doch Dein
Vater — dachte ich ... Ach, ich habe es Dir wohl
schon hundert Mal erzählt .. War das nicht ein gutes
Omen? ... Zuerst, als ich Dich — — gefunden
und Du von mir gegangen, nachdem Herz zu Herz
gesprochen — da war mir's wie eine Fügung des
Himmels, daß jener Mann, dem meine ganze Seele

entgegenflog, gerade Dein oder papa sein mußte . . .
Hernach dachte ich seiner hohen Stellung, seines Reichthums, dachte, daß Du sein einziges Kind . . . Du
weißt es ja, wie tief betrübt Du mich damals fandest,
da Du mir die ersten Blumen von ihm brachtest. Wie
schnell beschwichtigtest Du meine Angst — ich wußte
kaum diese Fülle des Glücks zu fassen. Er wisse,
sagtest Du, daß ich Dir nicht gleichgültig — er dulde,
daß Du Dich mir genähert, er spreche mit Liebe von
mir; er sei ein so nachsichtsvoller und so beredter Be-
urtheiler meiner Leistungen. Deine Hoffnungen, ihn
ganz für uns und unseren einzigsten Herzenswunsch
zu gewinnen, wuchsen durch alle die zarten Aufmerk-
samkeiten, die Dein oder papa mir nach wie vor erwies.
Meine Zweifel mußten schwinden bei Deiner Zuversicht!
Wie viele Zeichen einer fast väterlichen Zuneigung erhielt ich von ihm durch Deine Hände! . . . Ach, wohl
bin ich ein thöricht Kind, das bei so viel Glück noch
den Kopf hängen läßt und trüben Grillen nachsinnt!" . . .

Sie trat zum Piano und begann den Anfang
eines kleinen Liedchens, das Gustav gedichtet hatte.
Wie oft schon hatte sie es ihm gesungen! Die Worte
paßten zufällig zu einer alten Melodie, die sie kannte.
Ihre ganze Seele ergoß sich in die Worte und Töne
des Liedes. Tief erschüttert horchte Gustav dem Gesang
der Geliebten.

„Wie kannst Du nur mich fragen
    Wie lieb Du mir — wie lieb — —"
Eine Welt von Liebe lag in dem Blicke, der des Freun-
des Antlitz bei diesen Anfangszeilen des Liedchens traf.
Er legte sanft die Hände auf ihre Schulter, und zwang

fie, das Auge auf das Notenblatt zu heften. Der
Blick war ein Dolchstich gewesen für sein schuldiges
Gewissen. Darum ertrug er ihn nicht ... Er mußte
der Zeit gedenken, da eben dieser Blick ihm den ge=
träumten Erdenhimmel einst erschloß! Und nun? ...

„Es muß ein Ende nehmen", flüsterte es in seiner
Seele mit schnellem Entschluß. „Der Vater muß um
diese Liebe wissen. Jede Rücksicht, die mich furchtsam
davon abgehalten, muß schwinden. Er darf mir diese
Bitte nicht weigern. Ich darf dieses holde Geschöpf
nicht länger täuschen. Noch heute sei es gewagt!"

Und mit diesem festen Entschluß kehrte die Ruhe
zurück in sein Herz und fest und sicher, liebevoll und
warm erwiederte er nun den Blick der Geliebten.

„Die Pflicht ruft mich", sagte er, nachdem das
Lied beendigt war, und ein zärtlicher Händedruck der
Geliebten gedankt hatte.

Die Pflicht!

Auch Clara gedachte der ihrigen. Amor hatte Mel=
pomene nicht bestohlen. Sie gedachte freudig dieser
Pflicht. Sie zeigte ihm die Rolle der Thekla.

Er blätterte gedankenvoll in der Rolle.

„Dürfte ich bleiben und Dir zuhören," rief er
endlich. „Meine Pflichten sind mir verhaßt! ... Wie
ein unleiblich Joch drücken sie meine Schulter. Und
doch füge ich mich und jetzt mehr denn je. Ist es doch
das einzige Mittel, des Vaters volles Wohlwollen mir
zu bewahren. Du kennst nicht seinen eigenen Sinn.
Er ist gut und edel, doch streng und unbeugsam in Al=
lem, worüber sein dictatorisches: „ich will's!" sich ein=
mal geäußert. Nie durfte ich auf seine Einwilligung

hoffen, den mir verhaßten Kaufmannsstand mit einem anderen zu vertauschen. Er wurde mir aufgezwungen und das war in meinem Leben das erste: „ich will's", das meinen Neigungen und Wünschen, ja meinem innersten Dichten und Trachten entgegengesetzt war. Ich mußte mich fügen. Ich nahm das verhaßte Joch auf, zu einem blinden Gehorsam hatte mich ohnehin ja eine überaus harte Erziehung erzogen. Im übrigen aber ist cher papa die Güte selbst. Er will, davon bin ich fest überzeugt, wie von meinem Leben — nur mein Glück, will's freilich in der Weise, wie er es mit seinen eigenen Augen sieht . . . . Doch schon zu oft haben wir davon mitsammen geplaudert. Ich muß gehen! Nur um Deinetwillen gehe ich heut' nicht mehr so ungern, wie sonst."

„Ich glaub es Dir, mein Freund, daß Du lieber vor Deiner Staffelei sitzest, lieber Deine innigsten, schönsten Gedanken in schönen Worten Form und Gestalt zu geben suchst, als Dich mit dem Debet und Credit zu beschäftigen. Und doch erscheint mir der Stand eines Großkaufmannes — ich muß es Dir gestehen — nicht gar so prosaisch, wie Du ihn aufzufassen scheinst."

„Weil Dir das leidige Alltagswerk, das Mechanische, handwerksmäßige nicht bekannt ist, dem wir uns Tag für Tag unterziehen müssen, ich mag es Dir nicht aufzählen."

„Ist das nicht bei jedem Geschäft, bei jedem Beruf, ja selbst bei der Kunst? O, mein Freund, die Theklas, Louisen und Clärchen haben auch ihr Theil Handwerk an und in und auf sich! Doch wenn Du im Großen und Ganzen Deinen schönen Stand und seine

Endzwecke überschaust, muß sich Dir da nicht das Herz erweitern bei dem Gedanken, ein Arbeiter zu sein in jenem Stande, der eben so viel thut, wie Dichter und Denker, Entdecker und Erfinder für die Erziehung des Menschengeschlechtes gethan haben? Der Kaufmann ist der wahre Cosmopolit, der wahre Civilisator! Ist es nicht für Dich ein stolzer Gedanke, daß am fernen Senegal wie am fernen Capgebirge, in der Weltstadt London wie in Deiner Faktorei, im Reiche der himmlischen Mitte die Befehle Deiner Feder ausgeführt werden! Die ganze Welt umfahren die Schiffe, die Deinen Namen tragen; alle Völker sind Dir zinsbar. Steigt nicht bisweilen das Bild jenes Medici auf vor Dir? Ist er nicht Deinesgleichen? . . . Du lächelst, mein Freund? O, ich weiß wohl, daß Du selbst das Alles auch schon gedacht und weit tiefer, weit schöner."

„Es ist nicht darum" — erwiederte er lächelnd und ergriff zärtlich ihre beiden Hände, die er innig an sein Herz drückte. Sie schaute fragend zu ihm auf, doch er gab dem Blicke keine Antwort. So standen die beiden eine lange, lange Zeit. Nur die Augen, nicht die Lippen sprachen. Das ist die schönste Sprache der Liebe. Endlich riß der junge Kaufmann sich los. Er versprach der Geliebten vor Abend noch einmal wieder zu kommen. Dann ging er.

„Ja es muß gewagt sein!" flüsterte es in Gustav's Seele mit mächtigen Stimmen und all' die männliche Energie, über die sein weiches, träumerisches und wenig selbstständiges Wesen gebot, raffte sich zusammen in diesem festen Entschluß. „Es ist Sünde, das liebliche Wesen länger zu täuschen. Der Vater muß Alles wissen.

Daß er meinen Wünschen nicht so geneigt, wie ich es ihr immer vorgestellt, fürchte ich gar sehr. So sehr er auch in ihr die Künstlerin schätzen mag, seinem kaufmännischen Auge gefällt das arme Mädchen sicherlich nicht als Schwiegertochter. Doch dieses Mal — zuerst in meinem Leben — wird er mich zwingen, daß auch ich nun: ich will es! ihm verkünde, von dem ich nicht lassen kann — nicht lassen darf! Es ist das Glück meines Lebens, was sich hier in dieser Frage entscheiden soll. Hier kann ich meinen freien Willen nicht opfern. Er muß meine Wahl billigen ... Und sollt' es bis auf's Aeußerste kommen!"... In düsterem Sinnen schritt er dem Elternhause zu.

Wie ganz anders waren Clara's Gedanken. —

Die finsteren Schatten, die sich auf ihrer Stirne gelagert hatten, bevor der Geliebte zu ihr trat, waren völlig verschwunden. Sonnenschein war's wieder in ihrem Innern und heiter strahlte das Auge, in dem sich von Innen wie von Außen eine Sonne spiegelte. Die sorglose, kindliche Fröhlichkeit, die ihr eigen war, hatte die Oberhand gewonnen in diesem reinen, unschuldigen Gemüth und siegreich — wie schon so oft — alle die dunklen Wolken verjagt, die eine stillbrütende Melancholie, welche in früheren Tagen ihre einzige Begleiterin gewesen, über ihren Erdenhimmel warf. Und in dieser heiteren, sorglosen Ruhe träumte sie den süßesten Traum der Liebe, leis' durchschauert von all' dem süßen Hoffen, all' dem süßen Sehnen, das der Jungfrau eigen, wann ihre Wahl sich entschieden. Bald schaute sie ehrfurchtsvoll zu dem Geliebten auf, wie ein still gehorsam Kind — bald fühlte sie sich so groß und reich ihm zur

11

Seite, als schenke sie ihm Königreiche — bald war sie
sich Nichts, bald Alles wieder — und doch floß all' ihr
Sinnen und Denken, ihr Dichten und Trachten in ihm
zusammen! O wundersame, räthselhafte Zeit! Wer sie
erfassen könnte in ihrer tiefsten Tiefe! . . . .

Sie hatte die Rolle zur Hand genommen, das
Werk des großen Dichters lag ihr zur Seite. Mag
die gestrenge Kritik ihr Veto rufen — Max und Thekla
sind Lieblingsgestalten des Volkes geworden. In ihnen
bricht das ganze Gemüth Schillers wieder hervor; er
schrieb sich selbst diese Episode zur Erquickung, da er
sich im Wallenstein in die ihm fernliegende Objektivi-
tät Goethes hinein gezwungen. . .

Der Liebende findet überall Bezüge auf sich. So
auch Clara. Sie las die Schilderung von dem Zusammentreffen zwischen Max und Thekla, ihrer Reise —
ihrer Liebe . . . . Die erste Flocke die zur Lawine an-
wächst, weht der Zufall herab . . . das erste Fünkchen
der gewaltigen Flamme, die sich im Menschenherzen
entfacht, bläst oft sein Odem an — nicht Amor's, der
erst kommt, wann es brennt und dann sich des leichten
Sieges freut . . . Der strenge Glaube will nichts wissen von diesem wundersamen Kobold, den wir Zufall
nennen. Und doch treibt er sein Spiel zu allen Zeiten
und an allen Orten, wider alle Voraussicht und Be-
rechnung, wider alle Weltordnung und Möglichkeit,
daß wir dieser geheimnißvollen Macht nirgend entgehen
können . . . . . .

Clara hatte das Haupt gestützt. Sie dachte —
welch' ein himmlischer Gedanke für Liebende — wie es
gekommen, daß Herz und Herz sich gefunden. War's

Beſtimmung, war's eigene Wahl?.. Der Kobold Zufall
hatt' es eben auch hier gefügt ... Wie lebhaft trat Alles
in ihren Erinnerungen jetzt vor ihr geiſtiges Auge, wie
plaſtiſch ſtanden alle Welten da, die mitgeſpielt in
jenem kleinen Drama ... Sie ſah ſich ſelbſt in ihrer
Garderobe, erſchöpft vom Spiel, unzufrieden mit ihrer
Leiſtung, welche äußere Einwirkungen ſichtlich beein-
trächtigten. Schon längſt hatte ſie von den Kabalen der
neidiſchen Colleginen gehört, ohne ſolchem Gerede Werth
beizulegen. Jetzt aber ſchien es, als erfüllten ſich die
Drohungen des Neides. Das Haus war leer, während
Tags zuvor eine neue Ausſtattungsoper bei überfülltem
Auditorium in Scene ging. Die blumenſpendenden,
unermüdlichen Bravorufer, welche Clara bei dem Concerte Ferrands zum erſten Mal perſönlich kennen gelernt,
fehlten ſämmtlich, indeß die Cerrini aus ihrer Loge
triumphirend auf deren leere Parquetlogen herabblickte.
Hämiſche Collegen, die kaum ihre Schadenfreude verbergen
konnten, flüſterten in Clara's Nähe ganz laut von
einem Anti-Perry-Complott der jungen haute volée.
Regiſſeur und Direktor — vordem ſo liebenswürdig
zuvorkommend — beobachteten eine auffällig reſervirte
Haltung. Das wenig zahlreiche Publikum blieb heute
kalt und theilnahmslos. Clara hatte die erſten Akte
in voller Begeiſterung geſpielt — dann aber trat unter
all' dieſen Einwirkungen jene Ermattung und Verſtim-
mung ein, die ſich zum Schluß der Vorſtellung in
Thränen auflöſte. Wie lebhaft traten die Worte des
alten Dominicus wieder an dieſem Abend in ihr Gedächtniß. Ihr Mädchen war nicht erſchienen, ſie ab-
zuholen, auch war die Vorſtellung weit früher, als

11 *

man vorausgesetzt hatte, beendigt. Clara entschloß sich
allein zu gehen. Der Weg war nicht weit, die Straßen
noch hell und belebt. An der nächsten Straßenecke be=
merkte sie einen Schwarm junger Leute in lautem Disput.
Ihre Wangen sind vom Wein geröthet, ihr Benehmen
erregt Aufsehen. Es sind die jungen Elegants, die
Exclusiven, die Söhne der höheren Plutokratie, die der
jüngere Ferrand um sich vereinigt hat. Dieser Letztere
trennt sich von der Gruppe, die seinen Schritten mit
großer Spannung folgt. Halblaute Bemerkungen des
Spottes und der Schadenfreude tönen ihm nach. Er
nähert sich Clara. Sein Auge ist gläsern, seine Hände
zittern. Sie erbebt vor diesem Zustand, der von Aus=
schweifung zeugt. Er bringt ihr seinen Arm auf. Sie
lehnt denselben ab. Er wird heftiger, lauter. Kaum
vermag sie ihre Entrüstung noch zu bergen. Jedes
Gefühl von Anstand und Sitte scheint bei dem Roué
im Champagner ersäuft. Seine Zudringlichkeit erreicht
den höchsten Grad. Sie reißt sich los von ihm und
eilt davon. In der eiligen Flucht schnell um die nächste
Straßenecke biegend, dem Verhaßten zu entgehen, wirft
sie sich selbst einem Wagen entgegen, der aus dieser
anderen Straße rasch daherrollt. Schon glaubt sie sich
verloren, sieht die Hufe der Pferde dicht vor sich, liegt
halb ohnmächtig auf dem Straßenpflaster — als ein
junger Mann im entscheidenden Augenblick herzuspringt
und die Rosse mit kräftigem Arm zurückwirft. Er hebt
sodann die Schauspielerin auf — auch Ferrand kommt
heran und ist schamlos genug, noch jetzt seine Beglei=
tung anzubieten. Ihr Retter weist ihn zurück, wie es
dem Elenden gebührt. Ein Wagen ist zum Glück leer,

der eben vorbeifährt, ihr Retter hebt sie hinein — und
entschwindet. In der Dunkelheit hat sie ihn nicht erkannt; doch eine innere Stimme spricht seit jenem Abend
für einen jungen Mann in des Generalconsuls Loge,
als müsse er und kein anderer ihr Retter sein. Warum
er? . . . Sie fragt sich selbst darnach — und weiß
sich selbst keine Antwort zu geben. Erst jetzt aber wird
sie sich klar, daß ihr Blick schon vordem — sie wußte
auch hier nicht warum — bei jedem Triumph just dieses
träumerische, männlich schöne Antlitz suchen mußte, um
in ihm die Bestätigung gleichsam zu lesen von dem ein-
stimmigen Urtheil des enthusiasmirten Publikums. Jetzt
erst weiß sie, daß schon lange dieses glänzende träumerische Auge eine magnetische Anziehungskraft auf sie
ausgeübt. Ihr erster Blick fällt unbewußt auf ihn —
seine Gegenwart ermuthigt und begeistert sie. Aber
jetzt erst dachte sie über diese Zaubermacht jener Blicke
nach . . . Er hatte an jenem Unglücksabend gefehlt!
Jetzt erst fällt dieses böse Omen ihr ein! . . . Jetzt
erst? So denkt sie, sich selber täuschend. Freilich,
vordem gab sie sich von ihren Gefühlen und Stim-
mungen keine genaue Rechenschaft; jetzt hat der Zufall
ein Band um sie und ihn geworfen . . . Sie fühlt sich
gefesselt, sie wartet halb ängstlich, halb freudig auf die
Bestätigung ihrer Ahnung, daß er ihr Retter sei . . .
Dieser Retter erscheint nicht; aber seit jenem Abend
liegt noch Etwas in jenem Auge, daß sie nie zuvor
darin gesehen. Diese träumerischen Augen! Sie meint,
es seien ihre eigenen! Immer und immer stehen sie vor
ihr . . . Endlich trifft sie mit ihm zusammen. Sie
zittert vor freudiger Aufregung, da ihr Auge ihn is

ben golbenen Sälen finbet, zu benen bie gefeierte Schau⸗
spielerin Zutritt gefunben . . . Sie erwartet, baß er
sich ihr nahe — unb boch meibet sie ihn . . . Sie ist
sich selbst zum Räthsel geworben. Enblich erscheint er.
Sein Vater an seiner Seite. Dieser selbst verräth bie
That seines Sohnes. Sie hätte laut aufjubeln können
bei ber Bestätigung ihrer Ahnung unb stanb boch zit⸗
ternb, stumm unb erröthenb ba unb wagte bie Blicke
nicht zu erheben zu biesen sanften Augensternen, bie
jetzt ihr so nah — so ganz nah wie im himmlischen
Glanze entgegenstrahlten. Seine Stimme klang wie
Musik — bas war keine Stimme, wie sie hier neben
ihr unb vor ihr in bem hohen Saale ertönte. Jebes
Wort weckte in ihrem tiefsten Herzen ein leises Echo.
So stanb sie, hörte unb hörte nicht — ihr war es
wie ein Traum. Der Generalconsul ging. Sie blieben
eine Zeit lang allein. Er entschulbigte sich, baß er
nach jenem Vorfall nicht persönlich sich bei ihr eingestellt,
nach ihrem Wohlsein zu fragen, wie es bie Sitte ihm
vorgeschrieben; er fürchte, ihr baburch Zwang angethan zu
haben, ihr, bie jeben Besuch abweise unb in stiller, ach⸗
tungswerther Zurückgezogenheit nur ihrer Kunst lebe . . .
Sie wußte kaum, als sie heim kam, was sonst noch
von ihm unb ihr gesprochen worben sei. Der Morgen
kam, ihr Auge hatte sich nicht geschlossen. Ein frembes,
vorbem nicht gekanntes Etwas hatte Wohnung genom⸗
men in ihrem Herzen. Ein süßes Traumleben begann.
Sie fühlte, wie sich ihr besseres Selbst, bas Tiefinnerste
ihres Seins von ihr trennte unb zu ihm — zu ihm
hinüberflog, ber vor ihr stanb im Wachen unb im
Träumen. Eine Unruhe unb Angst kommt über sie,

tiefe Trauer und stundenlanges Weinen und doch ist
all' diese Qual so süß, wie kaum noch eine Freude
gewesen, die sie in ihrem jungen Leben erfahren. So
vergehen in diesem räthselhaften Zustand manche Tage.
Endlich durcheilt das Gerücht die Stadt von einem
Duell — dessen Anlaß sie selber ist. Der junge Ferrand soll den Sohn des Generalconsuls gefordert haben.
Ueberall ist die Rede von diesem Ehrenhandel. Auch
im Theater finden sich dienstfertige Colporteure dieses
Gerüchtes, und sie sind es, durch welche auch Clara
Kunde davon erhält. Die schrecklichsten Vorstellungen
ängstigen das Mädchen. Die zärtliche Besorgniß für
ihren Lebensretter klärt sie auf über diesen schmerzlich
süßen Trauerzustand der letzten Tage: sie liebt! . . .
Der Geliebte in Gefahr um ihretwillen. Das darf
nicht sein. Sie kennt kein Aeußerstes, ihn zu retten. . .
Sie schreibt ihm, daß sie selbst vermitteln wolle — —
sie weiß nicht, wie oft sie diese Zeilen schrieb und zer-
riß und wieder schrieb. Doch das Billet geht ab. Es
gelangt an ihn, bringt Kunde von einem Ereigniß,
das nur die Fama erfunden. Das Blatt, das er in
den zitternden Händen hält, sagt mehr, unendlich mehr,
als in den wenigen, todten Buchstaben eines Anderen
Auge gelesen. Er aber las mit der Seele. Clara's
Geheimniß, das sie selbst erst entdeckt, ist ihm damit
verrathen. Ihre Seelen strömen zusammen; auch er
fühlt ja längst im Geheimen wie sie! Die Schranke,
welche vordem diese kleine Idylle, in der Clara ihrer
Kunst allein gelebt, von der Welt getrennt, ist nun
eingesunken vor dem Freund ihrer Seele. Er fliegt zu
ihr, ein Blick von ihm und sie ist beruhigt — ein

Händedruck und sie weiß, daß er ebenso glühend fühlt, was sie sich kaum zu gestehen wagt. Er kommt wieder und wieder. Wozu noch ein Geständniß in Worten? Doch auch dieses erfolgt in einer trauten Stunde, da keines von ihnen den unerwarteten Laufcher unter dem Weidengebüsch am Gartenufer entdeckte. Sie sagen es sich hundert, tausend Mal, daß sie sich lieben. Man sagt sich's ja so gern, und immer klingt's uns neu!...

Es folgten unvergeßliche Tage. Sie flogen dahin wie kurze Stunden eines Sommertages. Das träumerische, weiche, ideale Wesen des Geliebten, dem ihrigen so nahe verwandt, ließ nicht die geringste Disharmonie in diese süße Harmoniewelt der liebenden Herzen treten. Jetzt, da sich Beide gefunden, fühlten sie, daß sie sich finden mußten. Sie waren für einander bestimmt, das sagte jeder Pulsschlag, jeder Athemzug. Wenn Plato's dichterische Anschauung von der Vereinigung liebender Seelen von Anbeginn an jemals eintraf, so war es bei ihnen. Schienen sie doch nur darum getrennt und einzeln in dies Erdenleben entlassen, um hier das Fest der Vereinigung noch einmal zu feiern.

Nur eine Sorge traf allmälig Clara's Herz. Sie dachte an Gustav's Vater.

Im ersten Zuströmen der Seele, bei'm ersten Aufjauchzen der Vereinigung lebt die Liebe nur sich selbst; nur der Gegenwart. Die Brücken, die in jedem Menschenleben zu Vergangenheit und Zukunft hinüber führen, scheinen abgebrochen. Doch dieser erste süße Freudenrausch hat wie jede Empfindung ihre Grenze. Die Vernunft tritt allgemach in ihre Rechte, nachdem das Gefühl sich völlig Genüge gethan in jener — wie der

alte Dichter sagt: lieblichen Raserei. So sehr auch
noch die Herzen glühen, so sehr die Seele in ihren
süßen Träumereien sich unwillig gestört sieht durch jene
ruhige besonnene Stimme — so erschallt sie dennoch.
Eine Liebe wie die Gustav's, war kein flüchtiger Rausch;
kein augenblickliches Entzücken, das schnell auflodert
und schnell erlischt. Bei ihm fürchtete Clara keine
Gränzen der Liebe. Aber die Macht der Verhältnisse,
der Wille des Vaters konnte ihm dieselben setzen. So
wenig diese reine, unschuldsvolle Herzensliebe, die aber
nur dem unwiderstehlichen, höheren ja göttlichen Antrieb
folgte, es aussprach; daß sie auf eine ewige Dauer,
ja auf Besitz des geliebten Gegenstandes hoffe und
zähle, so wenig war dieser Gedanke ihr dennoch ein
ganz fremder, fernliegender. Dieser Wunsch drückt
einer solchen Liebe keineswegs den Stempel der Sinn-
lichkeit auf, wie wohl etliche bigotte Rigoristen behaupten.
Die wahre Liebe will, ja sie muß besitzen. Sie gibt
sich selbst und ihr Alles nur zu eigen für Alles. Gustav
selbst war es, der zuerst der Geliebten davon sprach.
Er stellte ihr die Einwilligung des Vaters mit über-
strömender Beredsamkeit als wohl erreichbar dar! Ach,
der Mensch glaubt ja stets so gerne, was er wünscht.
Gustav täuschte sich anfangs selbst. Er hoffte Schritt
für Schritt dem Vater mit dem zarten Geheimniß seines
Herzens näher zu rücken. Er schilderte den Charakter
des Vaters der Geliebten mit solchen Farben, daß auch
sie ihm und seinen stillen Hoffnungen Glauben schenkte.
Erfreute sie sich doch in besonderer Weise der Gunst
des alten Herrn, der sie in allen Salons mit einem
fast väterlichen Wohlwollen behandelte. Je länger Gu-

ftav fein Geheimniß in ſich verſchloß, deſto ängſtlicher
und beſorgter wurde er in ſeinen Hoffnungen auf Einwilligung des Vaters. Kannte er doch von Jugend
auf dieſen ſtrengen, unbeugſamen Character, ahnte er
doch bereits, daß der ehrgeizige Handelsherr ſo ganz
andere Speculationen mit der Hand ſeines einzigen
Erben mit ſich trage! Er verhehlte dieſe Beſorgniſſe
der Geliebten. Er konnte es nicht über ſich gewinnen,
durch die in ihm aufſteigenden Zweifel und Bedenken die
glückſeligen Träume der Geliebten zu ſtören. Was
anfänglich liebende Beſorgniß und zärtliche Rückſicht
geweſen, warb, da er dieſe abſichtliche Täuſchung fort-
ſetzte, zu einer Schuld, die ſein Gewiſſen drückte. Wie
oft hatte er in ihrer Nähe den Entſchluß gefaßt, ſich
dem Vater zu Füßen zu werfen und ihm Alles zu
entdecken. Wie ſuchte er ſich in ſolchen Augenblicken
all' die edlen Charakterzüge des Vaters zur Ermuthi-
gung zuſammenzuſtellen, die ihm oft gezeigt, daß auch
er einen fremden Willen gelten ließ, und nicht immer
mit ſtrenger Hand Alles niederdrückte, was vielleicht
wider ſeinen Willen ſich in ſeiner Nähe geregt. Dennoch hatte er es wieder und wieder unterlaſſen. Jeder
Aufſchub vermehrte die Schwierigkeit des Vorhabens,
ſei es auch nur in ſeiner Vorſtellung, die ſich das oft
Vorgeſetzte und nie Gewagte natürlich immer unmög-
licher dachte.

Den Liebenden war es mit ihrem Geheimniß gegangen, wie es oftmals den Liebenden ergeht. Amor's
Binde liegt vor ihren Augen, ſich ſelbſt ſehen ſie trotz
dieſer — weiter nichts. Sie ſchwimmen auf ihrer
Kalypſo-Inſel durch die weite, offene See und meinen,

keines der unzähligen Schiffe, die auf dem Lebensocean
gleiche Bahnen verfolgen, habe Acht auf sie. Da sie
endlich inne werden dieser Täuschung, gibt's bei ihnen
ein Staunen und Verwundern ohne Ende! Sie glaubten
sich in ihrem Eden eingeschlossen von berghohen Mauern
und müßen sich wohl verwundern, daß jeder Vorüber-
gehende so leicht in ihr stilles Paradies geschaut hat.

Gustav, der schon seines Berufes wegen, auf
deßen strenge Erfüllung der Vater so rücksichtslos hielt,
im steten Verkehr mit der Welt bleiben mußte, war es
in Folge deßen auch, der zuerst erfuhr, daß das Geheimniß seiner Liebe ein stadtkundiges sei.

Er glaubte seit einiger Zeit zu bemerken, daß auch
der Vater darum wußte — oder war es nur sein böses
Gewissen, welches ihm ein so seltsam verändertes Wesen
erdichtete? Auch diese Entdeckung verschwieg er aus
zärtlicher Rücksicht der Geliebten, deren Gemüth durch
trübe Jugendschicksale und durch die einsame Frauen-
erziehung sich ganz besonders zu finsterer Melancholie
neigte.

Er ging, mit dem festen Entschluß, sich dem Vater zu
entdecken. Er kehrte zurück, ohne diesen Vorsatz ausgeführt
zu haben. Sein übervolles Herz war eingeschüchtert durch
die finstere, strenge Miene des alten Herrn. Er machte
sich Vorwürfe ob seiner unmännlichen Schwäche. Dennoch konnte er sie nicht besiegen. Er kam zurück, um
sich in der Nähe der Geliebten auf's Neue in dem Entschluß zu bestärken. Ein Hinderniß, das der Zufall
dieses Mal ihm in den Weg geworfen, entschuldigte
ihn halbwegs vor sich selber, und doch grollte er mit
sich, als er entdeckte, daß seiner Zaghaftigkeit dieser

Aufschub nicht unwillkommen gewesen. Die Abhängigkeit, in der ihn der Vater bis dahin gehalten, dessen
Willen stets fast sclavisch zu erfüllen er von jeher gewohnt war, machte diese Zaghaftigkeit und Schwäche
erklärlich, obschon sie dieselbe nicht entschuldigte. Gustav's weicher, träumerischer Sinn genügte sich gern
mit der Ueberzeugung, daß er den rechten Weg nie
verfehlen werde, wenn er dem Willen des Vaters folgte.
Das Thun und Lassen besselben erschien ihm von Jugend auf als unfehlbare Richtschnur und es erzeugte in
ihm einen harten Conflikt zu sehen: wie hier zum ersten
Male sich seine Anschauungen und Wege von denen
des über Alles geliebten und verehrten Vaters trennten.
Dem Vorbild, das ihm von Jugend an vorgeschwebt,
entgegenzutreten, entgegen zu handeln, ja zu wollen
und wünschen nur, war für den edlen Jüngling ein
peinigender Gedanke.

Er sprach zu Clara von einer Reise, die das Geschäft bringend fordere. Sein Vater gab ihm durch
diesen Auftrag ein besonderes Zeichen seines Vertrauens.
So hatte er selbst gesagt, da es sich um einen wichtigen und verwickelten Fall handele, den nur ein um-
sichtiger Geschäftsmann zum Nutzen der Firma ent-
wirren könne. Clara jubelte über diese Auszeichnung.
Sie sah darin ein Entgegenkommen des Vaters, ein
vielbedeutendes Zeichen seiner Liebe. In ihrer arglosen,
naiven Freude, gab sie diesen Gedanken Worte. Gustav
blieb stumm, einsilbig und traurig. Seit er ahnte, daß
der Vater um sein Geheimniß wisse, war ein leichter
Argwohn in ihm erwacht, der durch diese plötzliche
Entfernung von der Geliebten zuerst eine Nahrung er-

hielt. Der Vater hatte seinen kaufmännischen Fähigkeiten niemals ein Lob ertheilt. War der Zweck der
Reise wirklich so wichtig, wie Jener angab, so schien
es fast verdächtig, daß er dem Sohne diese Commission
zuwies, der von Jugend auf mehr bei den Dichter-
werken seiner Nation als in den Hauptbüchern der
Firma zu Hause war.

Clara neckte den Freund über diese auffallende
Schwermuth. Er suchte sie zu entschulbigen, um die
arglose Heiterkeit der Geliebten nicht zu stören. Es
gelang ihm durch den alten Zwiespalt, den angeborene
Neigung und aufgezwungener Beruf in ihm von Jugend
auf erregt.

„Du thust Unrecht, mein Freund", antwortete
sie auf die oft gehörte Klage des Geliebten. Fürchte
die Strafe der Muse! Gibt es wohl eine schönere,
glücklichere Vermählung unserer seelischen Kräfte als die
der dichterischen Phantasie mit dem praktischen Ver-
stande eines Geschäftsmannes? Ist ihm nicht die Muse
eine Vertraute, eine Geliebte, die jede Sorgenfalte
seiner Stirne glättet, wenn er nach geendigter Tages-
arbeit mit sich selbst leben darf? . . .

„Eine glückliche Vermählung?" entgegnete er. „Ja,
wenn er's der stillen Vertrauten wehren könnte, daß
sie ihm nachfolge auf den lauten Markt des Lebens,
daß sie nicht selbst da seine Meisterin werde, wo der
nüchterne, prosaische Verstand allein von ihm gefordert
wird. Wenn er wirken und schaffen soll im thätigen
Leben, so muß er jene Freundin zurücklassen in der
stillen Kammer, wo er zu Zeiten ihr ganz angehören
dürfte! . . . Doch wenn ihm das auch wirklich gelänge:

wird bei allzulanger Trennung nicht sein Herz allzu
sehr erkalten? Entweder verzehrt ihn die Sehnsucht —
oder er verliert sich an diese hohle, elende, materielle
Welt mit ihren prosaischen Interessen und Pflichten
gänzlich. Wann geschah es, daß Merkur und die Muse
von Hymen verbunden wurden in einem Erdensohn? Er
kann nur einem Gotte dienen. Das alte Bibelwort
hat nur zu recht! . . .

Gustav schied früher, als er sonst pflegte. Und
doch war's dieses Mal ein Abschied auf mehrere Tage,
vielleicht auf Wochen. Nur mit Mühe erzwang er beim
letzten Lebewohl eine Heiterkeit, die er nie so schwer
vielleicht erlogen — wenn anders das je geschehen
war — als eben jetzt. Ihm war's, als nähme er
Abschied auf ewig! Fast gewaltsam riß er sich los, da
sie ihm das letzte Lebewohl sagte, denn er fühlte, wie
ihm die Thränen in die Augen traten. Befremdet
blickte ihm Clara nach. Wohl kannte sie die weiche
Seele des Freundes, dennoch fiel ihr diese ganz unge-
wöhnlich tiefe Rührung auf. War's doch nur ein Abschied auf wenige Tage. Leicht und sorglos blickte sie
denselben entgegen. Das Bild des Freundes tröstete
sie in der Einsamkeit — durfte sie indeß nicht auch
von ihm dasselbe erwarten? Und trug er nicht das ihre
ebenso tief im Herzen? Fühlte sie doch, wie sich bei
dieser Trennung gleichsam ein Stück losriß aus ihrer
Seele, das mit ihm fortflog in die Ferne.

Freude wie Trübsinn übertragen sich leicht bei
verwandten Seelen und liebenden Herzen. Des Freundes geheimnißvoller Kummer zwang sie zu trüben Re-
flerionen. Und doch — wollte sie nicht heiter und

ruhig sein fortan? Hatte sie es ihm nicht gelobt? . . .
Heiter und ruhig — und allein! Wohl waren es jetzt
nicht die düsteren Rückerinnerungen der Jugend, die
diese Ruhe raubten — aber des Geliebten stilles Leid,
das er ihr verhehlt, that ihr gar so weh. Hätte sie
es doch so gern gemeinsam mit ihm getragen, ihn so
gern getröstet. Hatte sie kein Anrecht auf sein volles
Vertrauen? Wahre Liebe ist eifersüchtig auch auf jeden
Kummer, den man ihr unterschlägt, um ihn allein zu
tragen. — Doch fort, fort mit diesen Mißtönen, fort
mit dieser stillen Anklage wider den fernen Geliebten.
Gab es nicht noch eine liebende Trösterin für die Einsame, die vordem ihr Alles gewesen? Sollte die Zaubergewalt der Muse über ihr Herz gewichen sein, da
Amor eingezogen? Jetzt galt es die ernste Probe zu
machen! Und wann war sie anderseits des edlen Freundes würdiger, als wenn ihre Seele mit dem Wahren
und Schönen sich beschäftigte?!

Welches liebende Mädchenherz hätte nicht einmal
in stiller Einsamkeit ihre Phantasie sich weiden lassen
an der heiligschönen Stunde, da der dunkelgrüne Myr-
thenkranz die jungfräulichen Locken zieren würde? . . .
Und wenn sie gekommen, diese Stunde, galt es da
nicht Abschied zu nehmen von ihrer geliebten Kunst,
die eben jetzt an der Einsamen ihre hohe, ihre göttliche
Allmacht bewiesen? . . . . Zum ersten Mal trat vielleicht eben jetzt dieser Gedanke klar und bestimmt in
ihre Seele. — Gustav hatte es absichtlich vermieden,
auch nur die zarteste Andeutung darüber zu machen,
und doch mußte er wissen, wie ohne diese Bedingung
an eine Einwilligung des Generalconsuls nicht zu denken

fei. So fehr fein Vater die Kunst und ihre Priester auch
fchätzte, er dachte jedenfalls viel zu ariftofratifch, als
daß er der Schwiegertochter feines einzigen Sohnes erlaubt hätte, fich auf öffentlicher Bühne von jeder
Dienftmagd, jedem Knecht ein Urtheil fprechen zu laffen.
Daß Clara der Bühne entfagen müffe, wollte fie feine
Gattin werden, ftand feft bei ihm. Er ließ den Gedanken, der tief im Hintergrunde feiner Seele fchlum-
merte, nicht auffommen. Er war zu verlockend — aber
unmöglich! Unmöglich, fo lange der Generalconful lebte.
Guftav war ein zu edler, braver, treuer Sohn, als
daß er fich Hoffnungen geftattet hätte, die fich auf den
Tod feines Vaters gründeten! — —

Zum erften Male trat jetzt diefer ernfte Conflift
an die junge Schaufpielerin heran. Mußte fie es für
Raub an dem Geliebten halten, daß fie neben ihrer
Liebe zu ihm auch der Liebe zur Kunft noch ein Plätz-
chen in ihrem Herzen einräumte? Sie fühlte da brinnen
keinen Streit entftehen, Eins verdrängte das Andere
nicht! Der zärtliche Blick, den fie der Mufe fchenkte —
war er ein Treubruch an dem Geliebten? Sie follte
fich ihm ganz zu eigen geben, fich ihm ganz zugeloben,
nur für ihn und in ihm leben! Vertrug fich diefer
heilige Eidfchwur mit jener ftillen Liebe zur Mufe, die
ihr vordem Alles gewefen? An die Stelle diefes: Alles —
war jetzt ein neues, ihr früher unbekanntes Etwas getreten. Und füllte diefes füße, räthfelhafte, wonnige
Etwas nicht ebenfalls die ganze Seele aus? — —
Dennoch aber war Raum für die Mufe? — Die Fülle
diefes innern Reichthums war fo groß, daß fie glaubte,
kein armes Menfchenherz verdiene folche Ueberfälle des

Glückes . . . Aber da sie ihn nun in sich trug, da beide neben einander bestehen konnten und dadurch ihre innere Verwandtschaft, den gemeinsamen Urquell bekundeten, aus dem herab die Liebe zur Kunst wie die Liebe zu dem Freunde in ihr Herz sich ergoßen — warum denn jener entsagen? Traf es vielleicht auch bei ihr jetzt zu, was Gustav von sich selbst und seinem getheilten, zwiespaltigen Streben geäußert: man kann nicht zweien Göttern dienen?

Lebhafter denn je stand jetzt des Abwesenden Bild vor ihren geistigen Augen. Sie hielt Zwiesprache mit ihm, der so gegenwärtig vor ihr stand. Alle ihre innersten Gedanken schüttete sie vor diesem Bilde aus.

„Und wenn Du es forderst — fordern mußt, mein theurer Freund", flüsterte sie leise, „daß ich jener erhabenen Freundin entsage, die mich von Jugend auf begeistert und beseelt — welches Opfer brächte ich Dir nicht willig dar und sei es das größte!" . . .

Das Abendroth glühte wie mit Feuerschein durch die geöffneten Glasthüren des kleinen Balkons. Purpurwolken spiegelten sich in dem breiten Flußbett. Ein bläulicher Duft lag auf den Wäldern und Höhen gegen Osten.

Es zog sie hinaus in diese würzige, warme Abendluft. Stromabwärts glitten die breiten Segel und mit ihnen flogen die rosigen Abendwolken am tiefblauen Himmel dahin. Scharf und klar gränzten sich alle Linien selbst bei den entferntesten Gegenständen in dieser krystallhellen Luft ab. Ein Dampfschiff brauste die Wasserbahn hinab. Hochaufrecht stieg die schwarze Rauchsäule des Schornsteins, wie die Brust eines kühnen Renners theilte der Kiel des Schiffes die goldgrünen Wellen, deren zerrissene Kämme Silberschaum kränzte. Eine tiefe Wasserfurche zog sich dem Schiffe nach, zu beiden Seiten thürmten sich die getheilten Wogen. Das war das Schiff, das den Freund trug. Sie wußte Zeit und Stunde seiner Abfahrt. Winkend und grüßend mit dem blauen Shwal, der ihren weißen Hals umhüllte, trat sie hinaus auf den Altan, als müßte er sie sehen aus der weiten Ferne und ihr Lebewohl erwiedern!

Schiff und Rauchsäule verschwanden. Die Purpurwolken erblaßten in braungraue Tinten. Schweigen herrschte ringsumher, als sei es Sabbath in dieser abendlich stillen Welt, über die bereits mit den wechselnden Schatten der Nacht die Traumgötter hinschwebten!

Da horch — ein Lied erklingt im Wiesengrund. Es klingt so trüb, so weich ... Wie seltsam ergreift es das Herz des träumerisch in die Weite schauenden Mädchens ... Immer näher und näher kommt der Gesang. Das ist nicht die Sprache dieses herrlichen Rheinlandes ... Es ist eine Weise in der Heimatsprache des Mädchens ... Eine Männergestalt taucht auf unter den breitästigen Weiden, die sich von dem kleinen Mühlbache durch den Wiesengrund abwärts ziehen. Noch ist die Gestalt zu fern. Sie sieht nur dunkle Umrisse derselben in dem aufsteigenden Nebel des wasserreichen Tieflandes ... Jetzt werden die Worte vernehmlicher.

„Sur ce chemin, pauvre belle égarée
„Qui t'a jeteć, ou t'oublié dis — moi?"

Sie beugt sich herab über die Brüstung des Altans, ihre Hand sucht das rankende Blätterwerk und die blauen, dichtwuchernden Glockenblumen zu entfernen, die ihr die Aussicht rauben. Wie mächtig zieht das all= bekannte Lied sie an — das Lied der Mutter! Wer ist's, der hier es singt in weiter Ferne? . . .

Und wieder klingts:

„Petite fleur, faite pour être aimée
„Qui t'a cueillie et ne veut plus de toi?"

Dicht unter dem Balkon ertönt die Weise jetzt — — den Sänger deckt das Gebüsch und die wachsende Däm= merung . . .

Noch einmal wiederholen sich die Worte, doch schon aus der Ferne, dann ersterben sie gänzlich . . . Ihr ist's wie ein Gruß aus alten, alten Zeiten!

X.

„Und auch Ihr verabschiedet? Das ist unverant= wortlich. Kommt, mein braver Johann, stoßt mit mir an; ein pereat dem jungen Herrn Ferrand!" . . .

„Es ist noch nicht aller Tage Abend, Herr Salo= mon und der Krug geht so lange zum Wasser, bis er bricht! Es wird dem jungen Herrn noch einmal Alles vergolten werden."

„Sacre dieu, das wird's, oder es gibt da droben keine Gerechtigkeit mehr!"

„Ich will mich nicht selbst rühmen aber — Herr Salomon — zwanzig Jahr im Dienst und auf'm Posten und kein Malheur mit all' meinen Pferden und nichts, nichts sonst — und doch weggejagt!"

12*

Der Kutscher schlug mit der Faust auf den Tisch, daß die Gläser zusammenklirrten.

„Es muß jeden Ehrenmann empören. Aber ein Mann wie Ihr ist nicht verloren. Die Herrschaften, die Equipage haben, werden sich ja um solchen Kutscher reißen. Mir that's immer in der Seele wohl, wenn ich Euch so dahersprengen sah mit den vier Braunen. Alle Wetter faßten die Terrain! Man sah es den Thieren an, wie gut Ihr sie gezogen. Ohne Peitschenschlag, ohne Zuruf, kaum die Zügel bewegt und doch ging's wie auf Commando bei den Kunstreitern. Paß, seid nicht närrisch! Wenn ein Mann wie Ihr den Kopf verlieren wollte, wer sollt' ihn denn noch aufrecht tragen. Angestoßen! Das ist der beste Sorgenbrecher und einem braven Kerle wie Euch zu lieb, zahl' ich gern noch eine Flasche!" . . .

Der Kutscher trank bedächtig sein Gläschen leer und wischte sich schmunzelnd den schwarzgewichsten Schnurbart, der auch sein Theilchen mitgetrunken.

„S'ist doch wahr, was der Herr Schulmeister so oft zu uns gesagt, da ich noch so 'n Knirps war: — Den Seinen gibt er's schlafend! — Hätt' ich mir's doch meiner Sir nicht träumen lassen, daß ich abgedankter Kutscher, ich Hungerleider auf ein Mal so einen braven, treuen Cumpan finden sollt' als Euch, Herr Salomon! — Hab' mein Lebtag was auf meine Reputation gehalten — das könnt Ihr glauben. S'ist kein Schimpf, mit dem Johann ein Glas zu trinken. Doch es freut mich — freut mich, meiner Sir! . . . Meine Lisbeth ist auch immer froh, wenn Ihr einsprecht bei uns. Was sitzst du daheim und fängst

Grillen, sagt sie, geh mit dem Herrn Salomon — das ist ein wackerer Mann, der Dir schon den Kopf zurecht setzt."

„Ein braves Weib, Eure Lisbeth, das muß wahr sein. Sie lebe!"

„Ja sie soll leben! Bin nun an die fünfundzwanzig Jahr mit ihr in der Eh'." . . .

Der Souffleur rückte mit seinem Stuhl näher heran und legte vertraulich die Hand auf die breiten Schultern des Kutschers. Ein schneller Blick in das vordere Gastzimmer der Vorstadtkneipe, in welchem Beide poculirten, überzeugte ihn, daß sie hier völlig ungestört wären.

„Und auch der Buchhalter Wenzel", flüsterte er dem Nachbar zu, „ist abgelohnt und fort?"

„So ist's. Na — an dem verlor der Herr Ferrand nicht viel." . . .

„Ich meine doch, der alte Herr hielt große Stücke auf ihn?"

„Hm, hm, das ist so 'n eigen Ding. Man sollt den Todten nichts Böses nachreden — aber ich mein immer, was der selige Herr mit dem Burschen zusammenhatte, war nicht recht sauber. „Oft saßen sie Stunden lang bei verschlossenen Thüren und dann durfte keine Menschenseele sie stören. Ich kam auch einmal so von ungefähr an die Thür und wollt' dem sel'gen Herrn melden, daß das neue Reitpferd eingestellt sei (ein Prachtstück von einem Schimmel, wie's keinen in D. gab und auf den der Herr lang' schon brannte, ehe der Roßkamm ihm das Thier für achtzig Goldfüchse überließ), aber ich mußte mit langer Nase ab-

ziehen und der Herr machte mir acht Tage ein böf'
Gesicht wegen der Störung. Und es war doch wegen
des Schimmels!!.. Ja und heimliche Reisen mußt
er machen oft auf Wochen. Das Gesind' flüsterte viel.
Na, ich war mit dem Volk niemals recht gut und
hörte auf das Geschnack nicht viel. Wer weiß, wie
das Alles zusammenhing"...

„Aber warum entließ ihn denn der Herr plötzlich?"

„Er hat, so viel ich weiß, selbst um Entlassung
gebeten und die Beiden haben sich eine halbe Stunde
herumgestritten. Zuerst schien's als wollte der junge
Herr den verschmitzten Kerl nicht fortlassen, als
hätt' er Lust, dieselbe heimliche Geschichte mit ihm
fortzuspielen wie der Selige — aber der Wenzel hat doch
wohl nicht gewollt. Der Teufel werde aus dem Krimskrams klug. Kurz und gut, er ist mit Schimpf und
Schande abgefahren. Mocht' den Kerl von allem Anfang nicht. Kennt Ihr das Buch vom Ritter Udo auf
der Schreckensburg? Meiner Sir ein treffliches Buch.
Ich hab' oft darin gelesen in meiner Stallkammer.
Da kommt auch so ein abgefeimter Kerl vor und just
so mußt' der ausgesehen haben wie der Wenzel — nur
hatt' er einen anderen Namen! Das Buch hat meinen
Widerwillen gegen den rothborstigen Kerl noch bestärkt."

„Und wohin mag dieser Wenzel gegangen sein?"

„Meiner Sir, da fragt Ihr mich zu viel. Hab'
mich ja nie um ihn bekümmert. Aber unsere Köchin
(eine Milchschwester zu meiner Frau) hat mir gesagt,
er sei Knall und Fall abgereist und hätt's auch wohl
nöthig gehabt, denn der Polizist Merant hab' ihrem
Vetter gesagt, der Kammerdiener bei'm österreichischen

Generalconsul ist, er stände oben im Rathhaus bei den Herren gar übel angeschrieben. Und vom Herrn Generalconsul von Reinert sogar ist was im Werke gewesen gegen ihn. Weiß aber nicht was und die Köchin, das Gretchen Eley wußt' es auch nicht, aber ihr Schwesterkind war Lehrbursche bei dem Generalconsul und ist ihm durchgegangen mit einigen Hunderten und der soll' auch da mit zwischenstecken."

„Dieser Eley mit dem Wenzel?"

„Ja, so sagt das Gretchen wenigstens. Das arme Mädchen weint sich fast die Augen aus über die Schand' von dem sauberen Neffen, dem sie Steckbriefe nachgeschickt haben."

„Der ehrvergeß'ne Bub, der seine ganze ehrbare Familie in's Unglück bringt! Pfui doch! Und hat man ihn noch nicht erwischt?" . .

„Weiß nicht. Hab's arme Gretchen lang nicht gesprochen. Sie ist noch bei'm Herrn Ferrand in Diensten, die einzige von uns Allen. Freilich, 'ne perfekte Köchin ist sie, und das ist's, was in dem Trauerhause die Hauptsache ist! Denn da geht's jetzt so hoch her, als sei jeden Tag Hochzeit! Eine Schande ist's! . . . Doch was kümmert Euch der Eley!" . .

„Hm — mir ist's nur, weil, wegen des Generalconsuls! Einen solchen braven Herrn zu bestehlen!"

„Ja das ist richtig. Da ist's, so zu sagen, doppelt schändlich! Ein grundguter Herr der Herr Generalconsul! Was hat er nicht Alles an diesem Buben, dem Eley, gethan? Und was thut er sonst nicht Alles für die Stadt, für die Armen! Könnt' ich doch zu dem in den Dienst!" . . .

„Wollt's Euch wünschen! Die ganze Stadt ist ja voll seines Lobes! Doch sagt mir, wie ist's denn mit dem alten Doktor Schwönkenhagen, der bei Eurem seligen Herrn so manch' liebes Jahr das Gnadenbrod gegessen! Ist der auch fortgeschickt?" . . .

„Der noch nicht! Nein, der ist noch da. Aber er hat auch sein bitteres Herzeleid über die tolle Wirthschaft . . . Er lebt ja nur unter dem alten Gerümpel und den Bildern im Hinterflügel. Das war sonst der stillste Ort im ganzen Hause. Man hatte so eine gewisse Scheu davor. In letzterer Zeit zumal. Da wurden alle Zimmer verschlossen und nur der selige Herr ging aus und ein. Manchmal auch der Doktor. Man sagte, ein Diebstahl wäre versucht worden, aber nicht geglückt und darum hätte der selige Herr Alles so fest verbarrikadiren lassen." . . .

„Hm — ich hab' schon so viel in der Stadt reden hören von all' diesen Herrlichkeiten. Muß doch was Schönes drum sein, um alle diese Bilder. Möcht's doch einmal sehen."

„Ja, wenn's schöne Marienbilder wären — aber der heidnische Unsinn da ist nicht der Rede werth. Viele halbnackte Frauenzimmer, es wird Einem, ich weiß nicht wie, wenn man's ansieht! Und dann das alte Steinwerk — da ist erst recht nichts dran! Das Einzige sind noch die alten Porzellantassen und die Leuchter und Schaalen — das wär so was für den Hausstand, um es Sonntags aufzusetzen . . . Ich hab' die Sachen mehr als einmal gesehen, wenn ich dem alten Doktor helfen mußte, das und jenes anzufassen, um's anders aufzustellen und aufzuhängen. Lachen mußt' ich über

ben alten Patron, der jedes Ding von dem bunten
Krimskrams anfaßte, als sei es von Eierschaale. Da
warb er fuchswild und schalt mich in seiner fremden,
gelehrten Sprache und da ich nicht aufhörte zu lachen,
jagte er mich davon und hat hernach zum Herrn gesagt: der Johann ist ein pecum — das habe ich ganz
gut behalten. Pecum hat er gesagt. Hahaha!" . . .

„Möcht's doch einmal sehen bei alledem. Just so
altes Geräth hat mich immer interessirt. Man denkt
sich doch so allerlei dabei. Wie schad, daß ich Euch nicht
früher kennen lernte. Vielleicht wär's dann möglich
gewesen, all' die Heimlichkeit einmal in Augenschein
zu nehmen." . . .

„Freilich, freilich! Aber jetzt ist's nicht mehr möglich, Herr Salomon. Ich setz' keinen Fuß mehr in das
Haus. Zudem sind die Stuben da unten auch schon
ziemlich leer. Der alte Doktor Schwönkenhagen soll
darüber Zeter schreien. Die Bildersammlung in den
beiden ersten Sälen ist an einen Fremden verkauft,
der von Wien extra darum hergekommen ist. Was
die Menschen nur an diesen bunten Leinwandstreifen
haben! So ein Pferd seh' ich doch weit lieber lebendig
und die Landschaften — na man braucht ja nur drüben
auf die Berge zu klettern, da hat man's ja aus der
ersten Hand, und viel schöner. Na und die nackten
Puppen — das ist erst recht mein Gusto nicht! . . .
Auch unter den anderen Scharteken ist aufgeräumt.
Der junge Herr Ferrand schleudert Alles so weg. Gefällt einem seiner guten Freunde so 'ne alte Vase, gleich
gibt er sie hin. Da war sein Vater selig ganz anders . . . Ja und neulich, da hat er sogar der hübschen

Comödiantin — na Ihr wißt's wohl, von der sie
jetzt so viel Wesen machen in der Stadt — ja der
hat er einen altmodischen Schreibtisch und eine chinesische Vase — — Aber was ist Euch. Warum ver-
schüttet Ihr den schönen Wein und seht so blaß?"...

„Nichts — nichts. Ich bekam — so plötzlich —
einen Krampf im linken Oberarm. Erzählt nur weiter.
Ich bin ganz Ohr. Es ist schon vorüber."...

„Ja, das also hat er der Comödiantin geschenkt.
Was die mit den Scharteken wohl anfangen soll?
Goldne Uhren und Armbänder wären ihr gewiß lieber
gewesen. Sie hat's denn auch zurückgeschickt."

„Zurückgeschickt?"...

„Freilich! O diese Comödiantinen sind auch nicht so
dumm. Aber der Herr Ferrand wollte nun einmal seinen
Willen haben. Er schickte die Sachen mir nichts dir nichts
zurück und sagte: es käme ja gar nicht von ihm, sondern ein Fremder hätt's ihm abgekauft. Den Namen
wisse er nicht. So wanderten denn Tisch und Vase
wieder zurück zu der Comödiantin. Ist wirklich was
dran, so wird sie es jetzt wohl zu Gelde machen."

„Das sind ja kuriose Geschichten. Und Ihr wißt
das gewiß?"

„Ganz gewiß! Es ist ein Spaß zum Lachen, meiner Sir. Doch für heut: gute Nacht. Es wird schon
dunkel. Ich muß heim."

„Ich geb' Euch das Geleit."

Er zahlte den Wein. Dann brachen Beide auf.
Der Souffleur war auffallend still und schweigsam geworden, indeß der Kutscher durch den Wein sich ungemein zum Plaudern aufgelegt fühlte und so die ganze

Unterhaltung auf sich allein nahm. Die einsilbigen Ant=
worten Salomons schienen dem Aufgeregten nicht auf=
fällig; er gehörte zu den Menschen, die sich selbst am
liebsten sprechen hören.

Vor der Wohnung des Kutschers nahm Salomon
mit dem Versprechen Abschied, ihn morgen wieder auf=
zusuchen.

„Noch Eins", sagte er, da der Kutscher ihm die
schwielige Hand reichte, „ich hab' da im Geplauder mit
Euch eine Abendprobe versäumt. Mein Direktor ist
ein komischer Kauz. Er meint ich liebe es über den
Durst — na, Ihr versteht mich und wißt, daß nichts
dran ist. Nun hat er gedroht, mich zu entlassen, wenn
sich's heraus stellen sollte, daß ich während irgend
einer Probe im Wirthshaus gesessen . . . . Mir könnt's
heut' also bös' bekommen, weil' ich mit Euch" — —

„Alle Wetter, das ist mir leid."

„Ihr könnt' mir leicht aushelfen. Eine Nothlüge
ist wohl zu verzeihen für einen Freund, denk' ich . . .
Falls es nöthig ist, darf ich mich also wohl auf Euch
berufen, daß ich den ganzen Abend bei Euch war —
vielleicht auch die Nacht bei Euch schlief, da mein
Heimweg weit, und wir uns bei'm Plaudern tief in
die Nachtzeit hinein munter gehalten."

Der arglose Kutscher gab Wort und Handschlag,
dieses, an und für sich doch auffällige Begehren des
Freundes zu erfüllen. Dann schieden sie.

Salomon eilte die kleinen Straßen der Vorstadt
entlang. Athemlos langte er nach einer halben Stunde
vor einem baufälligen Hause an, welches abseit von
der Häuserreihe mitten auf einem öden Felde lag.

Dort war das Domicil des Souffleurs. Er verweilte nicht lange da drinnen. Was er suchte, mußte nicht im Dunkeln zu finden gewesen sein, denn als er zurückkehrte, erhellte ein Lichtschein das Parterrezimmer. Er schloß die Holzläden und kehrte in's Innere der Baracke zurück. Nachdem er hinter sich die Hausthüre verschlossen: tappte er über die dunkle, kleine Flur nach der Küche. Er öffnete möglichst geräuschlos das Fenster, schwang sich hinaus und drückte es sachte wieder in die Holzrahmen. Das Licht im Vorderstübchen brannte fort. Auf einem weiten Umweg umging er nun die weitläufige Vorstadt. Erst als er die eigentliche Stadt erreicht hatte, wurden seine Schritte langsamer. Eine dunkle Röthe bedeckte sein Gesicht, Schweißtropfen perlten auf der hohen Stirn. Dicht an den Häuserreihen schlich er entlang. Jedem Begegnenden wich er aus, als fürchte er, es könne Jeder in seinen Mienen das finstere Vorhaben lesen, das jetzt seine Seele erfüllte. Oft wieder schien er, ganz abwesend, sich mitten in das Menschengewühl zu begeben, leise Worte vor sich hinmurmelnd, bis er plötzlich wieder furchtsam zusammenschauderte bei der Entdeckung, daß ein also befremdliches Wesen erst recht die Aufmerksamkeit der Vorübergehenden auf ihn lenken müsse, der er entgehen wollte.

So kam er endlich in die Nähe des Theaters. Er kletterte mühsam und keuchend die hohe Freitreppe an der vorderen Façade empor und las den Zettel. Laute Musik erscholl aus dem Innern des hohen Gebäudes.

„Das Glück begünstigt mich", flüsterte er, nachdem er die Affiche gelesen. Langsam wandte er sich nun der inneren Stadt zu.

Clara's Haus schien das Ziel seiner Wanderung.

Als er das Gitter des kleinen Vorbergartens er= reicht hatte, schien ihn der Muth zu verlassen. Hier zum ersten Male mochten Bedenken aufsteigen über das Gelingen des schnell und tollkühn gefaßten Plans.

Endlich ging er mit festen Schritten auf das Haus zu. Die Thür öffnete sich bei einem leisen Druck der Hand auf den Klopfer. Ein schrilles Glockengeläute folgte. Unwillkürlich bebte er vor dem überlauten Ge= räusch zurück. In der Flur herrschte Zwielicht. Von der Treppe fiel ein matter Lichtschein auf die bunten Mar= morsteine des Fußbodens. Er schlich dicht zur Treppe hinan und schmiegte sich dicht an die Wand. Eine weibliche Stimme rief vom oberen Stockwerk herab. Da keine Antwort erfolgte, vernahm er bald Tritte von oben. Ein junges Mädchen erschien auf der Treppe. Dicht an seinem Kopf vorüber streifte ihr Gewand. Auf der letzten Stufe blieb sie stehen, hob die Kerze, die sie in der Hand hielt, hoch empor und spähte rings umher durch die kleine Flur. Sichtlich verwundert ging sie mit zaghaftem Schritt zur Thür. Sie war fest zugezogen. In demselben Augenblick tönte aus dem Nachbarhause ein ähnliches Glockenläuten hell und laut genug, daß das Mädchen leicht an eine Täuschung glauben mochte. Aus Vorsicht legte sie je= doch eine Kette vor die Thür, murmelte einige Worte über ihre Vergeßlichkeit und ging alsdann wieder mit dem Lichte davon.

„Da wären wir also", flüsterte der Eindringling. „Der erste Schritt ist geglückt, sei es mir ein gutes Omen . . . Bei ihr . . als Dieb . . . Still — still — nichts davon! Die Gedanken könnten mich wankend machen! . . Sie hat mir Gutes gethan! sie war seit Jahren die Einzige, die mit mir Mitleid fühlte und nun? — — Aber es muß sein — es muß! Und befehle ich sie denn? Ich nehme etwas, von dem sie sicher keine Ahnung hat, daß sie es besessen. Wie sollte sie auch? . . . Still — wieder Tritte von oben. Was mag das sein.

Wiederum erschien das Mädchen von vorhin. Sie schien zum Ausgehen bereit. Der Souffleur kauerte sich dicht neben der Treppenwand zusammen. Auch dieses Mal ging sie vorüber, ohne in den Winkel hineinzuspähen. Sie nahm die Kette von der Thür, öffnete und schloß von Außen ab.

Der Souffleur erhob sich.

„Jetzt gilt's das Terrain zu recognosciren. Sicher holt sie ihre Herrin aus dem Theater ab: da hätten wir also eine gute Viertelstunde." . .

Er ging langsam horchend die Treppe hinan. Tiefe Stille herrschte in dem kleinen Hause.

Die Treppe mündete in einen kleinen Corridor. Eine Glasthür sperrte den Zugang zu den Gemächern des ersten Stockes, in denen die Schauspielerin wohnte. Dicht neben dieser Glasthüre sah man zwei Fenster mit weißen Gardinen verhüllt. Das eine war inwendig nicht eingehackt. Ein Fingerdruck öffnete es. Der Raum hinter dem Fenster zeigte Küchengeräth. Schnell entschlossen setzte er den Fuß auf das Treppengeländer und schwang sich auf das breite Fenstergesimse. Die Küchenthüre, die in's Innere führt, war offen. Er kam in einen schmalen Gang. Dort brannte eine kleine Lampe, deren Licht eine Milchglaskugel dämpfte. Horchend

stand er hier eine lange Weile. Nur das einförmige
Tiktak einer Schlaguhr war aus einem der vorderen
Zimmer vernehmlich. Die drei Zimmer, welche nach
Vornen führten, mündeten mit allen ihren Thüren auf
diesen Corridor.

Er öffnete die erste. Sie führte in das Schlaf-
gemach. Die zweite führte in ein Boudoir, die dritte
in ein größeres Zimmer, in dem ein Piano stand.
In dieses trat er ein. Eine Portière führte aus denselben in einen kleinen Gang, in den man von dem
Corridor durch ein buntes Glasfenster sehen konnte.
Auf Börten und Consolen standen hier duftende Topf-
gewächse aller Art. Den Gang schloßen hohe Glasthüren. Hinter diesen zeigte sich der Altan. Er zog
den Schlüssel dieser Glasthüre ab und steckte ihn zu sich.
Ein kalter Wind wehte ihm entgegen, als er auf den
Altan trat. Tiefe Finsterniß lagerte in der Ebene.
Nur zur Rechten zog sich eine hell erleuchtete Häuserreihe hin, dem Wald entgegen, dessen Dunkel undurch-
dringlich schien. Er holte einen Knäuel Stricke aus
der Tasche und legte denselben in eine der Vasen, aus
der die blauen Glockenblumen wuchsen.

„Das ist doch auf alle Fälle der sicherste Rück-
weg", flüsterte er. „Die Strickleiter wird lang genug
sein und hier dieser Eisenpfosten zwischen dem Sand-
steingeländer hält sie." . . .

Er kehrte durch den Gang zurück in das große
Gemach, wo das Piano stand. Auf der Straße ward
es auffallend lebhaft. Er lugte durch die Gardinen.
Vom Theater wogte die Menschenmenge auseinander
nach allen Richtungen hin.

„Wo aber verbergen, bis Alles schläft?" fragte
sich der Souffleur. Er ging zurück in den Corridor,
welchen die Milchglaslampe erhellte. Neben der Küche
gab es einen Raum, in dem Holzvorrath aufgespeichert
lag. Die Rückwand desselben lehnte sich an den Gang
mit den Blumen. Eine Holzthür schloß ihn, welche
aber dieselbe Tapete verdeckte, die er im ganzen Corridor gesehen. Die Thür war offen. Ein kleiner Knebel
konnte sie von außen schließen, doch war sie jetzt auch
ohne diesen Verschluß fest eingeklemmt in die Wand.

Während dieser Untersuchungen tönte plötzlich auf
der Flur die Hausglocke. Rasch entschlossen kroch er
in die Holzkammer und zog an einem inwendig befindlichen Ring die Thür hinter sich zu. Die Thürritze,
von Außen weniger sichtbar, war doch groß genug,
um ziemlich deutlich wahr zu nehmen, was auf dem
erhellten Corridor vorging. Er hörte mehrere Frauenschritte. Als sie den Corridor erreichten, wurde die
Thür, welche die ganze Etage absperrte, geschlossen.

„Auch ein Brief ist angekommen", hörte er eine
Frauenstimme sagen.

„Aus Crefeld?" fragte eine andere

„Ja. Er liegt auf dem Piano."

„Ah von ihm!"

Die Sprecherin mußte in der unmittelbarsten Nähe
des Lauschers stehen. Er hörte die geflüsterten Worte
deutlich.

„Von ihm!"

Hernach ward es still auf dem Corridor. Die
Frauenschritte verloren sich in den vorderen Gemächern.
Das Mädchen kehrte bald zurück. Der Souffleur hörte

fie dicht neben sich in der Küche handthieren. Im Vor=
derzimmer schlug nur die Uhr ihr einförmiges Tiktak.

„Sie liest den Brief von ihm" — dachte der
Eindringling bei sich ... Es überschlich ihn bei diesem
Gedanken ein eigenthümlich, wehmüthiges Gefühl.

„Armes Kind", flüsterte er, „mögest Du nie aus
diesem schönen Traum erwachen!"

Die Stille unterbrach bald hernach eine freudige
Melodie auf dem Piano. Er las' in ihrer Seele —
denn in diesen Tönen strömte dieses reine Herz eben
jetzt seines unsagbaren Glückes Fülle aus.

„Wär's doch ein andrer Tag gewesen, daß ich
meinen Entschluß ausgeführt", flüsterte Salomon. „Heut'
wollt ich — ich wäre weit von hier! Und doch wann
wiederholt sich mir eine gleich günstige Gelegenheit?
Es muß sein! Darum fort mit allen weiberhaften Em=
pfindungen" ...

Die Schlaguhr verkündete Stunde um Stunde.
Erst um Mitternacht ward es in den vorderen Zimmern
still. Er öffnete leise die Tapetenthür und schlich sich
leise auf den Zehen zu der Schlafstubenthür. Dort
legte er das Ohr an das Schlüsselloch und lauschte.
Tiefe Athemzüge ließen sich vernehmen. Leise ging er
zurück zur dritten Thür des Corridors und trat in das
größte der Gemächer. Tiefes Dunkel herrschte rings
umher. Er zog eine Blendlaterne hervor und zündete
das Licht derselben an. Zunächst schlich er dann zum
Balkon und warf die Strickleiter herab, welche er an
dem eisernen Pfosten befestigte. Dann eilte er zurück
in das große Zimmer. Ueberall hin leuchtete die Diebs=

13

laterne — was er suchte, war nicht zu finden. Er trat
in das zweite Zimmer. Da dieses dicht und unmittel=
bar an das Schlafzimmer stieß, observirte er das
Schlüsselloch der Zwischenthür: der Schlüssel stack in
dem Schloß. Er zog die Blendlaterne hervor. Der
erste Lichtstrahl derselben fiel auf eine hohe Porzellan=
vase, deren bunte Glasur in den prächtigsten Farben
spielte.

Zitternd vor Aufregung trat er näher. Ein Brief
lag auf dem Schreibtisch. Er las die Adresse: Herrn
Georg Ferrand ... Die Stellung des kostbaren Meubles
schon allein deutete an, daß man ihn nicht als Eigen=
thum betrachte. Er stand vorgerückt aus den hohen
Topfgewächsen, die auf einem zierlichen Gestell diesen
Zimmerwinkel ebenso anmuthig als vollständig aus=
füllten.

„Ein Tag später", flüsterte der Dieb „und ich
kam zu spät. Da ist ein Retourbilletchen, das sich der
zudringliche Mosjö sicher nicht vermuthet. Braves Mäd=
chen — hält sich das Geschmeiß wacker vom Leibe. Frei=
lich — sie erhält Briefe — von ihm! Hahaha! .. Doch
still! Regte sich's nicht da nebenan?"

Er horchte mit athemloser Spannung.

Alles blieb still. Er mußte sich getäuscht haben.
Er setzte die Blendlaterne auf den geschnitzten Schreib=
tisch und hob nun vorsichtig die hohe, chinesische Vase
herab. Der Deckel war so fest aufgeschraubt und so
kunstreich angefügt, daß Salomon eine lange Zeit ver=
geblich an dem kostbaren Geräth herumtastete, ehe er
denselben ausfindig machen konnte. Endlich gelang's.
Er leuchtete empor. Seine ganze Seele lag in den

funkelnden Augen. Höher hob sich die unheimliche Gestalt. Mit zitternden Fingern, die sich habgierig nach
dem ersehnten Fund ausstreckten, hob er aus dem ballonartigen Gefäß eine große Anzahl Dokumente hervor
und barg sie in seiner Brusttasche. Noch hielt er die
Vase in der Hand, noch tastete er in der Höhlung,
ob irgend ein Papier zurückgeblieben — als im Nebenzimmer Laute hörbar wurden. Es klang wie wenn
Jemand im Schlaf mit sich selbst redet. Es waren
unartikulirte Laute bald — bald einzelne, kurz hervorge-
stoßene Sätze. Er erkannte die Stimme der Schauspielerin, obschon diesen Tönen der Träumenden die
eigentliche Seele fehlte, welche ihre Sprache sonst so
lieblich und melodisch machte. Eilig schloß er den Deckel
der Vase und stellte sie an ihren früheren Platz . . . .

„Du hattest Recht Dominicus“ — — rief die
Träumende . . . „Aber ich gehe fort aus dieser falschen
Welt . . . mein Freund schützt mich vor den Feinden —
vor allen Feinden . . auch vor ihm mit dem blutrothen
schändlichen Zeichen auf dem Arm . . . auch vor
ihm!“ . . .

Salomon fuhr zusammen. Die Kniee brachen ihm,
wild sträubte sich das Haar auf seiner todtbleichen
Stirn . . . Ihm war's als stocke sein Athem und sein
Pulsschlag. Die Träumende schwieg eine Weile . . .

Er war vor dem Schreibtisch zusammengesunken.
Die Hände fielen schlaff hernieder an den Körper, das
Auge quoll weit hervor aus seiner Höhlung . . .

Ein leises Lied begann nebenan, flüsternd, in um-
schleierten Tönen, wie im Schlaf wohl die erregte

Phantasie sich in solchen Extravaganzen bei lebhaften Temperamenten gefällt.

Sur ce chemin — pauvre belle égarée —

Er hob staunend das Haupt — die Arme stützten nur mühsam den sich Aufrichtenden. Das Lied schien eine elektrische Macht über ihn zu haben. Ein seltsames Zittern flog urplötzlich durch die starren, marmorbleichen Züge und in den Augen schimmerte ein feuchter Glanz . . . Und wiederum sang es:

„Petite fleur, faite pour être aimée" — —

Mit einem Schrei sank ohnmächtig der Dieb zusammen.

XI.

Der Generalconsul von Reinert maß mit großen Schritten sein Arbeitszimmer. Die sorglose, heiterlächelnde Miene, welche er in allen Lagen des Lebens so meisterlich festzuhalten wußte, hatte einem finster brütenden, ernsten Ausdruck Platz gemacht, der in der That seiner jetzigen Gemüthsverfassung angemessen und entsprechend schien.

„Der Wenzel fort — der Eley nicht aufzufinden — der Vorstadtsouffleur über alle Berge, wie es scheint und der Hauptagent Ferrands noch immer im Auslande.... Gerade jetzt, wo ich glaubte, das ganze Spiel in der Hand zu haben, zerstäubt mir das Schicksal mit rauhem Athem die Blätter in alle vier Winde! ... Daß der junge Ferrand nicht auch Erbe dieser Rachepläne sein sollte, wie er ein Erbe jener Mosaiken und Statuetten geworden — wäre fast undenkbar! Daran zu zweifeln,

wäre Thorheit und frevelhafte Sorglosigkeit. Und sei
es mit dem letzten Hauche, mit dem letzten, mühsam
hervorgeleuchteten Worte — gestanden hat er dem Sohn
Alles. Georgs Benehmen gegen mich stellt dafür ohne=
hin ein belegendes Zeugniß aus. Er ist kalt, zurück=
haltend, beobachtend, wie es vordem nie seine Art ge=
wesen. Und doch, sollte er nicht, falls er um Alles
weiß, gegen mich vorgegangen sein. Das läßt mich
hoffen, Wenzel habe mich .... Doch wozu solche
Gedanken! Ist es jetzt Zeit sich in gefällige Träume
zu wiegen und behaglich und sorglos als Optimist die
heimlichen Schachzüge unseres Gegners als harmlose,
kindliche Spielerei zu betrachten? ....

Der alte Buchhalter Frederikson unterbrach diesen
Monolog seines Herrn. Er überreichte dem General=
consul einen Brief.

Reinert warf einen flüchtigen Blick auf die Adresse
des Couverts.

„Schon wieder dieses räthselhafte Rendezvous!"
rief er aus und warf den Brief ungelesen in den Pa=
pierkorb.

„Sollte nicht die Handschrift zu erkennen sein?"
fragte der Buchhalter, welcher bereits um diese Zu=
schriften wissen mußte. (Drei Tage nach einander war
eine und dieselbe mehr drohende als bittende Aufforde=
rung zu einem Rendezvous in einem abgelegenen Wald=
theil oberhalb der Vorstadt an den Generalconsul er=
gangen. Als Zweck wurde angegeben: Eröffnung einer
wichtigen Familienangelegenheit. Es fehlte jedoch die
Unterschrift. Statt eines Petschafts hatte sich der Ab=
sender irgend eines Geldstückes bedient.)

„Die Schrift ist flüchtig, ohne festen Charakter, offenbar die eines jungen Mannes."

„Sie werden nicht gehen, Herr Generalconsul. Die Geschichte ist doch eigenthümlich und hat mir insgeheim viel Sorgen gemacht. Warum gerade dort an dieser abgelegenen Stelle? .. Der Herr Generalconsul sollten den Menschen aufheben lassen." . . .

„Mit nichten! Ich gehe selbst!"

„Bedenken Sie die verrufene Gegend — das unheimliche, unbestimmte Schreiben ohne Unterschrift — ohne Siegel! . . . Ich ginge nicht!

„Gib Acht, altes Faktotum und rede mir nicht ferner d'rein. Ich will's nun einmal und damit ist's abgethan. Ich gehe zur bestimmten Zeit an den Ort des Rendezvous. Bin ich bis um zehn Uhr nicht wieder daheim, so gehst Du sofort zum Polizeidirektor und theilst ihm mit, was Du weißt. Bis dahin aber, auf Wort, Alter, versprichst Du, keiner Menschenseele eine Silbe von meinem Vorhaben zu verrathen."

„Zu Befehl."

Eine Viertelstunde später begab sich der Generalconsul in die Vorstadt. Hart an die äußersten Häuserreihen lehnte sich das Unterholz des unabsehbaren Waldes, der allgemach höher und höher emporstieg. Die gebahnten Heerstraßen liefen weit ab von diesem Waldtheil, der auch durch die vielen Tannen und Ahornbäume ein düsteres Ansehen hatte.

Als er aus der nebeligen Atmosphäre der düstern mit Fabrikgebäuden aller Art übersäeten Vorstadt vollends hinaus trat und das frische Eichengrün des Buschholzes ihn umrankte, fühlte sich der Generalconsul sicht-

lich erleichtert. War es ihm doch in den bereits dun-
kelnden, schmutzigen Gassen mit den halbnackten schreien-
den Kindern, den hohen, rußigen Gestalten, bei dem
Pochen, Hämmern, Sägen und Stampfen der Ma-
schinen gewesen, als durchwandere er irgend einen unheimlichen Verdammnißort. Und zudem — oder war
das auf Rechnung der einmal erregten Phantasie zu
setzen? — zudem schien unter dem Schein der wechselnden Dunkelheit ein heimlicher Späher ihn von Gasse
zu Gasse zu verfolgen, dessen Schritte er deutlich hinter
sich vernahm, der jedoch jedes Mal verschwunden
war, so oft er sich umsah. Es hatte ihn beängstigt,
der Gegenstand der allgemeinen Neugierde zu sein.
Bettelkinder hatten ihn mit ihrer naiven Zudringlichkeit ganze Straßen weit verfolgt. Jetzt endlich trat
er in's Freie! Hier war's heller, lichter, freundlicher,
freier. Seine Brust dehnte sich weit, da der würzige
Waldesduft ihm entgegenströmte. Die Schritte des Ver-
folgers hörten auf, ihn zu ängstigen. Der Weg durch
das Buschholz war Anfangs breit.

Die in den räthselhaften Zuschriften zum Rendezvous bestimmte Stelle war ein bereits in den alten
Chroniken und Stadtlegenden gefeierter Ort. Eine uralte Marienkapelle aus den Zeiten, da Karl der Große
am Rhein residirte, sollte dort gestanden haben. Noch
jetzt fanden sich einige Steinreste vor, welche man als
die Trümmer jener Kapelle ansah. In Wahrheit aber
waren es die Ruinen einer Einsiedelei, welche ein
schwärmerischer Anachoret aus den höheren Ständen sich
dort angelegt und zwar zur Zeit des dreißigjährigen
Krieges, von dem diese Gegenden gar nicht berührt waren.

Die Marienkapelle — denn so hieß seit Jahrhunderten vielleicht bei den Einwohnern von D. diese
Trümmerstätte in der unheimlichen Waldeinsamkeit —
lag etwa eine halbe Stunde von den letzten Häusern
der Vorstadt entfernt. Es war einer jener Vorläufer,
der östlichen Hügelketten, die sich zum Rhein herabsenken,
auf dem jene Einsiedelei erbaut war, deren Trümmer
Schierling, Epheu und Farrenkräuter aller Art um-
rankten. Rings um denselben standen hohe, hundert-
jährige Linden, so daß man erst aus unmittelbarer
Nähe diese Ruinen erblicken konnte. Auf der Höhe
des oben Berges befand sich ein steinernes Kreuz,
welches ebenfalls in den Stadtlegenden eine Rolle
spielte, obschon es aus jüngeren Zeiten stammte. Hart
an einer ziemlich abschüssigen Wand des Hügels floß
ein Waldbach vorüber, dessen Rauschen man bereits
aus weiter Ferne hörte.

Es gehörte in der That kein geringer Grad von
persönlichem Muth dazu, sich zu einer Abendstunde,
allein, und auf solch' räthselhafte Einladung hin diesem
verrufenen Ort zu nahen, und der Generalconsul mußte
nach der dreimal wiederholten Aufforderung zu diesem
Rendezvous annehmen, daß auch für ihn hiebei viel
auf dem Spiele stand.

Der Vollmond goß sein silberweißes Licht durch
das Laubdach. Schon lag das Buschholz hinter
dem einsamen Wanderer. Tiefe Stille rings umher.
Nicht der leiseste Windhauch flüsterte in den hohen
Wipfeln. Mit festen Schritten nahte er sich dem Ziele;
das forschende Auge flog vorsichtig nach allen Seiten,

die Rechte ruhte auf der Brust. Auf jeden Ueberfall vorbereitet schritt er vorwärts.

Der Wald lichtete sich allgemach. Die Stämme traten weiter und weiter auseinander.

Endlich stand er vor dem Hügel der Marien- kapelle . . . Nirgends ein menschliches Wesen. Der Waldbach rauschte in seinem steinigen Bett dicht an ihm vorüber. Hell und klar zeichneten sich auf der mondhellen Fläche die Umrisse des steinernen Kreuzes ab.

Langsamen Schrittes, die Hand fortwährend auf der Brust — als halte er mit derselben dort eine ver- borgene Waffe — ging er den Hügel hinauf.

Er war kaum noch einige Schritte von dem Kreuz entfernt, als hinter dem Steingeröll zur Rechten des- selben eine Gestalt auftauchte.

„Wer da?" rief der Generalconsul mit fester Stimme und blieb wie angewurzelt stehen.

„Ah, Ihr seib's! Habt Dank!" entgegnete man ihm.

Die Stimme klang sehr hell, sehr jugendlich. Rel- nert kannte diese Stimme.

Das Gesicht des Fremden war noch verhüllt. Ein weiter Mantel deckte die hohe, schlanke Figur. Sie näherte sich mit elastischem Schritte — der Mantel fiel — Georg Ferrand stand vor dem Generalconsul.

Erstaunt und zugleich enttäuscht trat dieser zurück.

„Ferrand? Ihr?" rief er aus und der Ton dieser Worte verrieth dem Jüngling zur Genüge, daß man ihn am wenigsten unter der Maske des anonymen Brief- schreibers erkannt habe.

„Ich finde Ihr Staunen sehr gerechtfertigt, Herr Generalconsul", hub er an. „Alles was ich mit Ihnen zu verhandeln haben kann — mögen Sie denken — hätte sich weit bequemer verhandeln laffen, als an diefem unheimlichen Orte und zu diefer feltfamen Stunde. Wittern Sie daraus weder einen Zug überfpannter Romantik noch irgend eine jugendliche, übermüthige Extravaganz, die Sie myftificiren wollte. Vielleicht werden Sie im Verlauf unferer allerdings fehr wichtigen und abfonderlichen Verhandlung felbft einfehen, daß es zu unferer gegenfeitigen Sicherheit am Förderlichften war, diefelbe hier in der Mondnacht ohne Zeugen vorzunehmen. Gehen wir, ächte Gefchäftsleute, gleich auf die Sache ein. Ihr Sohn liebt Fräulein Clara Perry . .

„Wer unterfteht fich, das zu behaupten?"

„Ich, mein Herr, und die ganze Welt dazu. Ich liebe Fräulein Perry ebenfalls!"

„Und mir das zu fagen, haben Sie mich — —"

„Erlauben Sie! Ich weiß, daß Ihr Sohn niemals Ihre Einwilligung erlangt. Ich bin jetzt mein eigener Herr. Guftav ift mein einziger Nebenbuhler" . . .

„Ich verftehe Sie vollkommen, Herr Ferrand — vollkommen und werde durch das, was Sie zwifchen diefen ausgefprochenen Worten nicht ausgefprochen, nicht im minbeften überrafcht. Jeder andere junge Mann würde" — —

„Ich kam nicht, um von Ihnen ein Colleg über Moral zu hören", rief Georg hitzig dazwifchen. Die erzwungene Ruhe, die er noch zu Anfang des Gefprächs gezeigt, war plötzlich verfchwunden. In Gebärde und

Sprache zeigte sich die wilde Leidenschaftlichkeit eines durch Eifersucht bis zur Raserei getriebenen, und zudem verschmähten Liebhabers. „Ich kam, Ihnen einen Vorschlag zu machen. Was ich von Ihnen wünsche, ist klar. Ich verlange den deus ex machina nicht umsonst —

„Junger Mensch — kein Wort mehr!"

Er hatte sich aufgerichtet und schaute den Jüngling mit funkelnden Augen an. Fester umschloß die Hand die verborgene Waffe. Die Zornader auf der hohen Stirn schwoll dunkelroth an.

Ferrand war zu feig, in dem spöttischen, beleidigenden Ton fortzufahren, obschon er sich denselben erlauben zu können glaubte, weil er einem Mann gegenüber stand, dessen Schicksal in seiner Hand lag. Unwillkürlich trat er einen Schritt zurück vor der drohenden Riesengestalt.

„Es darf Ihnen, der überall erkaufte Ohren hatte, nicht unbekannt sein, was mein Vater seit Jahren wider Sie im Schilde geführt. Welche Veranlassung Sie selbst ihm dazu gegeben, welche Rechte er dazu gehabt — das Alles gehört nicht hieher. Ich bin der Erbe Ferrands. Ich habe Ihr Schicksal in meiner Hand. Gewisse Papiere, die ich besitze, brauchen von mir auf dem Stadthause nur producirt zu werden und Sie, Herr Generalconsul von Reinert — — Ha ich sehe es Ihnen an, wie sehr meine Erzählung Sie angreift. Wohlan Sie kennen die Bedingung, unter welcher ich Ihnen alle jene Documente ausliefern will. Ich bin nicht rachsüchtig. Ich habe nichts gegen Sie. Was kümmert's mich, was und wer Sie waren und wodurch

Sie wurden, was Sie sind. Die Gründe, die meinen Vater zur Rache gegen Sie anhetzten, sind für mich nicht vorhanden . . . Ich denke, ich rede jetzt sehr verständlich, sehr leidenschaftslos! . . Daß ich Ihnen diese gentile Proposition hier — gerade hier mache, wo wir uns Mann gegen Mann ohne Zeugen gegenüberstehen — geschah ebenso aus Rücksicht für Sie als für mich . . . . Jedenfalls ist das Geschäft so lukrativ und lockend, daß es sich schon der Mühe lohnt, seinethalben eine Mondscheinpromenade zu machen und selbst einen Schnupfen zu holen."

Der Generalconsul hatte sich an das Steinkreuz gelehnt. Er war todtbleich geworden und ein Zittern durchflog die hohe Figur, die urplötzlich in sich selbst zusammensank, kraftlos, regungslos. Er schien lange Zeit keines Wortes mächtig. All' seine Fassungskraft und Energie schien geschwunden. Die lange über seinem Scheitel drohende Wetterwolke hatte den seit Jahren gefürchteten Blitzstrahl aus ihrem dunklen Schooß entsendet . . . Der Schuldbeladene fühlte die Stunde der Nemesis nahen.

Ferrand stand neben ihm. Mit einem höhnischen Lächeln in dem verlebten, welken Gesicht stand er da und weidete sich an dem Zucken des Opfers, das ihm Zufall oder Fatum in die Hände geliefert.

„Entscheiden Sie sich!" rief er nach einer Weile. „Einen Mann von Ihrem Muth, Ihrer Geistesgegenwart, Energie und Verschlagenheit wird doch so Etwas nicht außer Fassung bringen!

Dieser Spott schien auf den Vernichteten eine zauberische Wirkung auszuüben. Glänzend, täuschend

hatte er seine Rolle gespielt durch ein ganzes, langes
Leben, hatte stolz gelächelt durch viele Jahre, indeß
das Schwert des Damokles über seinem Haupte ge-
hangen hatte, und sollte nun, da das verhängnißvolle
Fallbeil niedersank, zum Spott dieses übermüthigen,
von ihm so oft gedemüthigten Jünglings werden? Nimmermehr! Sein Stolz empörte sich über diese Schwäche.
Sollte dieser Knabe sich des Triumphes freuen, ihn in
Verzweiflung gesehen zu haben?

Es ist wahr, er schämte sich seiner plötzlichen
Schwäche, seines Zusammenbrechens, seiner Rathlosig-
keit und dieses Gefühl der Scham weckte den alten
Stolz, den der junge Ferrand durch seinen Hohn auf
das tiefste verletzt. Er raffte sich empor. Er kam
wieder zu sich. Die alte Regsamkeit, die selbst in der
verzweifeltsten Position neue Hilfsmittel zur Rettung
entdeckte, erwachte in ihm auf's Neue. Noch gab es
eine Möglichkeit, den Kopf aus der Schlinge zu ziehen;
Ferrand selbst hatte sie ihm geboten. Aber das ihm inne
wohnende Mißtrauen gebot Vorsicht.

„Nach dem, was Sie mir sagten und wie Sie
es mir sagten", sagte er nach kurzer Ueberlegungsfrist,
„muß ich annehmen, daß Sie wissen, was jene Papiere enthalten, daß Sie von der Aechtheit jener Dokumente fest überzeugt sind, daß Sie bereits Schritte
gethan, sich davon zu überzeugen."

„Es hatte das durchaus nicht nöthig. Die Papiere
sind gültig, sind ächt; fürchten Sie nicht, daß bereits
Jemand außer mir um Ihr Geheimniß weiß!"

„Gewiß Niemand? Niemand?"

Ferrand schaute ihm offen in's Gesicht. Keine

Wimper zuckte. Er sprach die Wahrheit, da er noch=
mals bestätigte, daß er allein um jene geheimnißvollen
Dokumente wisse.

Der Generalconsul fühlte sich sichtlich erleichtert.

„Aber die Agenten Ihres Vaters, Wenzel und
Greiner?" . . . . . .

„Daß Wenzel so viel wie nichts weiß, möcht' ich
beschwören . . . Was er wußte, wäre Ihnen schwerlich
fremd geblieben. Er sagte mir, daß er in Ihrem Solde
gestanden!"

„Der Schuft", knirschte der Consul. „Er bot
sich mir an. Ich suchte ihn nicht. Er war eine falsche
Schlange!" . . . . . .

„Er wollte unerhörte Summen von mir erpressen",
fuhr Ferrand fort. „Doch das gehört nicht hierher.
Er ist unschädlich. Greiner ist nicht mehr zu fürchten.
Ich habe ihn mir selbst vom Halse geschafft. Er sitzt
in München hinter Schloß und Riegel wohlverwahrt
als Wechselfälscher. Die Belege dafür, freilich aus
alten Zeiten stammend, fand ich im Nachlaß des Vaters.
Ich war dem Schurken zu Nichts verbunden; daß mein
Vater den verschmitzten Helfershelfer schonte, war na=
türlich. Er wird in den nächsten Decennien Niemand
schaden."

Er hielt einen Augenblick inne, die Wirkung zu
beobachten, welche diese Auseinandersetzung auf den
Mann gemacht, der ihm gedankenvoll gegenüberstand.
Das große Auge Reinerts wurzelte fest auf dem An=
gesicht des jungen Mannes, so lange er gesprochen,
dann senkten sich die dunklen Wimpern herab, als wollte
er ihm keineswegs denselben Einblick in sein Inneres

gestatten, den er bei Jenem gethan Finstere Ent=
schlüsse stiegen auf in seiner Seele. Mit der vollen
Thatkraft war auch die alte Schlauheit erwacht, welche
er jedoch vor Freund und Feind durch jenes wohl=
wollende, sorglose Lächeln eines Biedermannes von dem
besten Gewissen zu verbergen wußte.

„Und Sie glauben, Ihr Ziel zu erreichen bei der
Dame Ihres Herzens", sagte er nach einer Weile,
ohne aufzublicken, „sobald ich durch väterlich diktato=
rischen Befehl meinem Sohn den ferneren — Umgang
mit derselben untersagt habe? Das scheint mir eine sehr
sanguinische Hoffnung und kaum ist, meiner Ansicht nach,
mein Veto so viel werth, wie Sie jetzt für dasselbe
bieten wollen."

„Das ist meine Sache, wenn Sie erlauben. Ent=
scheiden Sie sich!"

„Wohlan! Daß mein Sohn dies Verhältniß wider
meinen Willen angeknüpft, gebe ich zu. Daß ich es
fernerhin nicht dulden wollte, lag ohnehin in meinem
Plan. Es ist ein günstiger Zufall gewesen, der mich
in dieser Abwesenheit Gustav's eine Entdeckung machen
ließ, durch die ich ihn ein für alle Mal — auch ohne
mein persönliches Veto — zwingen kann, von der Schau=
spielerin abzulassen. Er selbst wird freiwillig und von
selbst zurücktreten, sobald ich ihm mitgetheilt, was
ich . . . . Das Uebrige ist mein Geheimniß. Ich bin
in Ihrer Hand — Sie können also nicht befürchten,
daß ich ein falsches Spiel gegen Sie spiele. Es wäre
unsinnig, thöricht. Welcher Garantie soll ich mich
Ihrerseits versehen?" . . .

„Sobald Gustav zurückgetreten, empfangen Sie
von mir die bewußten Papiere."

„Sehr gut. Doch — wer steht mir dafür, daß
sie nach der auffallenden Flucht oder Beseitigung jener
Agenten noch in Ihren Händen sind."

„Sie zweifeln?"

„Ich fürchte einstweilen. Man erzählte mir, wie
ich mich jetzt erinnere, von einem Diebstahl, der vor
einiger Zeit in Ihrem Elternhause begangen wurde. Die
Sache wurde auffallend rasch von Ihrem Vater damals selbst vertuscht." . . . .

„Ich weiß von Nichts!"

„Um so schlimmer! Sind wirklich Papiere vorhanden, die mich compromittiren — wer sagt mir, ob
alle in Ihren Besitz gelangten, da Sie das Erbe Ihres
Vaters antraten. Fehlt eins, so sind die andern ziemlich werthlos."

„Ich habe damit also Ihr offenes Geständniß:
Sie wissen von jenen Dokumenten und haben Grund
und Ursache, deren Publikation zu fürchten. Doch beruhigen Sie sich. Hier ist ein Verzeichniß sämmtlicher
Dokumente von meines Vaters Hand, die Sie ja
kennen." . . .

Er zog ein Blatt Papier hervor und überreichte
es dem Generalconsul mit einer höhnischen Verbeugung.
Keine Miene veränderte sich in diesem ehernen Gesichte,
da er das Blatt überflog. Er hatte seine ganze Fassung wieder. Wie Dolchspitzen fielen die Blicke des
rollenden Auges über das vergilbte Papier auf den
jungen Mann.

Der Generalconsul gab ihm das Blatt nicht zurück, obschon Jener die Hand verlangend darnach ausstreckte.

„Zu meiner Garantie —" sagte Reinert und steckte hastig das Blatt zu sich.

„Ich verlange Vertrauen auch ohne das!" rief Ferrand aufbrausend. „Geben Sie mir das Papier zurück. Wir haben die Rollen, denk' ich, nicht getauscht. Ich habe zu befehlen, Sie zu gehorchen!"

„Das Blatt bleibt in meinem Besitz!"

„Sie geben also Ihr Wort — mir im Uebrigen zu folgen? Gustav wird gezwungen, zurückzutreten?"

„Sobald er heimkehrt!"

„In drei Tagen muß es geschehen sein. Ihr Befehl wird ihn sofort hieher citiren!"

„Das Interesse meines Geschäftes gestattet diese Uebereilung nicht!"

„Ich aber will es!"

Das Wort zuckte wie ein Blitz in die Seele des Consuls. War es doch dasselbe, mit dem er zuvor aller Welt gebieterisch entgegen getreten war. Jetzt war es an ihm, sich demselben zu fügen. Sein Stolz bäumte sich auf. Ein wilder Entschluß verkündete sich plötzlich in den leidenschaftlich erregten Gesichtszügen.

„In drei Tagen!" wiederholte Ferrand triumphirend. „Dann ist die Frist verstrichen, die Ihnen meine — Gnade setzt! Merken Sie dies Wort! Ist Ihr Versprechen binnen drei Tagen nicht gelöst — so enthülle ich das Rachewerk meines Vaters und Sie empfangen den Lohn, der Ihnen gebührt! Auch ohne jene Dokumente bin ich im Stande, Sie von der Scheinhöhe, auf der Sie stehen, herabzustürzen! . . .

14

Er war dicht an den Generalconsul herangetreten und ergriff dessen Hände. „Auch ohne jene Dokumente — verstehen Sie!" fuhr er mit einem scharfen, höhnischen Accente fort.

„Und so wäre ich selbst nach deren Auslieferung auf ewig in Ihrer Gewalt?"

„Sie sind es! Wenn ich so an Sie herantrete wie jetzt und — — dieses Zeichen enthülle."

Er streifte den Aermel des Consuls zurück, ehe dieser sich von ihm losreißen konnte. Das Zeichen des Galeerensträflings wurde auf dem entblößten Arm sichtbar. Mit einem lauten Schrei der Wuth sprang Jener zurück, sein Mantel fiel — ein Schuß krachte durch den stillen Wald — lautlos fiel Ferrand zu Boden. Gleich einem wilden Thier stürzte der Galeerensträfling auf sein Opfer. Die Kugel war mitten durch's Herz gegangen, eine Leiche lag zu seinen Füßen. Eine wilde, dämonische Freude zuckte durch das erdfahle Gesicht des Mörders. Er beugte sich zu dem Leichnam nieder, durchsuchte alle Taschen und schleppte dann sein Opfer zu dem Waldbach hernieder, dessen reißendes Wasser die Leiche schnell mit sich thalabwärts forttrieb. Den blutigen Mantel und den Rock des Ermordeten warf er in's Ufergras.

Ein Blick noch auf den Schauplatz seines Verbrechens — und hinab in den rauschenden Waldbach — ein langer, wilder, unheimlicher Blick — und dann wandte der Mörder mit flüchtigen Sohlen, als jagten die Erynien den Verfluchten, sich zur Stadt zurück.

XII.

Der Selbstmord des jungen Ferrand, mit dem nun eine uralte, ehrenfeste Firma in D. ausstarb, bildete das Stadtgespräch in den folgenden Tagen. Man erging sich, wie immer bei derlei Vorfällen in den allersonderbarsten Vermuthungen und bei dem Theetisch wie am Waschtrog war Dame Fama geschäftig, diesen interessanten Stoff in der bizarrsten und abenteuerlichsten Art und Weise auszuspinnen.. Man suchte zunächst nach Motiven für die unerklärliche That. Diejenigen, welche dem herzlosen Roué bei seinen Lebzeiten zunächst gestanden, suchten dem Freund einen romantischen Nimbus zu geben, indem sie behaupteten, daß eine unglückliche Liebe den Armen zu dem Selbstmord getrieben. Der Name der Schauspielerin Perry wurde höchst indiskret und undelikat bei dieser Vermuthung ausgesprochen. Zuerst nur in den Zirkeln der Exclusiven. Aus den Salons kam diese Nachricht in die Cafés, dann in die Casinos, dann in die Weinstuben, dann in die Fabriken, dann in die Comptoirs, dann in die Bürgerhäuser, dann auf den Gemüsemarkt, dann in die Schnapskeller. Der Name Ferrand war in D. nur zu bekannt. Schon vor Jahrhunderten — da D. noch zum alten Hansabund gehörte — nannte ihn die Stadtchronik mit Auszeichnung. Mehr noch als diese macht mündliche Tradition den Panegyriker solcher Namen. Es war eins der letzten alten Häuser — und nun sank der letzte Sprößling als Selbstmörder in ein allzufrühes Grab, ein schimpfliches Leben schimpflich beschließend und einem ganzen Geschlecht, das Jahr-

hunberte hinburch in Glanz unb Ansehen unb Ehre ge=
stanben, ein böses Mal aufbrückend! — Aus unglück=
licher Liebe? Das Motiv entsprach bem Geist ber Zeit.
Weltschmerz war just die Mobekrankheit. Daß ber
ausgelebte, egoistische, kalte Georg Ferranb bavon an=
gekränkelt gewesen, klang benen, die ihn gekannt,
wenig glaublich unb boch waren es gerabe biese selber,
welche jenes Motiv absichtlich als bas wahrscheinlichste
zu verbreiten suchten. Es offenbarte sich barin eine
Art von esprit de corps, ber „ben Erclusiven" von
jeher eigen war. Selbstmorb aus unglücklicher Liebe!...
In ber That konnte man unter bieser Firma jene ver=
ruchte That in gewissen Kreisen in ein milberes Licht
stellen — in jenen Kreise nämlich, in benen man neben
Werther's Leiben, Byron, Schelley, Müsset unb Heine
cultivirte. Der gesünbere Sinn in ben untern Volks=
schichten bachte bamals wie jetzt über berlei Dinge weit
richtiger.

Noch burch ein zweites Ereigniß kam um biese
Zeit ber Name ber jungen Schauspielerin mehr benn
je zuvor in ben Munb ber Leute. Ein räthselhafter
Einbruch hatte bei ihr in berselben Nacht stattgefunben,
ba ber junge Ferranb — ihr verschmähter Anbeter —
bei ber alten Marienkapelle sich ben Tob gab. Man
hatte am Morgen eine Strickleiter am Balcon flattern
sehen. Das Kammermäbchen war bie erste gewesen,
welche bieselbe bemerkte. Man wollte wissen, baß biese
junge Person bie Strickleiter ganz heimlich zu entfernen
versucht habe. Ihre Herrin war inbeß barüber bazu=
gekommen. Polizei wurbe reklamirt. In ber Woh=
nung war Alles unberührt unb nicht bas Geringste

entwendet worden. Die Dienerin schien sehr bestürzt.
Ihre Aussagen waren confus. Ihre junge Gebieterin
aber verbürgte sich für ihre Treue und auf deren besonderen Wunsch wurde die Sache öffentlich nicht weiter
verfolgt. Gleichwohl wußte man um Alles in der
Stadt und setzte dieses Ereigniß mit sehr kühnen Con-
juncturen in unmittelbare Beziehung zu dem Selbstmorde Ferrands, so daß dessen unglückselige That das
Schlußcapitel eines ganzen, überaus romantischen aber
sehr räthselhaften und dunklen Romans bildete, den der
Stadtklatsch componirt hatte. Die pikanteste Rolle
spielte in demselben allerdings Clara Perry. Einen
Mann von Ferrands unermeßlichem Vermögen auszu-
schlagen, war allerdings der Heroismus einer Tugend,
die in unseren Zeiten selten geworden ist. Der spe-
culative Director des Stadttheaters (der mit den Or-
densbändern für Ausstattungsopern) benutzte das ganze
Gerede als praktischer Geschäftsmann. Jener Roman
mußte Reclame machen für sein Mitglied. Er specu-
lirte — der Abwechslung wegen — einmal mit der
Tugend und Clara Perry beherrschte das Repertoire
mit Stücken, in welchen ein entsagendes Weib die Tu-
gendhelbin spielt.

Die Speculation glückte zum Aerger der Cerrini
und ihrer Anbeter; ja das Unerhörte geschah, daß Ballet
und Ausstattungsoper eine Zeit lang ruhten. Der Herr
Director machte in Moralbramen, Rührstücken und
Tragödien! Clara selbst stand natürlich all' diesen Ma-
chinationen ganz fern. Sie war ernster, bleicher, ein-
silbiger als in den letzten Zeiten. War es die Sehnsucht nach dem fernen Geliebten, dessen Rückkehr sich

immer und immer wieder hinausschob? Auch das —
hauptsächlich aber mochte jener räthselhafte Einbruch
die Einsame ängstigen, welche dieses Ereigniß unwill=
kürlich mit allen drückenden Erinnerungen in Verbin=
dung gesetzt hatte. Sie war in jener Nacht urplötzlich
erwacht. Ein altes Lied hatte sie im Traum gesungen.
Dessen erinnerte sie sich bei'm Erwachen ganz lebhaft. Wir
wissen, welchen Eindruck diese Weise auf Clara hervor=
brachte! Just bei'm völligen Erwachen war's ihr, als
höre sie im Nebenzimmer ein Stöhnen und Wimmern.
Ihr Mädchen schlief fest und ruhig. Sie richtete sich
lauschend empor. Alles war wieder still. Eine Stunde
lang saß sie schlaflos auf ihrem Lager. Sie fühlte sich
nicht stark genug, sich selbst zu überzeugen, ob jenes
Stöhnen nur Einbildung ihrer vielleicht noch von
Traumgestalten umdüsterten Seele gewesen . . . . . .
Gegen Morgen entschlief sie wieder. Als sie er=
wachte und kaum der nächtlichen Träumereien und
Angst mehr gedachte, fand sie das Kammermädchen
auf dem Balcon — eine Strickleiter emporziehend
aus der Tiefe. Das Mädchen wird bestürzt. Sie
spricht wohl ihre Vermuthung aus von einem be=
absichtigten Einbruch, doch alle ihre Worte ver=
rathen innere Angst, Schuldbewußtsein und selt=
same Aufregung. Später erst — nachdem die requi=
rirte Polizei ein allgemeines Vorverhör angestellt —
entdeckt sie ihrer Gebieterin, daß sie Abends zuvor ein
verdächtiges Klingeln gehört und aus Furcht nicht ge=
wagt, die ganze Flur zu durchsuchen, daß sie die Fenster
der kleinen Küche nicht geschlossen, auf deren Gesimse
sie am Morgen die schmutzige Spur eines Fußes ge=

sehen ... Nichts ist entwendet — nichts verrückt.
Ein Dieb konnte dieser räthselhafte Einschleicher kaum
gewesen sein. Lag doch auf dem Tisch der Wohnstube
ein Schmuck und die Börse der Schauspielerin, die sie
Abends zuvor noch abgelegt und vor Ermüdung nicht
einmal eingeschlossen hatte ... Alte Unglücksahnungen
von geheimen Feinden aus vergangenen Tagen werden
in Clara wach. Das Bild Marsands tauchte auf vor
ihr, der einst ihre unglückliche Mutter geliebt und als
sie ihn verschmähte, schwur, sie und ihre ganze Familie
bis in den Tod zu verfolgen. Nach dem räthselhaften Entweichen des Vaters, das er der Mutter mit
teuflichen Hohnlächeln angezeigt, hatte er jenen schrecklichen Racheschwur erneut. Oft genug hatte ja die
arme Mutter davon mit Schaudern gesprochen. Und
dieser böse Dämon ihrer Jugend — war nach dem
Brief der alten Tante in ihrer zweiten Heimath am
Main gewesen? Mußte er, konnte er wenigstens nicht
bis hierher ihre Spur verfolgt haben. Daß es der
Mann im Postwagen gewesen, wurde ihr wiederum
zur qualvollsten Gewißheit! ... Und zu alledem war
der Freund fern, der ihr seinen Schutz zugesagt, in
dessen Liebe sie sich in der That auch so sicher und so
ruhig gefühlt, daß vor ihrem heiteren Lächeln jene
Schreckgestalten machtlosen Phantomen gleich dahinge-
flogen waren! Sie hatte ihn gebeten, heimzukehren so
schnell, als es ihm möglich. Seine Antwort gab wenig
Aussicht. Der Vater erfand immer neuen Aufschub,
der die Rückkehr verzögerte. Da dem jungen Liebespaar
zumal jetzt Alles daran lag, die Liebe dieses Vaters
nicht zu verlieren — mußte sie sich in das Unvermeid-

liche fügen. Gustav fühlte ein wachsendes Anrecht auf
eigenen Willen, je mehr er sich dem des Vaters getreu
unterordnete, so lange der strenge Prinzipal aus Jenem
ihm befahl. Clara mußte ihm darin beistimmen! Und
doch waren es unruhevolle Tage, schlaflose Nächte, die
für die Aermste auf jenes Ereigniß folgten. Die
Triumphe, welche ihre Kunst feierte, vermehrte ihre
innere Aufregung, anstatt dieselbe zu mindern oder
abzulenken. Jetzt endlich war ein Brief Gustav's
angelangt, der sie wieder aufrichtete!

„Er wollte kommen! Der Vater selbst rief ihn
heim!"

So hatte er geschrieben. Der heiß ersehnte Tag
war endlich da!

Der Generalconsul hatte, wie wir errathen dürfen,
nicht ohne besondere Gründe, die Heimkehr des Sohnes
bis auf diesen Tag hinausgeschoben. Der alte Buchhalter Frederikson war dem Sohn des Hauses auf Befehl seines gestrengen Herrn Prinzipals bis zur zweiten
Poststation entgegen gereist. Das war nie zuvor geschehen!

Den Sohn erwartend, saß der Generalconsul am
Morgen dieses, von Clara so heiß herbeigesehnten
Tages, in seinem Privatcabinet. (Wußte doch die
Schauspielerin, daß Gustav gleich in der ersten Stunde
der Heimkehr dem Vater ein offenes, unumwundenes
Geständniß seiner Liebe ablegen und feierlich um dessen
Segen bitten wolle!) . . . . .

Es war seit dem — Selbstmorde Ferrands etwa
eine Woche verflossen.

Der Generalconsul hatte sich in dieser Zeit auffallend wenig öffentlich gezeigt. Er arbeitete wider
seine Gewohnheit wenig im Comptoir. Dem alten
Frederikson, der allein von allen Arbeitern der Con-
sulatbüreaur wie des Comptoirpersonales zu dem geheimen Privatkabinet Zutritt hatte, war es in dieser
Zeit seltsam erschienen, daß der Polizeidirektor, dem
sein Prinzipal sonst nicht sehr befreundet gewesen, zu
öfteren Malen dort von ihm betroffen wurde. Die
alten Herren hielten mehrere sehr lange Besprechungen.
Das Privatkabinet schloß eine Reihe von Gemächern
im ersten Stockwerk ab. Im ersten dieser Zimmer
hatte bei jenen Unterredungen jedes Mal der alte Kammerdiener des Generalconsuls förmlich Wache gestanden.
Nur Frederikson passirte.

Als er von seinem Chef Abschied nahm, um dem
jungen Herrn entgegenzureisen, schien Jener wieder
zum ersten Mal der sorglose, heiter lächelnde Mann,
als welchen der alte Diener ihn in Freud und Leid,
in guten und bösen Tagen fast drei Jahrzehnte lang
gekannt. Die trüben Wolken, welche acht Tage hindurch diese hohe Stirn überschattet, waren endlich verschwunden. Es mußte Etwas ganz Besonderes gewesen
sein um die geheimnißvolle Ursache, welche bei dem
sonst so gefaßten, heitern, alten Herrn diese nieder-
schlagende Wirkung ausgeübt. Frederikson grübelte indeß nicht darüber. Er gehorchte blindlings. Der Generalconsul hatte den Alten dazu dressirt. Er war ein
Faktotum eben aus der guten alten Zeit.

Seine Commission war einfach und leicht zu fassen,
die ihm sein Principal vor der Abfahrt gegeben.

Entgegenreisen, herzlich begrüßen — mitnehmen und direkt zu dem Vater zu bringen. So lautete die Ordre. Mit dieser reiste Frederikson dem jungen Herrn entgegen, der sein Abgott war. Von der Schauspielerin war seit lange schon nicht mehr die Rede gewesen. Frederikson wagte nicht zu fragen, wie ihr „Disconto" bei Vater und Sohn stünde. Jetzt aber — unter vier Augen im engen Postwagen — jetzt drängte es ihn, zu erforschen, wie das Herz des Sohnes über diese Angelegenheit denke . . . „Direct zu dem Vater bringen", lautete der dictatorische Befehl. Das hatte den Alten stutzig gemacht. Mehr aus wirklicher Liebe, denn aus Neugier mußte er klar werden über die „böse Affaire mit der Comödiantin, über die ganz D. räsonnirte. Nun gar dazu die Geschichte mit dem jungen Ferrand!" . . . Das Hirn des guten alten Mannes war zu klein, um den ganzen, complicirten Roman des Stadtklatsches zu fassen . . . Der Herr Gustav sollte ihm Auskunft geben. Er legte Alles bei sich zurecht, was er ihm erzählen solle und was verschweigen und was andeuten. Sein zärtliches Herz rieth ihm, Vorsicht zu gebrauchen. Er mußte höchst diplomatisch zu Werke gehen. Sein gerader, allzu offener Sinn empörte sich dagegen beinahe; doch was war zu thun. So kam er unter mancherlei Gedanken, die ihm den ziemlich einförmigen Weg verkürzten, endlich in der Station an, in der er mit dem Herrn Gustav zusammentreffen sollte. Sein Herz pochte in jugendlichen Schlägen, als er bei dem altbekannten Posthause aus dem Wagenschlag sprang. Der Postschreiber war ein

Jugendfreund Frederiksons. Ein unerwartetes Wiedersehen nach vierzig Jahren!

Gustav's Wagen war noch nicht angekommen.
Er hatte volle Zeit, sich dem alten Freunde zu widmen,
dessen Lebenslauf durch vierzig lange Jahre in einer
Stunde hinlänglich erzählt werden konnte. Kein Weib,
kein Kind, keinen eigenen Herd, ewige Abhängigkeit,
schmale Besoldung, brutale Oberbeamte, nie Avancement,
nie Gehaltszulagen — und doch bei alledem ein roth-
backiges, frisches Gesicht, prächtige Zähne, einen gefunden Appetit und ein jugendliches Herz! . . Der
alte Frederikson mußte an so manche Carrière denken,
die der und jener weit unbegabtere Jugend- oder Schul-
freund vor ihm gemacht. Sie Alle saßen in Amt und
Würden, hatten Geld und Gut. „Der Postsekretair
Parner ist in seinem Dorf versauert und verbauert",
hörte Frederikson wohl hin und wieder . . . „Er tauscht
mit Euch Allen nicht!" dachte er jetzt, da er ihn wie-
dersah.

Der Abend war gekommen — Gustav nicht.

Frederikson legte sich früh zur Ruh nach seiner
Gewohnheit, doch der Schlaf floh seine greisen Augenlider. Bis gegen Morgen lag er schlaflos da. Es
graute kaum im fernen Osten, als es im Posthofe
lebendig wurde. Pferdegewieher und Posthörner tönten
durch die Morgenstille. Der Alte erhob sich. Als er
aus dem Fenster herniedersah, bemerkte er den alten
Parner bei einem Wagen, der eben angeschirrt wurde.
Er schien eifrig mit dem Kutscher zu peroriren und
zeigte zu Frederiksons Fenstern hinauf.

Als der alte Buchhalter neugierig die Brille her-
vorlangte und Wagen und Kutscher näher beschaute,
waren Beide ihm gute Bekannte. In Eile vervoll-
ständigte er seine Toilette und ging dann in den Post-
hof hinunter. Parner rief ihn, mit sichtlicher Erregung
schon aus der Ferne heran.

„Deines Prinzipals Sohn ist da!" rief er. „Aber
er will heimlich auf und davon, ohne Dich zu sehen.
Diese Nacht ist er angekommen und logirt unten in
dem rothen Fuchs. Sein Kutscher mußte hier ein-
stellen, weil im Gasthof die Remise besetzt war."

„Ohne mich zu sehen? Oho, woher weiß er denn,
daß ich da bin?"

Parner zuckte die Achseln.

„Der Herr Generalconsul haben's dem jungen
Herrn ja im voraus geschrieben!" warf der Kutscher
ein. Wir fahren in einer Viertelstunde auf und davon!"

„Das wird mit Nichten geschehen, Mosjö Fritz!
Ich habe Vollmacht vom Herrn Generalconsul und ich
befehle Euch in seinem Namen und es wird nicht gefahren, das heißt von hier bis zum rothen Fuchs wird
gefahren und ich bin's, der dorthin gefahren wird.
Das Andere findet sich dann, versteht Ihr? . .

„Na, mir ist's recht. Aber Sie müssen's auf
sich nehmen, Herr Buchhalter."

„Das ist natürlich!" Alles nehme ich auf mich!
Da siehst Du, Parner, welche Noth und Mühe man
an so jungen Ausreißern hat. Ja, nun geht mir ein
Licht auf! Nun ist's am Tage! Wozu jetzt noch alle
diplomatischen Fragen und Querzüge! Direct zum Herrn

Papa bringen — ist meine Ordre. Das paßt ihm
nicht, dem jungen Herrn. Warum paßt es ihm nicht?
Oho, das wissen wir!"

„Du kommst ja ganz in Ertase, altes Haus",
meinte lachend der alte Postsekretair.

Der Buchhalter murmelte etwas von Comödianten=
liebschaften und eilte dann ins Haus, um sich durch
einen wärmeren Ueberzieher gegen die empfindlich kalte
Morgenluft zu schützen.

„Da werd' ein Andrer klug daraus! dachte Parner.
Mosjö Fritz, der Kutscher, ein hübscher, recht ver=
schmitzter Bursch von kaum zwanzig Jahren, lachte still
vergnügt in sich hinein. Ihm mochte die Sache we=
niger dunkel sein. Der Wagen war völlig angeschirrt
und als der Buchhalter murrend und knurrend in das
Haus ging, wollte der Bursch seinen Vortheil ersehen
und troz des eben gegebenen Versprechens, sich dem
Befehl des alten Buchhalters zu fügen, davonfahren.
Aber der redliche Parner fiel ihm energisch in die
Zügel.

„Dageblieben, Mosjö", rief er mit lautem Com=
mandoton. „Ihr habt gehört, daß mein alter Freund
Befehl vom Generalconsul hat. Dem habt Ihr Euch
zu fügen. Die Befehle Eures saubern jungen Herrn
stehen denen des Vaters nach." . . .

In dem Augenblick erschien Frederikson in der
Hofthür, angethan mit einem altmodischen Hausrock,
den grünen Regenschirm, den unvermeidlichen, in der
Hand. Sein Zorn ergoß sich mit vielen Vorwürfen
in höchst kernigen Ausdrücken über den frechen Kutscher.
Dann öffnete sich der Schlag, er drückte dem Jugendfreund

einen Kuß auf die Stirn und fuhr dem jungen Herrn entgegen.

Der rothe Fuchs lag am Ende des Dorfes. Der Weg war lang und einförmig.

Mosjö Fritz, nicht im geringsten durch die eben erhaltene Strafpredigt eingeschüchtert, pfiff auf dem Bock ein lustig Lied.

„Es ist keine Frage, daß uns dieser Gustav ein X für ein U machen wollte", dachte Frederikson. „Dacht ich mir's doch gleich, daß meine direkte Ordre einen besonderen Sinn habe, der dem Herrn Gustav nicht willkommen! . . . Es ist wegen der Comödiantin. Zu der hat er eher wollen, als zum Vater. Wer weiß das Warum? . . Höllenkniffe und Pfiffe! Und doch ist der Junge sonst so brav, so gut — und für solche Streiche von Haus aus nicht im geringsten qualificirt. Aber die Liebe macht toll und blind! Vater und Mutter müssen zurücktreten. Halloh, steht nicht so Etwas auch in der heiligen Schrift? Ja, ja! Na, wenn's da drinnen steht, so ist's gewiß auch nichts so Schlimmes. Wenn's nur keine Theaterprinzessin wär! Das ist's! . . . Hm, hübsch ist sie — das ist wahr. Und brav soll sie auch sein — das sagt alle Welt und die ist sonst gern bereit, immer das Schlechteste zu sagen und zu glauben . . . Hab' ich mich insgeheim nach dieser Demoiselle Perry umgeschaut, seitdem ich erfuhr, daß unser junger Herr ein Aug' auf sie habe. Was man so von ihr hört — klingt nicht übel! Aber es ist und bleibt doch nur 'ne Theaterprinzessin. Die thut nicht gut zum Eheweib für einen ehrsamen Handelsherrn!" . . .

Der Wagen stand still. Er hörte Gustav's Stimme. Sein Zorn war völlig verraucht. Mehr als je zuvor fühlte just in diesem Augenblicke sein altes Herz, wie es dem jungen Mann zugethan sei. Die Strafpredigt, zu der er sich berechtigt glaubte, war vergessen, er öffnete mit eiligen, zitternden Händen den Schlag, und eilte Gustav entgegen, der eben aus der hohen Thür des Hauses in den Vorhof hinaustrat — höchst erstaunt über diesen unerwarteten Insassen seines Wagens. Er sah, daß sein Plan mißlungen. Eine unlängst von Clara angelangte Zuschrift hatte ihn dringend um eine Unterredung gebeten, bevor er mit dem Vater sprechen würde. Das schien nun vereitelt. Clara's Brief war kürzer als je eine Zuschrift. Die Schriftzüge waren flüchtig, zitternd. Eine unendliche Angst lag gewiß lastend auf ihrer Seele, da sie diese Worte geschrieben. Von dem Einbruch und den sich daran knüpfenden Ahnungen hatte sie nichts geschrieben. Das Erstere erfuhr Gustav jetzt durch den alten Buchhalter. Auch vom Selbstmorde Ferrands war die Rede. Gustav starrte, wie abwesend, ins Leere. Seine Gedanken flogen den eilenden Rossen voraus.

Er hatte. sich dem Befehl des Vaters gefügt. Frederikson hatte sich zu ihm in seinen Wagen gesetzt. Der andere folgte ihm nach. D. war bald erreicht. Die hohen Kapellen und Thürme funkelten im Sonnenschein. Ueber Wald und Strom fluthete es wie ein grüngoldiger Nebel. Gustav's Auge sah an diesem Morgen nichts von alledem . . . Strassen und Haus waren erreicht. Diener umringten den Wagen. Der Vater war nirgend zu sehen. Das war ja immer so gewesen. Der Generalconsul liebte derlei Rührscenen nicht, wie er sie nannte ... Der Sohn mußte auch jetzt sich melden lassen.

Nach einer halben Stunde, die Gustav in seinen eigenen Zimmern zugebracht, in qualvollster Stimmung zugebracht, ward ihm durch den alten Buchhalter die Kunde, daß der Vater ihn erwartete.

„Sie sehen ja so bleich", meinte theilnehmend der Alte, als Beide zum Privatcabinet des Generalconsuls sich begaben. „Sie sind gewiß krank!" ...

„Es ist Nichts, guter Alter", sagte er mit flüsternder Stimme, welche seine Worte Lügen strafte.

Als er eingetreten, erhob sich der Generalconsul. Er öffnete die Arme, ohne sich dem Sohn zu nähern. Gustav umarmte ihn mit einer Leidenschaftlichkeit, die dem Vater auffallen mußte. Frederikson hatte versprochen, nichts auszuplaudern von dem Projekte Gustav's, der dem Gesandten des Vaters sich entziehen wollte. Das beruhigte ihn. Ein heiteres sorgloses Lächeln, das auf der Stirn des Vaters stand, ermuthigte ihn sogar.

„Ich bin sehr zufrieden, mein Sohn", hub der Consul an, nachdem ein gnädiger Wink dem Sohn erlaubt hatte, ebenfalls Platz zu nehmen. „Du hast Deine schwierige Commission durchgeführt wie ein ächter Kaufmann. Dich zu einem solchen auszubilden, war mir eine der liebsten Hauptaufgaben meines Lebens. Sie schien glücklich gelöst. Deine Berichte haben mir viele Freude gemacht. Schon der Styl ist so ein ganz anderer geworden. Früher klangen Deine Rapporte von der Reise wie Romancapitel. Es lag mir viel daran, diese Affaire drüben so zum Austrag zu bringen, wie es Dein Geschäftseifer jetzt durchgesetzt. Wir haben uns mit Giffhorn's Söhnen nicht entzweit und haben auch nichts bei Schellhorn's Erben eingebüßt ... Ich wiederhole es Dir, ich bin mit Dir zufrieden. Du hast dieses Wort selten — vielleicht nie — aus dem Munde Deines Vaters vernommen. Dem Worte folge die That. Sprich, Gustav, hast Du irgend einen Wunsch auf dem Herzen, durch dessen Erfüllung ich Dir beweise, welche Freude Du mir durch die glück= lichen Resultate dieser Geschäftsreise gemacht! Sprich offen und ehrlich! .. Ich erinnere mich, Du wünschtest einen Pavillon zum Studiren auf dem Dach unserer Villa in chinesischer Zeltform. Ist es noch Dein Wunsch? Was es auch sei — sprich Deinen Wunsch aus. Wir stehen jetzt in dieser Stunde des Wieder= sehens — fügte er mit einem auffallend weichen und wohlwollenden Ton hinzu — nur als Vater und Sohn uns gegenüber: solche Stunden mußt' Du bei einem so strengen Papa Dir zu Nutzen machen."

„Stünden wir uns nicht besser immer so gegen= über, lieber Vater? — Glaubst Du, der Buchführer, der Deine Befehle gewissenhaft und ohne Einrede aus= führen muß, könnte in mir jemals den Sohn vergessen? Kann das Leben, kann der Beruf in Wahrheit eine Scheidewand aufführen zwischen Vater und Sohn! O, da ich offen reden soll, mein Vater — diese Scheide= wand." ...

„Ich weiß! Ich weiß! Wozu auf's Neu' das alte Thema erörtern? Laß ab davon, mein lieber Sohn.

15

Ernste Würde ziemt dem Mann; der Vater wird den
Vater ebenso wenig vergessen wie Du den Sohn, auch
da, wo noch diese Scheidewand — wie Du sagst —
sie scheinbar trennt. Liebe äußert sich tausendfach ver-
schieden. Die zärtlichen Theaterpapas mit ihren ewigen
Thränen und Umarmungen sind fast immer Menschen
ohne viel Fond, ohne festen Gehalt und bei all' ihrer
Empfindelei, Zärtlichkeit, Nachgiebigkeit und Weichheit
wirken sie an ihren Kindern just das Gegentheil, was
wahre Liebe wirken will und soll!" . . .

Er ergriff beide Hände seines Sohnes und drückte
sie fest in die seinigen. Seine Stimme, weich und
sanft, harmonirte kaum mit diesen Worten, die er
über die ernste Würde eines strengen Vaters gesprochen.
Sein volles, großes Auge ruhte mit sichtlichem Wohl-
gefallen auf dem schönen Angesicht des Sohnes. So
saß er, weit vorgebeugt, eine lange Weile, als wolle
er des Sohnes Bild einsaugen in sich, als habe sein
inneres Gefühl die Eisrinde gesprengt, die sonst dieses
Vaterherz umstarrte. Gustav hatte den Vater niemals
so geschaut. Von Kindheit an war er ihm immer ein
Fremder gewesen. Das Wort „Vater", das sein liebe-
verlangendes, weiches Herz ihm so oftmals zugerufen,
schien kein Echo zu finden in seiner Brust. Es klang
so kalt, so fremd, wenn er ihn seinen Sohn genannt.
Kein Beweis wahrer Zärtlichkeit von Jugend auf; —
strenge Verweise, finstere Befehle — das waren die
Erinnerungen, die bei dem Worte „Vater" in ihm
aufstiegen. — Hatte er sich so gar wenig auf das
Wesen der Liebe verstanden, daß er bei dem Vater jed-
weden Beweis dafür vergeblich suchte? — Wie manche

durchweinte Nacht war Folge dieses Zwiespalts gewesen für den einsamen Jüngling. Gustav — im
fremden Pensionat von Jugend auf erzogen und erst
nach der Aufnahme in die Christengemeinde als deren
selbstständiges Mitglied — brauchte eine warme, ent-
gegenkommende, weiche Liebe, die ihn aufhob an ihr
Herz, die ihn trug auf kräftigem Arm. Wie ein
Fremdling trat er in's Vaterhaus. Das Bild des
Mannes sogar, der sich seinen Vater nannte, war ihm
bis dahin fremd gewesen. Von der Mutter hörte er
nie. Nicht einmal ein Bildniß derselben war vorhanden.
Der strenge Vater mochte nicht von ihr reden und Gustav's Fragen nach der früh Verblichenen wurden stets
kalt und kurz zurückgewiesen. Sein träumerischer Sinn,
vergebens nach einem verwandten Herzen suchend, er-
drückt durch die Last des Geschäftes, streng bewacht bei
jeder Freistunde — gefiel sich darin, selbst dieses Bild
der Mutter in seines Herzens Heiligthum sich idyllisch
auszumalen und darin zugleich dann auch sein Ideal
der Weiblichkeit aufzustellen. Was Wunder, daß jetzt
Clara's Bild mit diesem Ideal identisch geworden? ...

Mit sanftem Druck ließ endlich der Consul die
Hände des Sohnes los. Es war, als erriethe er die
Gedanken des sinnenden Jünglings, der halb erstaunt
seine zärtlichen Blicke erwiederte.

„Wahre Liebe fordert und erwirbt zunächst Vertrauen“, begann der Alte nach einer Weile. „Das
meine hat Dir, mein Sohn, niemals gefehlt. Du
kanntest all' meine Pläne, all' mein Hoffen, all' meine
Entwürfe. Du wolltest oftmals vielleicht andere Be-

weife meiner Liebe! Dein ſchwärmeriſcher, romantiſcher
Geiſt fand wenig Behagen an dem ernſten Vater. Weich
und träumeriſch — Deiner Mutter gleich — fühlteſt
Du Dich ſtets mehr abgeſtoßen von mir als angezogen.
Es gab eine Leere in Deinem ſonſt doch überſtrömenden
Herzen — und der Vater füllte ſie nicht aus. Unſer
Dichten und Trachten ging weit, weit auseinander.
Jetzt, da Du zum Mann herangereiſt biſt, da Du, in
treuem Gehorſam den Prinzipien des ſcheinbar allzu
geſtrengen Vaters folgend, ein praktiſcher Geſchäftsmann
geworden, jetzt hoffe ich auf jene völlige, reine Harmonie zwiſchen uns! Glaube nicht, daß mir Deine
inneren Kämpfe unbekannt geblieben ſind. Ich konnte
ſie Dir nicht erſparen. Praktiſches Wirken und Schaffen
allein konnte Dich den exaltirten Träumereien und den
romantiſchen Schwärmereien entziehen, die Dich früher
oder ſpäter aufgerieben hätten. Ich ſah das Ziel, dem
Du unbewußt zuſtrebteſt! Du hätteſt Dich zerſplittert
in Schöngeiſterei. Nur eine ſtrenge Hand konnte Dich
von dieſem Abgrund entfernen. Jetzt befürchte ich nichts
mehr für Dich. Du wirſt — wenn ich einſt nicht
mehr bin — dieſe Strenge ſegnen. Nicht zum Träumen ſind wir da — ſondern zum Wirken und Schaffen.
Der berufene Dichter und Künſtler mag ſeine beſondere
Bahn gehen und praktiſchen Lebenszwecken entſagen:
ihm wieß ein höheres Geſchick andere Zwecke und Ziele
zu. Eine ſolche Laufbahn ſchien Dir zuzuſagen; ſie
war nicht Deine Beſtimmung. Ich habe Deine heimlichen Malereien und Poeſien geprüft — prüfen laſſen.
Jetzt darf ich es ſagen; der Mann dem Manne! Em-
pfindliche Eitelkeit iſt dem praktiſchen Geſchäftsmann

Gustav Reinert fremd: er lächelt jetzt mit seinem Vater
über jene jugendlichen Extravaganzen. Gesteh' ich's Dir,
mein Sohn, ich habe auf diese Stunde mich gefreut. Von
Jahr zu Jahr sah ich sie näher kommen. Ich durfte
die Frist der Prüfung nicht kürzen; durfte die strenge
Zucht nicht mildern. In treuem Gehorsam nähertest
Du Dich dem Ziel, anfänglich mit Widerstreben, später,
da gründlichere Einsicht und weisere Besonnenheit durch-
brachen, mit Freude. Nun ist's erreicht, mein Sohn!..
Diese Reise hat mir gezeigt, es sei erreicht. Du trittst
als Compagnon in meine Firma. Das sei der erste
Beweis, den ich Dir von meiner Zufriedenheit mit
Dir gebe — eine Belohnung Deiner Ausdauer, Deines Gehorsams . . . Doch einen besonderen Beweis
meiner Liebe muß ich Dir durch Erfüllung einer selbst
geäußerten Bitte geben . . . Oeffne dem Vater dein
Herz!" . . . .

„Wie unaussprechlich reich hat mich diese Stunde
gemacht, mein Vater. Fast scheint es Vermessenheit,
noch fernere Wünsche zu hegen — und doch . . . . Es
ist, als hättest Du in meiner Seele gelesen, mein
Vater, als wüßtest Du, daß das Herz Deines Sohnes
allerdings noch einen Wunsch verbirgt, den er Dir
schon längst so gerne anvertraut! Bis auf diesen Tag
fehlte mir dazu der Muth. Jetzt aber, da diese Scheidewand zwischen Sohn und Vater eingesunken — jetzt
darf ich Alles unumwunden Dir gestehen! Dein edles,
volles, väterliches Vertrauen ist mir vorangegangen,
mit Eröffnungen, welche . . . . Doch schon zu viel
davon! In zwei Worten entlastet sich mein übervolles
Herz . . . . Es betrifft das Glück meines ganzen Lebens."

Ihm war's, als höre er das überlaute Pochen
dieses Herzens, als wollten alle Adern sich öffnen, als
dränge der kreisende Blutstrom gewaltig ein in Hirn
und Herz. Die gewaltige Aufregung, die ihn in diesem
entscheidenden Augenblick ergriffen, schien es ihm fast
unmöglich zu machen, die zwei verhängnißvollen Worte
auszusprechen.

Zwei Worte! — Der Vater lehnte sich erwar-
tungsvoll zurück, das Geständniß des Sohnes völlig
zu vernehmen. Als Jener vor Erregung inne hielt,
sagte er, nicht ohne Staunen, dessen letzte Worte wieder-
holend, „das Glück Deines ganzen Lebens, mein Sohn?
dachte ich dieses doch fest gegründet zu haben! Fortuna
hat uns gesegnet, unser Geschäft blüht, Vater und
Sohn werden in Zukunft dasselbe zu gleichen Theilen
führen, regieren .. ein langes, schönes Leben liegt
vor Dir, ein Leben voll herrlicher Thätigkeit, die nicht
ohne Erfolg sein kann. Alle städtischen Aemter stehen
hinfort Dir offen, und Du wirst auch für Deine ganz
specielle Heimath segensreich in ihnen wirken können." ...

„Schilt mich nicht undankbar, lieber Vater", begann Gustav aufs Neue, „wenn ich Dir gestehen
muß, daß in meinem Herzen neben Deinem Bilde —
noch ein anderes steht. Ein Bild, das nimmer, nimmer
dort erlöschen und schwinden wird! Das Bild eines
Mädchens, mein Vater, ohne dessen Besitz ein vollkommenes Glück für mich nicht denkbar ist. Ja, mehr
noch, ich fühle, mein Vater, daß kein Glück dieser
Welt fernerhin für mich ein solches sein kann, wenn
ich die Auserwählte meines Herzens nicht die Meine
nennen darf!" ..

Der Generalconsul hatte sich erhoben. Eine finstere Wolke des Unmuths flog über die hohe Stirn.

„Du liebst?" rief er aus und seine Stimme klang fast zornig und rauh. Doch bald, als hätte er ganz wider Wissen und Willen sich hinreißen lassen, zwang er sich zu seiner früheren Ruhe und freundlichen Milde ... „Du liebst", fuhr er weicher und leiser fort, „und erst jetzt, erst heut, erfahre ich davon das erste Wort. Seit wann trägst Du dieses Geheimniß im Herzen?" ...

„Schon seit Wochen, mein Vater! O wäre früher zwischen Vater und Sohn die Scheidewand eingesunken, wie in dieser schönen Stunde — ich würde längst Dir meine Liebe vertrauensvoll gestanden haben!"

„Du thatest Unrecht, mein Sohn! Du durftest, du mußtest mir vertrauen! Oder war's noch ein andrer Grund, der Dich bis jetzt zum Schweigen nöthigte?"

„Ein anderer Grund, mein Vater?" ...

„Eine ehrliche, würdige, wahre Liebe, wie sie Gott selbst uns in das Herz senkt, braucht sich nicht zu verbergen. Sie darf offen und kühn sich zeigen, und vertrauensvoll sich Jedem offenbaren. Laß mich nicht fürchten, Gustav, daß ein unwürdiger Gegenstand" ...

„O halt ein, mein Vater! Sie nicht meiner würdig?! O, wer bin ich, daß ich solcher Liebe würdig befunden wurde."

„Und wer, wer ist die Geliebte Deines Herzens, ohne die für Dich kein vollkommenes Glück Dir fernerhin denkbar ist?" ...

Gustav nannte jetzt den Namen der Geliebten.

„Die Schauspielerin? — Die? . . . Nimmermehr!" . . .

Der Alte hatte diese Worte schnell und hastig hervorgestoßen. Gustav's Ahnung, als wisse der Vater längst um sein Geheimniß, schien durch das Staunen völlig widerlegt, welches Jener zeigte, da er Clara's Namen aussprach.

„Sie kann's nicht sein", fuhr der Generalconsul fort und in seiner Stimme zitterte eine tiefe Wehmuth und Rührung, die Gustav unbegreiflich war.

„Deine Wahl, mein Gustav" — fuhr er fort und bedeckte das Gesicht mit beiden Händen, als wolle er dem Sohne die schmerzliche Erregung verbergen, die sich auch in seinen Zügen abspiegeln mochte — „Deine Wahl ist, wie ich sie von Deinem edlen Sinn, von Deinem weichen und guten Herzen erwartete! Es ist ein edles Mädchen. Ihre Kunst hat sie geadelt, und dieser Adelsbrief ist mir höher, werthvoller, als der eines hundertjährigen Stammbaumes. Ihr Herz besitzt Reichthümer, welche den Mammon, den wir besitzen, tausendfach überwiegen! Warum entdecktest Du Dich mir nicht früher? O wie gerne, wie freudig würde ich diese Wahl billigen, wenn — — O hätte ich Dir doch diesen Schmerz ersparen können; hätte ich im Aufkeimen und im Entstehen diese Neigung in Dir ersticken können! . . . Mein armer, armer Sohn!" . . .

„Deine Worte sind Räthsel für mich, mein Vater!"

„Sie müssen, sie werden es für Dich bleiben! Ich darf Dir dies Mädchen nicht geben — „Gott ist mein Zeuge. Mehr darf ich Dir nicht sagen!" . . .

„Ich sage Dir: das Glück meines Lebens hängt von dem Besitz Clara's ab. Mehr als je fühle ich das jetzt — in dieser wichtigen Stunde. Warum willst Du mir die Geliebte verweigern? Ich muß Deine Gründe wissen, mein Vater!" ...

„Forsche nicht darnach! Entsage — vergiß!" ...

„Ich kann es nicht! Dein räthselhaftes Weigern weckt tausend Zweifel in mir! Du wolltest mir ja ganz vertrauen, mein Vater! Ich mahne Dich an Dein eigenes Wort." ...

Eine lange Pause entstand. Der Generalconsul hatte noch immer das Haupt in beide Hände gestützt. Der sonst so eisenfeste Mann schien tief gebeugt und im Innersten gebrochen. Endlich ließ er die Hände sinken, sein Antlitz war todtenbleich.

„So muß ich denn", begann er mit einer leisen, flüsternden Stimme, in der ein innerliches Weinen nachzuzittern schien — „so muß ich denn wider Willen die Schleier lüften, die ich vorbedachtsvoll selbst zusammenzog! Ich dachte nicht, daß Du, Du selbst, mich dazu zwingen würdest. Doch es muß so sein. Ich fühle mit Dir, mein Sohn! Vielleicht lindern meine Eröffnungen Deinen Schmerz, vielleicht wird die Entsagung Dir um so leichter. Darum, darum eben nur mache ich Dir jetzt Geständnisse, welche ich mit mir in's Grab nehmen wollte! Du kannst nicht ermessen, wie gerne ich sie Dir — und mir ersparte ... Höre mich ruhig an! .... Die Erinnerungen Deiner Kindheit sind dunkel. Das Bild der Mutter zumal ist in ihnen nicht enthalten ... Du wurdest einsam erzogen bei einem Landprediger. Als Du das fünfzehnte Jahr.

erreicht, kamſt Du zu Deinem Vater. .... Du haſt
erfahren, daß unſer Geſchlecht kein hieſiges iſt, daß
ich als junger Wittwer mit Dir vor vielen Jahren
hierher kam. Ein alter Baron von Reinert adoptirte
mich. Sein Name gab mir Anſehn, förderte meine
Unternehmungen, er gab mir ſeinen Namen für — —
eine Jahresrente, die ich ihm aus meinem ſchon damals nicht unbeträchtlichen Vermögen auswarf. Es
war mir auch aus andern Gründen darum zu thun,
einen fremden Namen legitim führen zu dürfen ....
Unſer Geſchlecht ſtammt aus jenem Theil Deutſchlands,
der hinterliſtiger Weiſe einſt von Frankreich uſurpirt
worden — aus dem ſchönen Elſaß. Dein Großvater
focht neben dem Napoleoniden in mancher Schlacht.
Auch nach der Rückkehr des Helden von Elba in den
hundert Tagen ſtand er in den Reihen jener alten
Garde, die ſterben, doch nie ſich ergeben wollte! Bona-
parte mußte zum zweiten Mal entſagen. Er ging nach
St. Helena. Dein Großvater — kein Elſäßer wie die
Großmutter, der zu Liebe er dort ſich angekauft und
niedergelaſſen — gehörte einer altabeligen Familie der
Normandie an. Sein Name war Jean de Griffier. ....
Er ſtarb als ich zehn Jahre zählte — ſtarb, da man
ihm den Tod ſeines geliebten Kaiſers gemeldet ... Ich
wuchs heran. Ein Freund Deines Großvaters erzog
mich in den Grundſätzen, die dieſem zur Richtſchnur
gedient hatten. Die deutſche Mutter ward mir durch
dieſelben entfremdet. Wider ihren Willen ward ich von
jenem Erzieher ſchon als Jüngling in politiſche Um-
triebe verwickelt, welche für die ganze Familie gefährlich werden mußten ...... Eine Zeitlang ſchien ein

guter Genius mich jenem gefahrvollen Treiben entreißen zu wollen. Ich sah Deine Mutter — sah und liebte sie . . . Griffier's Wittwe segnete unseren Bund und ich schien (da auch Deine Mutter aus einer deutsch- gesinnten und deutschredenden Familien war) durch den- selben der alten, einsamen Frau wieder näher gerückt zu sein. Die Julirevolution kam. Da riß es mich fort nach Paris. Die alten Bonapartisten fühlten neue Hoffnungen für ein Regime, für welches damals in vielen heimlichen Clubs Propaganda gemacht wurde. Mein ehemaliger Lehrer war einer der angesehensten und kühnsten Parteiführer in Paris geworden. Seine glühende Beredsamkeit spottete alle Einwendungen und Bedenklichkeiten meiner Familie hinweg. Ich verließ heimlich Weib und Kind . . . Ich kam nach Paris. Ich ward ein willenloses Werkzeug für die verderb- lichen Pläne jener Parteiführer . . . Das Haus Or- leans kam auf den Thron. Man löste unsere Clubs auf. Wir zogen in die südlichen Provinzen . . . Un- sere finsteren Pläne förderte die grimmigste Rache gegen die herrschende Partei. Sie riß uns zu Extravaganzen, die uns compromittirten . . . . . Man schritt energisch gegen uns ein . . . Lange Kerkerjahre folgten . . . . Endlich kam ich heim. Ich sollte Frankreich für ewige Zeiten meiden. Die Großmutter war gestorben. Deine Mutter war zu einem Verwandten gezogen, einen der eifrigsten Royalisten im Elsaß. Dorthin wandte ich mich. Man wies mich ab. Deine Mutter . . . Deine Mutter, so sagte man mir, habe alle Verbindung mit mir längst aufgeben wollen. Sie bestände auf Schei- dung . . . . . Nur kurze Frist war mir gegönnt, meine

Familienverhältnisse zu ordnen. Drei Tage noch —
und ich war geächtet, war vogelfrei! Umsonst alle Ver-
suche, mich der Mutter zu nähern … Als ich einst
gegen Abend — dem letzten vor der drängenden Abreise aus dem Lande Deiner Väter — in die Nähe
des Schlosses kam, der schönen Rheininsel mit dem
Fort Vauban lag es gegenüber, sah ich eine Wärterin
sich dort im Park ergehen. Sie trug ein Kind auf
den Armen … Du warst es, mein Gustav! ….
Ein unwiderstehlicher Drang ergriff mich, noch einmal
Deine reine Stirn zu küssen. Die Gelegenheit schien
mich zu begünstigen. Die Amme ließ Dich im Rasen
spielen. Ein Bedienter kam aus dem Schloß und gesellte sich zu der gewissenlosen Wärterin, die bald darauf mit jenem Menschen in dem nahen Bosquet verschwand … Ich eilte herzu und drückte Dich an
mein Herz. Niemand ließ sich ringsumher erblicken.
Da erwachte der Gedanke in mir, Dich, mein Sohn,
der harten, unversöhnlichen Mutter zu entreißen, Dich
mit mir zu nehmen, als einzige Erinnerung an mein
auf ewig entschwundenes Glück. Das Wagniß gelang … Ich floh mit Dir nach Deutschland ….
Man verfolgte mich, um mein Kind von mir zurückzu-
fordern, ja man stachelte aus anderen erlogenen Gründen sogar die Regierung auf, den ohnehin schon hart
Bestraften selbst in der Ferne noch zu beunruhigen.
Ich tauschte den verhängnißvollen Namen Griffier nun
gegen Den, welchen wir Beide nun mit vollem Recht
und mit Ehre führen. Dich ließ ich insgeheim erziehen. Das Glück begünstigte den Proscribirten. Die
Recherchen der heimathlichen Regierung schienen

fiſtirt .... Ich forſchte insgeheim durch treue Agenten dem Schickſal Deiner hartherzigen Mutter nach ...
Sie iſt jetzt längſt geſtorben .... Sie hinterließ ...."

„O mein Gott — welche Ahnung durchzuckt
mich —"

„Sie hinterließ ein Kind — mein Kind .. Der
Verwandte ſtarb, der Deiner Mutter den Rath gegeben,
ſich von dem Complottiſten auf ewig zu trennen ...
Das Kind kam zu Verwandten nach Deutſchland, die
ihren Namen der Waiſe gaben."

„Und dieſe Waiſe?" ...

„Iſt Clara — iſt Deine Geliebte!" ...

Mit einem dumpfen Schrei ſank Guſtav ohnmächtig zu den Füßen ſeines Vaters zuſammen.

XIII.

Schweſter! Schweſter! — Unaufhörlich wie das
einförmig ſchauerliche Geläute einer Todtenglocke tönte
dem Armen dieſes eine Wort in's Ohr. Wie er das
Zimmer des Vaters, wie er das Haus verlaſſen — er
wußte es kaum. In der fernen Vorſtadt finden wir
ihn wieder. Zum Walde, deſſen Laubdach ſchon in
dem Verweſungsſchmucke des Herbſtes prangte, lenkt er
die haſtigen Schritte. Sein Unglück ſteht auf ſeiner
Stirn geſchrieben. Aengſtlich, ſcheu weicht man ihm
aus in den Gaſſen. Er merkte nicht darauf. So
kommt er endlich zu dem öden Revier, auf dem ſich
das Steinkreuz erhebt ... Dort ſinkt er zuſammen.
Noch immer kann ſein Hirn nichts faſſen als dieſen
einen ſchrecklichen Gedanken. Wozu auch noch andere

Gedanken für Einen, der an der Grenze des Lebens steht und nur hinüber verlangt — fort aus diesem Leben, das ihm nichts, nichts gehalten von dem, was Herz und Seele sich versprochen bis auf diesen Tag! Nur Erlösung von der Last jenes einen Gedankens, der urplötzlich seinen ganzen Sinn und Charakter in seinen tiefsten Tiefen erschüttert und umgewandelt hatte. Er besaß nicht den Heroismus zum Entsagen. Er fühlte sich in einen Conflikt widerstrebender Pflichten versetzt, dem er nicht gewachsen. Warum kämpfen, wenn kein Sieg zu hoffen, flüsterte in ihm eine dumpfe Stimme... Sein ferneres Leben erschien ihm wie ein wildbewegter See, hinter dessen schäumender Brandung kein Ufer winkte. Kämpfen — kämpfen und verzweifeln und zu Grunde gehen! ... Warum nicht jetzt schon? Ein Moment ja ist's nur, der Ewigkeit und Zeit zusammenkettet — ein einziger Moment! Ein Druck der Hand — die Kugel fliegt — der Moment ist vorüber — die Ewigkeit beginnt. Wohl winkt durch die trüben Wolkenschleier, welche die Gedankenwelt des Armen umweben, abmahnend das sanfte Bild der — Geliebten. Sein nach innen gewendeter Blick sieht es gar wohl — doch schaudert er zurück vor diesem Bilde. Kann er sich doch diesem Bilde nicht anders nahen als mit jener Liebe, die Sünde ist im Herzen eines — Bruders! Wie ein ewiges Feuer glüht dies entsetzliche Gefühl in ihm — keine Zeit kann es auslöschen. Und so an ihrer Seite fortleben — Tag um Tag, Stunde um Stunde mehr noch einzusehen, was er verlor — unerträglicher Gedanke. Und doch — es wird, es muß so sein. Der Vater muß die lang entbehrte Tochter in sein Haus nehmen, er wird sie feierlich anerkennen als sein Kind. Oder wird er sie verläugnen vor der Welt — wird er, wie bisher, ihr fern und kalt gegenüberstehen wollen? Und Clara — wie wird sie aus diesem Kampf hervor gehen? . . . Immer irrer, immer verworrener wurden seine Gedanken. Lockender, einbringlicher denn zuvor, sprach die dumpfe Stimme: „Folge doch — geh' hinüber in das Land des Friedens — die Thür ist ja offen." . . . O wie oft schon hat sie zu einem armen, verzagten, verzweifelnden Menschenherzen so gesprochen und ihm eine heroische That vorgeschmeichelt, durch die er alle Last auf einmal abschüttelt, die er zu tragen keine Kraft besitzt.

Gustav hatte sich erhoben. Hoch aufgerichtet stand er da neben dem Trümmerhaufen und dem alten Steinkreuz. Heiliges Symbol, das auf dieses weiche, sanfte Herz stets seine Macht ausgeübt, redest du heute nicht zu dem armen, vernichteten Menschenkind, dem du so oft Trost und Frieden, Lebensmuth und Opferfreudigkeit gepredigt?! — Schon blitzt die Waffe in seiner Hand. Wo er sie aufgerafft bei seiner jähen Flucht — er weiß es nicht. Sein innerer Blick starrt auf das verhängnißvolle Rohr und dann hinüber zu dem rauschenden Waldbach. Dorthin lenkt er die Schritte — dorthin zur Stätte, wo Ferrand, sein Nebenbuhler mit ähnlichen Gedanken und Entschlüssen vor wenig Tagen gestanden haben sollte. Gedachte er jetzt dieses Armen, über den er noch heute den Stab gebrochen, als Frederikson ihm die Geschichte des Unglücklichen erzählte? Und nun?! . . . .

Die Sonne stand hoch am Himmel. Ein goldenes, un= ermeßliches Netz hatten die Strahlen der Tagesgöttin um die Welt gesponnen. Sommerlicher Duft wehte noch über die herbstbraune Erde. Ach, all' diese Schöpfungspracht, durch die erhabene Gottgedanken fluthen, versteht ja nur ein glücklich Herz. Denn tief zur Erde senkt der Unglückliche den Blick — oder tief in sich hinein und sieht überall nur sein Weh. Auch Gustav, dessen Seele oft in dieser Waldeinsamkeit die süßesten, entzückendsten Träume seines Lebens geträumt, fühlte nicht mehr die Magie, die sonst der leise, flüsternde Wald, das Rau= schen des Waldbachs und der heilige Gottesfrieden rings= umher auf ihn gewirkt. Alle Bande waren ja zerrissen, die ihn vordem an diese Welt gefesselt — er besaß nichts mehr von den Hoffnungen, die den Menschen ewig an die Muttererde fesseln. Der Hoffnungslose glaubt sich nicht mehr heimathberechtigt in diesen Thälern — er strebt hinaus aus ihren Grenzen — hinaus zu jenen dunklen Bezirken, von deren Ufern noch nie ein Wanderer zurückgekehrt ist. Er kennt ja keinen, keinen Freund mehr in der grabesdunklen Welt — als den bleichen Tod — den ewigen Schlaf. Bei ihm ist zu finden, wonach sich einzig seine gebeugte, zer= rüttete, zerknirschte Seele noch sehnt: „vergessen!" ...

Und kein Bild vergangener Tage, das wie durch der Träume Thor leis' eintritt in seine Seele und ihn zur Umkehr mahnt, ihn kräftigt zum Tragen des Un= vermeidlichen, ihn auffordert zum männlichen Kampf wider das unerbittliche Geschick, ihn zum alten Glauben der Kindheit, der da Friede verheißt den Ruhelosen, und Sieg den Gerechten und Licht, ewiges Licht nach der Grabesnacht dieses Lebens?! . . . Noch einmal hebt er das Auge empor — ein wilder, verzweiflungs-voller Blick zu dieser ewig lächelnden Tagessonne, die seines Unglücks zu spotten scheint . . . . Keiner der lichten Strahlen erhellt das Dunkel seiner umdüsterten Seele mehr! Um ihn und in ihm ist ja tiefe, tiefe Dunkelheit worden. Seine Sonne ist dahin gesunken, die in ihm leuchtete — — kein Licht von Außen bringt Licht in dieses innere Dunkel . . . . . . Es war der letzte Abschiedsblick . . Entschlossen tritt er an den Rand des Wassers . . . Er sucht den gewissen Tod durch die feindliche Gewalt zweier lebensmordender Elemente . . . . Fehlt das Rohr, das er dicht zur Stirn sich führt mit fester Hand, so mag dort das rauschende Wasser ihn thalabwärts tragen . . . .

Wie wundersam rauscht es aus der brausenden Tiefe. Ueber das steinige Bett rollen die schäumenden Wogen in stürmender Hast — eine seltsame Melodie dies Rauschen!

Noch einmal hält er still . . Sein Auge starrt hinab zu diesen murmelnden Wellen. Ihm ist's, als tönte von ihnen der letzte Gruß herauf zu ihm — der letzte Gruß der Welt, von der schon der Abschied ge-nommen. Nicht sein eigen Bild strahlt ihm dieser blaue Spiegelgrund zurück. Die hüpfenden, schaumgekräusel-ten Wellen eilen zu flüchtig dahin, doch andere Ge-stalten und Bilder tragen sie wie im Flug an ihm vorüber. Er kann den Blick nicht abwenden von dem feuchten Grabe, in dem er Ruhe suchen will. Wie mit blauen Augen schaut's ihn an aus dem Wellen-

16

grund — — der Gischt schäumt drüber hin — aber
sie kehren wieder und wieder — — bleiche Gesichter
tauchen auf, die blicken ihn an so trüb, so mahnend,
sie schütteln das blonde Lockenhaar, als fragten sie:
„welch' unglückseliger Wahn hat dich, o Freund, hieher
geführt? Willst du mit uns dahin fließen in das dunkle
Schattenreich? O weile — bleib' dort oben — wo im
Reiche des Lichtes die liebliche Schwester nun wohnt,
deren Bild wir an dir vorüber tragen!" .... Des
Glaubens alte Kraft und süße Seligkeit — vergang'ner
Freundschaft Glück und Unschuld frommer Kinderzeit —
der ersten Liebe stille Himmelsfreud — — und Alles,
Alles, was zum letzten Mal in ihm aufsteigen mag
aus tiefster Herzenstiefe — die Spiegelbilder dessen,
was er besaß, verlor — scheint ihn hier anzuschau'n
im feuchten Grund! ... Wehmüthig lächelt er — der
Wahn zerreißt — es locket mahnend ihn zur Tiefe
nur — Verzweiflung reißt ihn auf's Neu' zurück zum
grausigen Entschluß — die Rechte hebt sich — und es
zuckt das Todesrohr — dicht vor der Stirn, dem Sitz
der quälenden Gedanken, die ihn hierher gejagt in toller
Hast, die ihn getrieben in diese Nacht des Wahnsinns,
wo er nicht mehr Herr des Geistes — dicht vor der
Stirne steht es — ein Druck — die Kugel fliegt —
ein rother Schein zuckt vor den rollenden Augen auf —
er sinkt — er fällt — leis murmelnde, schäumende
Wellen umspielen das todtenbleiche Haupt! . . . . . .

Horch — welch' ein Schrei am Ufer!

Mächtige Arme ziehen den Körper empor an das
blumige Ufer. Neben dem todtbleichen, empfindungs=
losen Jüngling kniet ein alter Mann. Er riß die

Kleider des jungen Mannes herab und beugte sich lauschend hernieder zu dem Herzen.

„Er lebt!" flüsterte er . . . Das Auge des Jünglings war geschlossen. Der Alte streifte das braune
Haar zurück . . . . „Gott sei gedankt, die Kugel traf
ihn nicht!" . . . rief er aus . . . „Zur rechten Zeit
bin ich angelangt . . . . den Sohn meines Todfeindes
zu retten! — Was hat er, dieser unschuldsvolle Jüngling zu schaffen mit dem finsteren Alten, dem ich Rache
geschworen? . . . Horch — noch immer schläfts in
ihm — allgemach erst kehrt das Leben zurück . . Der
Schreck, das kalte Wasser des Waldbachs haben ihn
ohnmächtig gemacht . . Er wird erwachen — wird
heimkehren — wird einen besseren Entschluß fassen! . .
Armer Mensch, was Dich auch getrieben zu dieser un-
glücksel'gen That — wüßtest Du, was ich getragen,
Du würdest nicht verzweifelt sein — Du würdest fort-
dulden, forttragen — — — es trägt und duldet sich
ja so viel, so viel! . . . Doch soll ich bleiben? Soll
der erste Augenblick des neuen Lebens für ihn ein Moment tiefster Beschämung werden? . . . Es ist besser,
wenn ich gehe! . . . Und doch — geize ich nicht nach
der Stunde, in der mir ein Menschenkind sagt: ich bin
Dir Dank schuldig! Du hast an mir ein gutes Werk
gethan? . . . Alter, verkommener Kerl — ein gutes
Werk! . . . . O wie wohl mir's wird bis tief in's
Herz hinein! So warm, so leicht, so froh! . . . So
war mir's lange, lange nicht! . . . Ja es war eine
höhere Macht, die mich just zu dieser Stunde hierher-
geführt . . . Es war kein Zufall! Aufgerüttelt sollt'

16 *

ich werde aus diesem wüsten Traume, den nur wilde
Rachegedanken erfüllten! . . . Wie bleich er ist —
so bleich, als habe ihn der Tod wirklich gefaßt. Doch
nein — — nein — er lebt! Lebt durch Dich! So
jung, so schön — — es war ein gutes Werk! Er
wird wieder hoffen, wird muthig das Leben tragen,
das Glück wird wiederkehren — und Dir segnen vielleicht noch einmal Kinder und Kindeskinder Deine
That! . . . Doch, was ist das? . . Ich hab's schon
einmal gesehen! . . Wo? Wann? . . . Dies Amulet
mit dem Bilde des heiligen Georgs! . . . . Pah', als
ob's deren nicht mehrere gäbe . . . Soll ich's nehmen? . . . . . Da ist's! . . . Hier stehen die Buchstaben F. M. . . Wie kommt er dazu? . . Die Kapsel
läßt sich öffnen. Ich wag es! . . . Ein Papier! . .
Das muß alle Zweifel lösen!" . . .

Mit einem lauten Schrei, das geöffnete Amulet
in den Händen fuhr der Alte empor. Der Jüngling
erwachte aus der Ohnmacht. Ein langer, irrer Blick
auf seinen Retter, ein Blick auf das rauschende Wasser —
dann richtete er sich auf . . . Er sieht das Amulet
in den Händen des Mannes, der dicht neben ihm in
die Kniee gesunken ist und ihn mit Entsetzen und Staunen anstarrt, als sei er ein übermenschlich Wesen, ein
furchteinflößender Geist — eine fleischgewordene Erinnerung des seltsamen Alten! . . . . „Ein Dieb rettete Dir
das Leben?" . . Sein erster, natürlicher Gedanke!
Er springt auf, er ist unverletzt! Kaum kann er dieses
Wunder fassen. Oder ist es ein Traum! Ist er wirklich dort angelangt, wohin der wilde Entschluß der
Verzweiflung ihn zur Flucht genöthigt? Doch nein —

nein! Er erkennt ja den Wald — das steinerne Kreuz!...
Welch' ein Erwachen! Und neben ihm — lautlos
starr vor Schreck oder Erstaunen dieser räthselhafte
Greis mit den unheimlichen drohenden Blicken.

„Felicien Marsand", murmelte der Alte, der das
kleine Amulet hoch emporhielt, als enthalte es eine
Drohung oder Anklage wider den Flüchtling, dem er
das Leben gerettet.

Marsand! ... Verhängnißvoller Name in dem
Munde des Alten, in welchem der Leser vielleicht schon
den Souffleur Salomon erkannt hat — bedeutungslos
jedoch für Gustav Reinert ...

„Den Sohn des Todfeindes habe ich zu retten ge-
glaubt, dem ich Verderben geschworen — und rette
den seines Spießgesellen, an welchem für mich die ewige
Gerechtigkeit dort oben Rache genommen. Seltsame
Fügung! — Blickt mich nicht so finster an junger
Freund. Das kleine Ding da wird uns bald mitsammen
bekannt machen. Ist es Euer Eigenthum gewesen von
Jugend auf? Antwortet mir!"

„Was soll das — Laßt mich! Geht! Warum
drängt Ihr Euch mir hier in den Weg! Mit welchem
Rechte zieht Ihr gewaltsam mich zurück in diese Welt,
von der ich bereits auf ewig Abschied genommen!
Wüßtet Ihr, was ich zu leiden und zu dulden und zu
tragen gehabt — Ihr würdet nicht so vorwurfsvoll
den Jüngling anblicken, der die Last gewaltsam abschüttelt, die er nicht tragen kann! ...

Er hatte das bleiche Haupt auf den Arm gestützt
und schaute zu dem rauschenden Waldbach herunter,
dessen dunkle Fluthen ihn wieder zu locken schienen.

Salomon trat dicht an ihn heran und legte mit
einer väterlichen Vertraulichkeit die Rechte auf dessen
Schultern, indem er mit weicher, herzlicher Stimme
sagte: „junger Freund, ich weiß, Ihr werdet's mir
später danken, was ich heut' an Euch that! Keine Last
hienieden ist übermenschlich — glaubt's mir. Ihr seid
jung; das Glück ist die Braut der Jugend, und die
Hoffnung ihre Gespielin" . . .

„Glück — Hoffnung?" warf Gustav bitter dazwischen.

„Verzweifelt nicht an dem da droben und — nicht
an Euch! Für jede Wunde gibt's einen Balsam!" . . .

„Auch für die, an denen wir langsam zu Tode
bluten müssen?" rief der Jüngling mit wildem Spott.

Der Alte schüttelte traurig sein Haupt. Weh-
muthsvolles Mitleid spiegelte sich in den verwitterten
Zügen und in den großen Augen schwamm es feucht,
wie eine hervorquellende Thräne.

„Mein äußeres Ich sieht nicht einladend aus",
sagte er nach einer Weile. „Ich hab' die Menschen
wohl beneiden können, deren Gesicht einem lockenden
Aushängeschild gleich war, darauf geschrieben stand:
bei mir ist gut einkehren. Auf der vernarbten Stirn,
in den gefurchten Zügen — ist dergleichen nicht zu
lesen. Dennoch versucht's mit mir. Habt Vertrauen
zu mir, den das Geschick doch gewiß nicht absichtslos
Euch in so wichtiger Stunde in den Weg führte.
Wagt's mit dem Retter Eures Lebens! Dankt Ihr ihm
auch jetzt noch nicht seine That, so stoßt ihn nicht mit
Spott und Hohn von Euch! . . . Zeigt mir, daß es
Menschen gibt, die auch für so einen alten zerlumpten

und verkommenen Kerl ein Mitleid fühlen können. Will er doch von Euch nichts Anderes, als ein klein wenig Vertrauen. Das Amulet sagt mir, wir stehen einander näher, als Ihr denkt! . . .

„Das Amulet? Das einzige Andenken meiner Mutter!" . . .

„Eurer Mutter! — — Und diese Zeilen hier zeigen mir die Schrift Eures Vaters, dessen Namenszug hier eingravirt ist: Felicien Marsand."

„Ich bin Reinerts Sohn — bin ja — — Welches Papier zieht ihr da hervor, das ich nie gesehen? War's wirklich in dieser Kapsel?" . . .

„Zuverlässig. Da leset." Er reichte ihm einen kleinen Pergamentstreifen, auf dem mit blutrother Tinte in Perlschrift die Worte standen: Räche Deinen Vater an Paul Griffiers Weib." . . .

Gustav las mit lauter Stimme diese seltsamen Worte . . Der Name erinnerte ihn an die Unterredung des Vaters, welche ihn in diese Verzweiflung gestürzt hatte . . . „Rächen soll ich mich an dem eigenen Vater?" — murmelte er. . .

„Paul Griffier ist Euer Vater so wenig wie der Generalconsul" — sagte Salomon zuversichtlich. „Jetzt wird's Licht in mir! . . O sagte ich's Euch nicht, es war kein bloßes Ohngefähr, das uns zusammenführte!"

„Der Generalconsul und Griffier sind ein und dieselbe Person —" rief Gustav in großer Erregung aus, ohne zu bedenken, daß er das Geheimniß seines Vaters durch diese Worte einem Fremden Preis gäbe.

Nur ein Gedanke lebte jetzt in ihm — ein Gedanke, der seine Seele zugleich mit Furcht und mit unaus sprechlicher Freude füllte — ein unerträglicher Gedanke — der dem Sohn nicht ziemte. Dennoch dachte er ihn — der fremde Mann hatte ihn in ihm geweckt und wie ein elektrischer Strahl zuckte es ihm durch Herz und Hirn.

„Sprecht, redet Mensch — was wißt Ihr von meinem Vater — was von mir!" rief er, die Hände des Alten ergreifend.

— Der Generalconsul besaß nie einen Sohn —

„Wie wißt Ihr's? Wer seid Ihr? O täuscht mich nicht! Seht, ich bin hülflos — bin verzweifelt — Ich habe Vertrauen zu Euch, daß Ihr nicht Euer Spiel mit mir treibt; O mein Gott, es wäre zu entsetzlich —"

„Paul Griffier steht vor Euch! Ich bin's, der diesen Namen führt — der ihn mit Recht führt! Ich allein! . . . . Euer Vater steht im Buch meines Herzens mit einem anderen Namen verzeichnet . . . Ich werde ihm diesen Namen zurufen, in einer Stunde — Doch nichts davon zu Euch, dem Unschuldigen. Nach diesen Beweisen seid Ihr Marsands Sohn, der Sohn eines — — Kameraden von mir und — dem Generalconsul aus alten Zeiten, da wir" . . . .

„Also auch Ihr seid Einer jener Geächteten aus dem ersten Kaiserreich, welche ihre Heimath verlassen mußten und vor den Orleanisten flohen?" . . .

„Hahaha — — Die Lüge also ist sein Deckmantel? Wohl ausgesonnen, Freund Jules; sie macht Deiner Erfindungsgabe alle Ehre!" . . . Und wieder folgte ein wildes, entsetzliches Auflachen, vor dem Gustav zusammenschauderte. Die ganze Hölle lachte aus diesen gellenden Tönen. Höher richtete sich die Gestalt des Alten empor, wie ein racheglühender Dämon stand er da . . . . „So also war der Adoptivsohn getäuscht, so die Welt! Unter meinem ehrlichen Namen flohest Du hinaus in die Welt, er gründete Dir Dein neues Glück, indeß ich — — o mein Gott! . . . Bei allen Teufeln, denn Gottes Name darf nicht mit Dir in einem Athemzug genannt werden — — ich treff' Dich in Deiner schwarzen Stunde! . . . Frohlocke Du, daß Dich die Natur nicht zusammenknüpfte mit Jenem! . . . Hast Du jetzt Vertrauen zu mir, so komm! Ich will Dir beweisen, was ich gesagt — Du sollst klar sehen!" . . . .

„Nicht sein Sohn?" rief Gustav. „Nicht Clara's Bruder? . . Ja, ja ich folge Euch! Doch hütet Euch, mich zu berücken! Ihr wählt einen Verzweifelnden Euch zum Kameraden! — Ist's, wie Ihr sagtet, so will ich Euch ehren und lieben, wer Ihr und was Ihr auch sein mögt! Täuscht Ihr mich, so" — —

„Ruhig, ruhig, mein junger Freund! Was ich versprochen, werd' ich erfüllen! Ob Ihr's mir wirklich danken werdet — hm, daran zweifle ich fast! Wer sagt Euch denn, ob Ihr bei'm Tausch der Väter gewinnt?" . . .

„Und wo ist, wo lebt jener Marsand, den Sie meinen Vater nennen?"

„Er ist todt!" — —

„Wohlan — ich folge Euch!" . . .

„Hierher, thalabwärts durch die Buchen! Dort gelangen wir zur einsamen Hütte, wo Paul Griffier seit Monaten haust." . .

Sie gingen selbander dem Buchenwalde zu.

250

XIV.

Der Abend dunkelte bereits, als Salomon —
Paul Griffier — seine einsame Hütte verließ. Gustav
Marsand blieb in derselben zurück. Todtbleich, mit
thränengerötheten Augen saß er vor einem mit Briefen
und Dokumenten bedeckten Tisch. Die Eröffnungen
des alten Souffleurs mußten diese trübe Stimmung in
ihm hervorgerufen haben.

„Nur Vertrauen — nur Muth", flüsterte der
Alte ihm zu, da er ging. „Seid Ihr doch unschuldig
an Allem."

„Ein Vater, dem alle Guten fluchten — dessen
einzig Erbtheil eine Aufforderung zur Rache — dessen
Grabstätte kein Gedenkstein zieren darf — dessen Name
mich in seinem Vaterland den Verfehmten zur Seite
stellen würde! ... Und Er, der mir als Vater galt,
der mich getäuscht, geknechtet, belogen — —! O Gott,
wie kann ich's tragen!"

„Ihr müßt, mein junger Freund und — Ihr
werdet's auch", entgegnete Griffier. „Ich hab' tief
hinein geschaut in Eure Seele! In Euch selbst findet
Ihr Trost und Hoffnung. Eure blinde Verzweiflung
ließ Euch den Anker übersehen, der Euch festhalten
mußte auch in diesem Lebenssturm. Wer, gleich mir,
sein Lebenlang Schmerz und Elend zu Gefährten hatte,
der weiß, was Menschenherzen dulden können, ohne zu
brechen! An der Seite Eurer Clara, glaubt mir, werdet
Ihr Alles, Alles verschmerzen .... Harrt geduldig
meiner Rückkehr. Ich hoffe, ich bringe Euch gute
Zeitungen heim." ...

Der Name der Geliebten schien in der That auf Gustav beruhigend und erhebend einzuwirken. Er drückte dem wackeren Alten sogleich die Hand und kehrte dann zu jenen verhängnißvollen Schriften zurück, aus denen ihm das Schicksal und die Lebenswege seiner Väter klar geworden.

Salomon schlug den Weg zur Stadt ein. Ein verklärtes Lächeln spielte um den Mund des Alten. Er schien wie umgewandelt — so recht von innen heraus. Eine höhere, edlere Mission war ihm verliehen als die finsteren Rachepläne, die vordem diesen zerrütteten Menschen beschäftigt hatten. Das Zusammentreffen mit Gustav Marsand war ein entscheidender Moment für ihn gewesen, dessen Tragweite für sein ferneres Leben kaum jetzt schon von ihm selbst in seiner Größe geahnt werden mochte.

„So treibt's mich doch noch zu ihr", flüsterte er, indeß er mit fast jugendlich elastischen Schritten sich immer mehr und mehr dem Mittelpunkt der großen Handelsstadt näherte. . . . „Wie oft schon hat's mich da drinnen gemahnt! Wie oft stand das schöne Kind vor mir im Traume, mich anklagend! . . . . Spottschlecht hab' ich an ihr gehandelt — und es wird hintendrein dadurch nicht gut, daß jener Diebstahl jetzt förmlich zum Segen für die Beiden wird . . . Der Generalconsul muß — — doch still, nichts vor der Hand von dem Elenden! . . Ich will ja zu ihr; zu dem einzigen Wesen, das Gewalt über den wüsten, wilden Gesellen hatte, der nur seiner Rache lebte! Warum entzog mich der Teufel immer wieder und wieder dieser magischen Gewalt, die mich zum Besseren geleitet

hätte! . . . Und jenes Lied — in jener Nacht — —
O dreimal verflucht, daß ich bis zum heutigen Tag
mein Herz vor jenen Tönen verstecken konnte! . . .
Woher sie's nur hat? . . . Gerade dies Lied! Wie
manches Lied hat sich über den Rhein hierher verirrt —
warum nicht auch diese Weise?! . . . Man singt heut'
zu Tage Romanzen in allen Sprachen der Welt und
bildet sich wo möglich viel drauf ein, in der Muttersprache die wenigsten zu singen! Doch nicht ihre Lippe,
ihre Seele sang! Das fühlte ich wohl. — Klingt doch
sonst so leicht nichts nach in dieser Steinbrust! Und
hier — hier fand Ton um Ton sein Echo! . . . Da
bin ich am Ziele. Da steht das Haus. Mir zittern
die Kniee! — All meine Pläne, die ich entworfen,
alle die Reden, die ich mir ausgedacht, meine seltsame
Commission recht galant und fein auszuführen, sind wie
weggeweht.''

Die Klingel tönte — schrill und laut wie an
jenem Abend, da er in ach! so ganz andrer Absicht hier
angepocht. Unwillkürlich fuhr er zusammen bei der
Erinnerung.

Das Mädchen erschien auf dem Corridor mit einem
Lichte. Sie fragte nach dem Begehr des Alten, den
sie auf den ersten flüchtigen Anblick hin für irgend
einen der unteren Theaterbeamten halten mochte. Der
Souffleur wünschte die Schauspielerin persönlich zu
sprechen. „Er komme in einer sehr wichtigen Commission'' — sagte er . . . Die Zofe ließ ihn in das
Entrézimmer treten.

Salomon stand bescheiden an der Thür, als die
Schauspielerin eintrat. Er hatte sich an die Pfosten

gelehnt, als bedürfe er dieser Stütze. Clara's Antlitz verrieth die peinliche und qualvolle Aufregung und Angst, mit der sie der Rückkehr des Geliebten entgegensah. Schon war der Abend des verhängnißvollen Tages hereingebrochen — und noch keine Nachricht von ihm! Als die Zofe ihr den Besuch eines Unbekannten gemeldet, mochte sie gedacht haben, es sei ein Abgesandter des Geliebten, denn sie nahte sich dem Entrézimmer mit haftigen Schritten. Bei'm Anblick Salomon's stieß sie einen lauten Schrei aus. Ihre Hand tastete nach der Klingelschnur, das Mädchen herbeizurufen. Ihr Gesicht war tobtenbleich geworden und kaum noch schien sie sich aufrecht halten zu können bei dem Anblick jenes räthselhaften Menschen, der schon so oft ihren Lebensweg gekreuzt und unter dessen Gestalt sie einen jener Feinde aus alten Tagen vermuthete — — Felicien Marfand! . . .

Sie rief diesen Namen laut aus. Salomon sah wie die zarte Gestalt in einem Sessel machtlos zusammensank.

Er nahte sich ihr schnell und überreichte ihr eine Karte.

„Habt Vertrauen!" flüsterte er und hielt, da sie sich weigerte, die Karte zu nehmen (oder war die Hand machtlos und gehorchte nicht dem Willen?), das weiße Blatt dicht vor ihre furchtstarren Augen.

„Von Gustav?" rief sie. Der Name schien sie zu beleben.

Das Mädchen, welches den Schrei der Herrin gehört, stürzte eiligst in's Zimmer, doch Clara entließ sie mit einigen beruhigenden Worten.

„Wenn Herr Reinert Sie zu mir schickt, muß ich Vertrauen zu Ihnen fassen" — sagte sie, sich erhebend.

„So schwer es Ihnen sonst auch wird! Nun — ich hab's verdient, Demoiselle — bin ein undankbarer, schlechter, elender Kerl .. Doch vielleicht war ich bennoch zu Etwas noch gut und Ihr Widerwille gegen mich wird doch noch schwinden . . . Marsand! . . . Also der ist's, vor dem Sie erschrecken? Warum bin ich Marsand? Wie kommt's, daß Sie . . . .

„Gustav sendet Sie! Reden Sie, mein Herr, was läßt er mich wissen durch Sie? Ihr Auftrag ist gewiß ein bedeutungsvoller und verlangt nicht Aufschub. Oder — — ist ein Unglück geschehen? Ist er krank — ist —"

„Beruhigen Sie sich. Mein Auftrag ist allerdings bedeutungsvoll. Bereiten Sie sich auf eine ausserordentliche Zeitung vor, doch ohne Angst und Aufregung, denn sie enthält eine Freudenbotschaft, obwohl in einer seltsam überraschenden Form." . . .

Clara vernahm darauf, was zwischen Gustav und dem Generalconsul am Morgen gesprochen. . . . Salomon wußte bei jeder neuen Eröffnung aus dem dunklen Lebensbuche Reinerts, solche als Lügen und Ausflüchte zu entkräften und dadurch dem Mädchen eine allzu marternde Aufregung zu ersparen. Wie er Gustav gefunden, vermittelte eine kühne Nothlüge, da er des Selbstmordversuches nicht vor ihr erwähnen wollte. . . .

„Gustav führte" — so schloß der Souffleur — „nach den in meinem und seinem Besitz befindlichen, untrüglichen Beweisen jenen, von Ihnen, aus mir be-

fremblichen Motiven, so verhaßten Namen Marsand,
ist der Sohn Felicien Marsands, mit dem Sie mich
fälschlich identificiren.

„Felicien Marsand's Sohn?" rief Clara erblei=
chend aus.

„Der Name mag hin und wieder übel angeschrieben
stehen, und speciell Gustav's Vater war — doch den
Todten soll man nichts Böses nachreden! Und ist der
Sohn darum auch schuldig? Kann er Ihrem Herzen
dadurch entfremdet werden?" . .

„Aber wie kommt es, daß Sie" . . .

„Freilich! In solchen Situationen ist eine Mittels=
person auffällig und scheinbar gar nicht am Platz. Doch
nicht immer! . . . Der Generalconsul wollte die Ehe
Gustav's (Sie verzeihen, er selbst gab mir das Recht,
so vertraut mit Ihnen zu reden!) nicht zugeben, da er
andere Spekulationen mit dessen Hand vorhatte. Daher
diese teuflische Lüge, die Gustav an den Rand — zur
Verzweiflung brachte . . . Der Generalconsul wird
Alles aufbieten, den Sohn an sich zu fesseln und die
Bande, die Beide bisher zusammenknüpften an einen
Namen, nicht zerschneiden zu lassen. Wer will behaup=
ten, daß jener Marsand nicht sterbend dem Freund sein
Kind selbst übergab, ihm gleichsam dasselbe abtrat? . . .
Der Generalconsul ist Vormund und Adoptivvater in
einer Person. Er hat dadurch tausend Mittel in Händen,
eine Vereinigung zu hindern. Nur ein Mittel ist in unserer
Hand, welches freilich alle die seinigen aufwiegt." . . .

„Dieses Mittel?" . . .

„Gegen einen Mann wie Reinert irgend welche
Rücksicht üben, wäre mehr, als Menschengroßmuth ver=

mag . . . Dieſes Mittel beſteht darin, ihm gewiſſe Dokumente zu produciren, welche er fürchten muß, Dokumente, deren Veröffentlichung ihn compromittiren, ihn ſtürzen.‟

„Und dieſe Dokumente‟ . . .

„Waren, ohne daß Sie es wußten, bis vor kurzer Zeit in Ihren Händen.‟

„In den meinigen?‟

„Allerdings, und der Dieb, der ſie Ihnen entwendete — bin ich! . . . Es mag Ihnen für mich Garantie bieten, daß Guſtav unbedingtes Vertrauen zu mir hat. Der Diebſtahl iſt nicht zu läugnen — nicht zu beſchönigen. Wie ich aber dazu kam, Ihnen dieſe, damals für Sie gänzlich werthloſen Papiere zu rauben -- das muß ich Ihnen erklären. Können Sie mir auch nicht verzeihen — ſo — — O mein Gott! wie aber, wie ſoll ich zu Ihnen von all' den dunklen Plänen eines erbitterten mit ſich und der Welt zerfallenen Menſchenherzens reden? Sie, ſo jung, ſo ſchön — glücklich — geliebt — rein — unſchuldsvoll! Ach Sie können mich nicht verſtehen. Sie nennen die Rache gottlos und verabſcheuungswürdig, denn Sie können ja nicht denken, wie Rache das Einzige ſein kann, das noch ein hoffnungsleeres, freudenarmes, verzweifeltes Menſchenherz aufrecht erhält! Können nicht wiſſen, daß Rache ſolchen Elenden gleichſam ein Erſatz iſt für Alles, was ſie verloren, was ſie entbehren — ein Gefühl in dem ſich der Hunger ſättigt, den edle Nahrung nie geſtillt . . . . Was ſoll ich ſagen! Rache und Haß waren die Furien, die mich von Ort zu Ort getrieben ſeit vielen Jahren; Rache und Haß war mein Antheil

an den Freuden dieser Welt — mein Erbtheil — meine
Münze — — — Ein verfehltes Leben hinter mir —
Vor mir ein entehrtes Leben, so stand ich da in Voll,
blüthe männlicher Kraft. Wohin mich wenden? Was
beginnen? Kein Freund, der mir rieth! Weib und
Kind — — — sie wollten und konnten mich nicht auf-
richten, denn sie waren fern — — Weib und Kind —
o Du mein Gott" . . . .

Seine Worte endigten in einem leisen, krampfhaften
Weinen. Clara fühlte sich aufs Tiefste ergriffen. Jenes Mitleid, das schon dazumal in dem Postwagen sich
für den Armen regte — erwachte aufs Neue. Sie
führte ihn zu einem Sessel. Dort sank er in sich zusammen, wie ein weinendes Kind und preßte beide Hände
vor das Gesicht.

„O daß ich wieder weinen kann" — flüsterte er
endlich, die noch immer rollenden Thränen trocknend —
„Jahrzehnte, ach länger, länger war mir diese Him-
melswohlthat versagt ... Das erleichtert so ein armes,
verzweifeltes Menschenherz! ... Ihr sollt Alles wissen ...
Ich fühl's, das Geständniß peinigt mich, doch ich muß
mich dieses drückenden Alps entlasten! ... Muß reden
zu Euch — — — der Dieb ist ohnehin in Eurer
Händen. Mags drum sein! ... Vielleicht habt Ihr
Mitleid mit mir, und verachtet den armen Salomon
nicht ganz. Mir liegt daran, vor Euch mich zu recht-
fertigen, so viel ich's vermag! ... Vor Euch, der
Freundin Gustav's, der ein Schicksal mit mir theilt —
das Schicksal, der Erbe zu sein von einem verächtlichen
Namen. — Doch Marsand" — —

„Ihr kanntet diesen Mann? O redet —"

„Gustav's Vater ist todt. Ich sagte es vorhin."

„Todt? .. Und vor Wochen noch verfolgte der Schreckliche meine Spur, der alten Rache folgend, die er meiner Mutter schwor, da sie seine Hand ausgeschlagen . . . In Frankfurt bei meiner guten Tante — vor wenig Monden noch" —

„Bei Eurer Tante? Wer? Marsand nicht — — Und Eurer Mutter sagt Ihr, hatte jener Elende Rache geschworen . . . . O mein Gott — Nein — still mein altes Herz, Du pochst zu laut — ein thörichter Wahn sprengt Dir das Blut durch die Adern so überschnell — — Eure Mutter" . .

„Was ergreift Euch so? da Ihr Marsand kanntet, so wär's leicht denkbar, daß Ihr auch um seine Werbung wußtet um Leonie Persolles." . .

„Leonie Persolles — — ja ja — die Tochter eines Stadtcaplans zu Straßburg." . .

„Ihr kanntet sie?" . . .

„Mir ist — ich sehe sie vor mir! : . . ja, ja, ich Elender kannte sie!" . .

„So seid Ihr verwandt mit ihr gewesen?"

„Nein — nein! . . . Ich sah sie — nur von fern! Meine Lippen sollten's nicht sagen, daß ich sie kannte. Meine Lippen entweihen den Namen des Engels!" . .

Ein tiefer Schmerz wühlte sich auf in der Brust des Armen. Man las es in dem verwitterten Gesicht, wie wild und grausig diese Erinnerungen durch sein Hirn ihre Bilder jagten. . . . .

„Seht hier — ihr Bild!" sagte Clara und zog aus einem Album eine kleine Silhouette hervor. . .
Er nahm das Bild mit zitternder Hand.

„Leonie!" rief er wie mit tiefem Schmerz. . . .

„Es ist das einzige Andenken, das ich von ihr besitze," sagte das Mädchen und drückte das kleine Medaillonbild an ihr Herz.

„Ihr? . . ja — wie kommt Ihr, Ihr zu diesem Bildniß?"

. . „Zu dem Bildniß meiner Mutter?" . . .

„Eurer — eurer Mutter! o Himmel und Erde! Du bist Leonie's Kind — — und Paul Griffiers Kind . . . bist erzogen, bist geboren bei Fort Varban . . . und jenes Lied, das Du gesungen — in jener Nacht — es ist ein Vermächtniß Deiner Mutter? . .

„So ist es! Was ergreift Sie so? Woher denn wissen Sie — —"

„Mein Kind — meine Clara! . . . Ich bin's, der Paul Griffier, der Elende, der Dieb, der Dämon, vor dem Du Dich geängstigt — ich — Dein Vater!" . . .

Mit aufgehobenen Händen stürzte er wie vor einem Heiligenbilde zur Erde. Clara's Augen verdunkelten sich — sie fiel bleich und kraftlos zurück — nur noch einzelne Worte drangen an ihr Ohr — — ein Weinen zu ihren Füßen — — dann schwanden ihre Sinne. . . .

„Mein Kind — meine Tochter" diese Worte waren die ersten, die sie vernahm, da sich die Augen lieber wieder öffneten. . . . .

Der alte Mann lag noch immer vor ihr auf den Knien. Er hatte ihre Hände ergriffen und bedeckte sie mit Küssen und Thränen.

„Mein Vater" hauchte das Mädchen . . Es war ein neues, gar so ungewohntes Wort für ihre Lippen und — diesem Manne gegenüber, so sehr sich auch ihr Herz mitleidsvoll des Armen schon zuvor angenommen, fehlte ihr für ein solches Wort doch in dieser Stunde noch der rechte Ton. Ihr Herz wußte ihn nicht zu finden — nicht zu treffen. Gleich einem düsteren, mehr schreckenden als theueren Schattenbilde stand in ihren Erinnerungen die Gestalt des Vater, den sie, wie die Mutter längst todt geglaubt. Alles was sie von Jugend auf von diesem Vater vernommen, war doch so wenig geeignet, ihn den Verlorenen, Niegesehenen, mit rechter Kinderliebe fröhlich und vertrauensvoll zu umfassen. Und nun stand er vor ihr und seine ruhige Haltung bewies, daß er fühlte, welche Anklage ein Kind wider diesen Vater erheben durfte. Ihr war's noch immer, als sei Alles ein Traum. — Vor der tiefgekränkten Mutter hätte sie ihn so knieen sehen können — vor ihr nicht; nicht vor dem Kinde durfte der Vater knieen — es überkam sie ein eigenes Gefühl der Beschämung, wie der Alte sich der Hände erwehrte, die ihn emporziehen wollten und sein tiefblaues Mannesauge so wehmuthsvoll zu ihr emporblickte, als wäre sie seine Richterin. Ihr schlichtes Wesen, aller Verstellung abhold, konnte sich nicht zur Liebe zwingen und urplötzlich eine Zuneigung heucheln, die ihr noch fremd war.

Er hatte sich erhoben, wie von einem schnellen Entschluß erfüllt. Wie zum heiligsten Schwur legte er die Hand auf sein Herz, indem er in heftigster Aufregung sagte: „Nicht jetzt mein Kind schenke mir diesen schönen Namen! Noch bin ich seiner nicht würdig!.. O hätt' ich ihn damals vernommen auf jener Grenzscheide des Lebens — es wäre Alles anders — ganz anders geworden. Ich will die Schuld nicht läugnen, die auf mir ruht — doch sie ist zu sühnen und wann ich sie gesühnt — kehre ich zu Dir zurück — und dann, mein Kind — dann gibst Du mir jenen Namen, der wie Engelston in meine Seele fällt! — O wie schaut aus Deinen frommen Augen die verlorene Jugendzeit mich an, da tausend Hoffnungen mein Herz füllten — da ich Deine Mutter gefunden — da ich den eignen kleinen Herd mir baute und in meiner beschränkten Sphäre an ihrer Seite mich glücklicher fühlte als ein König! .. Damals war's Frühling in meiner Seele — aber der böse Feind streute den giftigen Mehlthau auf all' seine Blüthen, daß sie verdarben, vermoder= ten! .... Doch es wird noch einmal wieder grünen und blühen — — die Hoffnung kehrt zurück und mit ihr der Glaube! ... Noch ist's Zeit zur Umkehr; ich fühl's am Pochen meines Herzens, in den Thrä= nen meiner thränenentwöhnten Augen! ... Mein süßes, mein geliebtes Kind, das mir das Schicksal so unerwartet wieder schenkte! Nur gewaltsam reiße ich mich los von Dir in dieser heiligen Stunde des Wie= dersehens! — Doch es muß sein — und Deiner, Dei= ner edlen Mutter würdig siehst Du dann den reuevollen Mann zurückkehren, der dann den Namen Vater von Dir zu verdienen hofft!" ...

Er näherte sich ihr, als wolle er sie in seine Arme schließen — doch er bezwang sich und verließ mit schnellen Schritten das Zimmer .. Da drinnen aber lag ein bleiches, zitterndes Kind auf den Knieen vor dem Bild der Mutter und neigte betend das Lockenhaupt auf das pochende Herz hernieder. Es betete für einen Vater!

XV.

„Bin für Niemand zu sprechen, Frederikson. Ihr wißt's ja, hierher in mein Privatkabinet darf Keiner . . . . Ist mein Sohn noch nicht da?" . . .

„Nein. Noch immer nicht."

„Der wilde Trotzkopf! Wird sich doch schon fügen!"

„Mit den Geberden eines Irrsinnigen, ich kann's nicht anders nennen, stürmte er heute Mittag davon. Der Diener James will gesehen haben, daß er von Ihnen fort und in sein Zimmer stürzte. Dort fehlt, wie James sagt, eine der ciselirten Pistolen, die vor dem Schreibtisch standen." . . .

„Warum ist mir das nicht gemeldet?"

„Verzeihen der Herr Generalconsul, aber Sie hatten sich ja bis vor einer Stunde abgeschlossen . . Vielleicht ist es" . . .

„Sendet Boten aus nach Gustav! Aber insgeheim! Sie sollen überall forschen. In allen Cafés — im Theater — bei dem Fräulein Perry." . . .

„Ist bereits geschehen — doch vergebens. Er ist nirgend zu finden." . . .

Der Generalconsul sprang auf. Die Nachricht schien ihn der starren, eisigen Ruhe zu entreißen, die er just an diesem Tag gezeigt.

„Soll ich den alten Mann auf morgen bestellen?"

„Thut das. Ich selbst will gehen und — —" Er winkte dem alten Buchhalter zu, daß er sich entferne . . .

„Solch eine That sieht einem Menschen von seinem Temperament in solcher Situation ähnlich" — murmelte der Generalconsul, indem er den seidenen Schlafrock abwarf . . . „Kommt solch' ein melancholischer

Schwärmer einmal aus seiner Traumeswelt in die der Wirklichkeit, wo irgend ein großer Kampf sich ihm jäh entgegenstellt, so handelt er wie ein Tollkopf. — Doch das Strohfeuer verraucht schnell. — Er besitzt keinen Muth — die Verzweiflung bäumet sich gewaltig auf — er kommt zu einem verzweifelten Entschluß — aber führt ihn doch am Ende nicht aus! . . . Aber wenn er doch — — ? Die Verzweiflung solcher gemeinhin that-losen Schwärmer soll sich ja in derlei Fällen gern in Extra-vaganzen Luft machen. Aehnlich sähe es ihm doch!" . . .

Frederikson kehrte zurück mit einem Papier, das er achselzuckend dem Chef überreichte.

„Ich konnte ihn nicht loswerden," sagte er, sich wegen der nochmaligen Störung entschuldigend. „Mir wird's ganz unheimlich in der Nähe dieses Menschen."

Der Generalconsul öffnete das versiegelte Papier. Als er es erbleichend zu Boden sinken ließ, öffnete sich die Thür und Salomon ward auf der Schwelle sicht-bar. Er winkte gebieterisch, als habe er allein hier zu befehlen, dem Buchhalter, sich zu entfernen. Erstaunt und unschlüssig blickte dieser auf seinen Gebieter, dessen Zustand in diesem Augenblick nicht der Art schien, um ihn mit diesem unheimlichen Gesellen allein zu lassen.

„Geht, Frederikson", flüsterte der Generalconsul nach einer Weile, indem er einen langen forschenden Blick auf den späten Besuch warf.

Diese schnelle Prüfung mußte ihn doch beruhigt haben. Er richtete sich stolz empor und wiederholte seinen Befehl nach kurzer Pause, da der Buchhalter noch zögerte, mit fester Stimme. Frederikson ging.

Salomon verharrte in seiner früheren Stellung.

„Was wir mitsammen auszumachen haben, bedarf keines Zeugen", sagte er mit einem höhnischen und ver= ächtlichen Blick auf sein Gegenüber. „Ich sehe, daß auch Sie davon überzeugt sind. Wohlan, Paul Grif= fier ist's, der sich zu so später Stunde bei Ihnen zum Besuch gemeldet! . . .

„Sie also sind es selbst, der sich diesen Namen anmaßt?"

„Ich bin es, der ihn mit Recht führt!"

Ein höhnisches, stolzes Auflachen unterbrach ihn.

„Hier die Beweise" — fuhr Jener kalt und ruhig fort und legte dabei einige Papiere auf den Tisch. Der Generalconsul streckte die Hand verächtlich zurückweisend zu denselben hin, ohne sie zu berühren.

„Die Falsa sollen auf die Polizei gebracht werden — und diese wird sodann verfügen, wohin Ihr gebracht werden sollt!" — —

„Lies!" rief Salomon und die lang verhaltene Wuth spiegelte sich in dem erglühenden Gesicht und dem Donnerton seiner Stimme. „Lies, Jules Cambord!" . . .

„Was soll das Gaukelspiel, frecher Betrüger? zurück von mir, oder dies Pistol jagt Euch seine La= dung in Euer verrücktes Hirn!"

„Dabei sieht man sich vor, Leuten Deines Gelich= ters gegenüber!" sagte Salomon, mit Blitzesschnelle ebenfalls eine Waffe hervorziehend. „Es wäre das erste Mal nicht, daß Ihr den Paul Griffier bei Seite zu schaffen suchtet! Denkt an das Vogesenthal, bei unserer Flucht im zweiten Monat unserer damaligen Verbin= dung. Seht diese Wunde — nur ein Wunder konnte mich retten! . . Doch heut' steh' ich Euch nicht allein

gegenüber — — Marsand's Sohn steht hinter mir;
er wird mein Rächer und Dein Ankläger sein!" . .

Die erstarrende Hand senkte das Pistol, das ihm
eben noch entgegenblißte. Die Wirkung dieser lezten
Worte waren zu sichtlich, als daß Paul Griffier noch
zweifelte an dem Erinnerungsvermögen des Generalconsuls, oder noch die Selbstbeherrschung des Elends in
Rechnung bringen durfte, die jenem Elenden sonst in
der gefährlichsten Situation eigen war.

„Ihr erkennt mich — ich seh's! Wohlan, diese
Beweise da sind überflüsig! Doch hier sind andere —
die Erbschaft Ferrands" —

„Mensch, Du bist mit der Hölle im Bunde" —

„Du weißt, welches Loos den Falschmünzer
Paul Cambord erwartet, falls ich dessen Identität
mit Dir beweise — Ein Beweis, der mir leicht wird
mit Hülfe dieser Papiere und eines vortrefflichen Ge-
dächtnisses!" . . .

„Du würdest als mein Spießgeselle mein Loos
theilen — Solche Drohung aus Deinem Munde schreckt
mich nicht!" . . .

„Und wenn Paul Griffier, nachdem er von seinen
Wunden genesen war, sich selbst dem Gericht gestellt?
Wenn er gebüßt, wozu Du ihn verführt und gepreßt? . . .
Siehst Du hier auf meinem Arm das blutige Kenn-
zeichen? Blick her, Unmensch! . . . Nicht die strafende
Gerechtigkeit drückte es mir auf — ich selbst gab mir
das Schandmal, denn ich verdiente es. Ein mahnen-
des Zeichen war es mir durch mein ganzes Leben an
das, was Du, elender Verführer an mir gethan. Zur
Rache sollte es mich mahnen! . . . Als Du und Mar-

sand im Bagno büßtest, grub ich es mir voll Reue
ein, da ich, der bei der Aufhebung der Falschmünzer
zufällig abwesend war und der Polizei entging — da
ich heimkehrte in mein Haus, und Weib und Kind
fort waren, in deren Mitte ich ein neues Leben beginnen wollte! . . . Du warst der Teufel gewesen, der
mich aus diesem Kreise fortgelockt, dem ich folgte, denn
mein ehrliches Herz traute Dir . . . Erst als ich selbst
die Schlinge mir um den Hals gelegt — erkannte ich,
wozu Du und Marsand mich verführt!" . . .

„Du willst mich anklagen — Du? . . . . Ich
konnte den Freund nicht in Armuth darben sehen, darum bot ich Dir unsere Camerabschaft an. Was
war's denn für ein ungeheures Verbrechen, den König,
der Millionen von uns nahm, um elende Tausende zu
benachtheilen? Eine Rache war's, eine Repressalie, die
wir für das ganze, gedrückte, zertretene Volk an ihm
nehmen wollten! Und als man uns erwischte, als man
uns in's Bagno steckte, gaben wir damals Dich etwa
an? Holten wir Dich etwa nach? Keiner war dem
Schwur untreu! Wir ließen Dich frei ausgehen — ein
Wort hätte Dich zu einem ähnlichen Schicksal verurtheilt! . . . Und als wir die strenge Wache überlisteten,
als wir entkamen, unsere Verstecke in den Bogesen aus-
plünderten, kamen wir nicht freiwillig zu Dir, um
Deinen Antheil Dir auszuzahlen! War das auch elend,
unmenschlich und schlecht? . . . . Du nahmest Deinen
Antheil, Du flohest mit uns, doch feige Furcht, thörichte
Reue ergriffen Dich bald und Deine Reden zeigten,
wie Du in verrückter Großmannssucht Dich und uns
nochmals an das Messer liefern wolltest. Da mußtest

Du fallen — um unsere Sicherheit! . . . Als der
arme Kerl, der Marsand, von der Kugel der verfol-
genden Dragoner blutend zusammensank — war's nicht
ein Werk von Dir? Juckte es Dich so sehr, Reue und
Buße zu thun, der Weg stand Dir ja frei zum Cri-
minal! Uebtest Du an uns den Edelmuth, den wir Dir
als treue Cameraden immer bewiesen? Du selbst warst
es, der jene Dragoner uns auf den Hals hetzte! Eine
saubere Vergeltung für all' unsere Treue! Ich riß Dich
fort mit mir. Marsands Sohn nahm ich auf die Arme.
Du dachtest nicht daran, die Waise mitzunehmen . . . .
Wollte ich mich retten, mußtest Du fallen" — —

„Ich habe gebüßt!" antwortete Griffier, ihn ruhig
anblickend. „Ich habe mich der menschlichen Gerechtigkeit zur Sühne gestellt. Es schenkte mir des Königs
Gnade die entehrende Strafe, da ich mich freiwillig
stellte und man aus meinem Geständniß entnahm, daß
ich nur der Verführte gewesen! . . . . Du sprichst von
Treue und Cameradschaft? Um mich dem Elend zu
entziehen, botest Du mir ein Bündniß, das mich zur
Verzweiflung trieb; um Marsand's feindlichen Rache-
plänen wider mein schuldloses Weib zu dienen, locktest
Du mich aus dem Frieden meines bescheidenen Looses
und machtest mich zum ehrlosen Schurken! Aus Lust
am Bösen zogst Du den Unschuldigen in Dein Netz! . . .
Doch genug von dem, was hinter uns liegt. Du bist
in meiner Hand. Offen und frei darf ich meinen Namen nennen — offen und frei darf Griffier, der arme,
elende Bettler, den stolzen Millionär benunciren als
entlaufenen Galeerensträfling, als Falschmünzer, als
Dieb am Staat, als Dieb am ehrlichen Namen eines

Mitmenschen, als Dieb am Herzen eines Jünglings, den er nur für seine elenden Spekulationen aufzog! So liegt das Spiel! . . . .

„Was soll ich Dir geben, Griffier — wenn Du schweigst!" . . .

„Geben? . . Geben! . . Ja freilich, Du kennst die Macht des Mammons an Dir selbst zu gut, als daß Du zweifeln dürftest, sie wäre bei Andern unwirksam. Geben? . . Gibst Du mir mein ganzes verlornes Leben wieder? . . Gibst Du mir das Weib wieder, das längst ihrem Gram erlegen? . . . Gibst Du mir das Herz meines Kindes, das aus meinem Munde halb mit Entsetzen dieses Wort hört? . . . Doch genug davon! Noch vor einem Monat wollte ich für das Alles Abrechnung mit Dir halten, wie Du Elender es verdient! Die Rache aber ist aus meinem Herzen gewichen — denn ein neuer Glaube zog ein in meine zerstörte Seele, und erstickte alle wilden Gedanken! . . . Zieh hin, wo Du ein neues Leben beginnen magst — Deine Stunde wird kommen, da ein Andrer mit Dir abrechnet! . . . . Marsands Sohn bleibt zurück . . . Mein Kind wird sein Weib!" . . .

„Ich willige in Alles! Mein Vermögen" — —

„Wir wollen nichts von Deinem Mammon! Er ist ja Dein Einziges — und wir sind nicht so grausam, dem Bettler das zu entreißen, was er in blödem Wahne noch für einen Schatz ansieht . . . .

„Und diese Dokumente?" . . .

„Sie werden vernichtet, sobald Du, Deiner Titel entsagend, Dich einschiffst, in ein Land zu ziehen, wo unser Bild dem Deinigen nicht begegnen kann . . . .

Wir müssen darauf verzichten, von uns eine Einwir-
kung auf Dich zu hoffen, die Dein besseres Ich zu Tage
treten läßt, Dich zur Buße — zur Reue führt! ...
Also Trennung auf ewig! .... Nur der Kinder wegen
wirst Du so geschont ... Der Väter Fluch darf nicht
an ihrem Herde wohnen ... Die Sünden der Väter
sollen nicht an ihnen heimgesucht werden!" .....

Seine Stimme war weicher geworden. Das Bild
seiner Kinder stand vor ihm.

Der Generalconsul schien auf's Neue Muth zu
fassen. „Nur wer sich selbst verliert" — dachte er —
„der ist verloren! Wohlan, versuchen wir's, diesen thö-
richten, sentimentalen und bigotten Schwachkopf zu gewinnen! ... Sollte ich diese große, diese glänzende
Rolle ein ganzes Leben hindurch glücklich durchgeführt
haben, um so erbärmlich zu enden? Irgend ein Haupt-
coup muß geschehen. Ich muß Griffier für mich gewinnen — von den beiden Verliebten hoffe ich für mich
das Beste. Ich appellire an ihr weiches Herz! Einige
Thränen öffnen es mir leicht und schnell. War mir
bisher jedes Mittel recht, sobald es nur zum Ziel führte,
warum sollte ich vor diesem zurückschrecken? Nur recht
natürlich die Comödie gespielt — und es muß glücken!" ...

Er hatte diesen Entschluß kaum gefaßt, als er mit
alter Energie auch schon an dessen Ausführung dachte.
Seine Haltung war dabei die eines völlig gebeugten,
in Reue und Schaam vergehenden Sünders, der um
Gnade fleht. Griffier schien Mitleid zu fühlen. Sein
Herz war so voll Glück und Freude, so voll edler
Regungen und schöner Hoffnungen, daß kein Rachege-
danke in diesem Herzen noch Platz haben konnte.

„Nur einmal noch laßt mich Gustav sehen, daß ich Abschied nehmen kann von ihm", bat der General=consul mit flehender Stimme und preßte dabei die Hände auf seine Brust, als fühle er dort ein unsägliches Weh. „Glaubt von mir, Griffier, was Ihr wollt — ihn, den Gustav hab' ich geliebt! Als ich ihm Eurer Tochter Hand verweigerte, wollte ich nur sein Glück! . . . . Ist's meine Schuld, daß ich dies Glück mit meinen und nicht mit Euren Augen sah? . . . Nicht der Mam=mon ist's, der mich verblendete. Nehmt Alles, was ich besitze, ich werde keine Thräne weinen, keinen Seuf=zer ausstoßen! Als Bettler will ich davongehen — nur Eure Verzeihung laßt mich mit von dannen nehmen . . . Ich habe manches Jahr voll ehrenwerther Wirksamkeit als guter Bürger, als frommer Christ hier verlebt — Viele wissen es, daß meine Hand stets offen war für den darbenden Bruder! Fragt meine Leute, fragt meine Mitbürger — welches Zeugniß sie mir geben! Das Alles ist umsonst gewesen, denn dieser harte Mann schleudert mich zurück in die alte Verzweiflung, aus der ich mich mühsam herausgerungen. Nicht mir, nur Andern habe ich gelebt, ich selbst verzichtete auf jedes Glück — das war meine Buße! . . . Könntet Ihr ins Herz mir schauen, Griffier — Ihr würdet anders mit mir verfahren! . . . . Ja, bei dem allmächtigen Gott im Himmel, schwöre ich Euch" — —

Schritte im Vorgemach unterbrachen die Lüge des Heuchlers. Frederikson und ein Polizei=Commissär traten in das Gemach. Der Erstere schien vorbereiten, anmelden, beruhigen zu wollen, doch der Commissär folgte ihm auf dem Fuße nach und ehe der alte Buch=

halter ein Wort in seiner Bestürzung hervorbringen
konnte, hatte Jener seinen Stab hervorgeholt und des
Generalconsuls Schultern mit demselben berührt.

„Sie sind mein Gefangener", sagte er. „Im
Auftrage der Staatsanwaltschaft führe ich Sie stehen-
den Fußes in Gewahrsam. Ich bedaure, Herr
Generalconsul, so auftreten zu müssen, gegen einen
Mann" — —

„Mit welchem Recht läßt mich der Staatsanwalt" — — Er hatte einen hülfeflehenden Blick auf
Griffier geworfen, dessen Staunen ihm verrieth, daß
dieser bei diesem Ueberfall ganz unbetheiligt sein müsse ..
Das ermuthigte ihn und mit ungebeugtem Stolz suchte
er dem Beamten zu imponiren. Doch er vollendete die
trotzig hervorgestoßenen Worte nicht. Sein Auge sah
im Vorzimmer eine Anzahl Polizisten, einen Aktuar
mit dem Gerichtssiegel und hinter denselben mehrere
Träger, welche in ihren Körben die Papiere des Ver-
hafteten zum Gericht tragen sollten.

Die Aussagen eines Agenten des Kaufmann Ferrand, Namens Greiner, der augenblicklich in München
detenirt gehalten wird, sind so gravirend", begann der
Commissär aufs Neue, „daß der Staatsanwalt diesen
Schritt verantworten zu können glaubt. Ihnen bleibt
keine Wahl, als mir zu folgen!" . . . .

Noch einen wilden, verzweiflungsvollen Blick warf
der Consul auf Griffier und auf die Diener der Justiz —
dann riß er sich los, eilte zum Fenster und stürzte sich,
ehe Jemand es hindern konnte, aus dem Fenster. Ein
markerschütternder Schrei begleitete den Fall. Alle An-
wesenden standen Anfangs wie vom Schlag getroffen,

gleich regungslosen Steinbildern da. Als der Com=
missär endlich sich ermannte und zum Fenster trat, sah
er drunten auf den Quadersteinen die Leiche des Ge=
neralconsuls mit zerschmettertem Gehirn. Auch Griffier
trat herzu . . Er ertrug den entsetzlichen Anblick nicht.
Schnell wandte er sich ab. Er flüsterte, indem sich
unwillkürlich die Hände wie zum Gebete falteten: „Gott
sei der armen Seele gnädig!" . . . .

. . . .
Das Grab des Selbstmörders liegt abseit von dem
geweihten Friedhofe in D. Kein Stein, kein Kreuz
darf die Stätte zieren. Grüner Epheu umrankt den
einsamen Hügel des Falschmünzers und Galeerensträf=
lings . . . Von seinem Palais ist das stolze Wappen
längst verschwunden. Der Geist der Liebe ging seitdem
ein in das Haus, der Gut und Ehren dieser Welt bei
seinem inneren Reichthum nicht braucht . . . . Zum
Grab des Falschmünzers aber gingen oftmals noch in
späteren Jahren zwei blondgelockte Knaben . . Ein alter
Mann begleitete sie. Sie nennen ihn Großvater. Es
ist Paul Griffier. Die Namen Cambord und Marsand
sind erloschen im Gedächtniß der Menschen; den seini=
gen aber segnen Alle, die ihn kennen. Gustav und
Clara nennen ihn jetzt mit gerechtem Stolz ihren Va=
ter! . . . Mir selbst hat der ehrwürdige Greis einst
die Schicksale seines Lebens erzählt. — Ihn mögt Ihr
fragen, ob ich Euch nicht die Wahrheit berichtete —
ohne Dichtung! . . . . .